Un sinvergüenza encantador

Un sinvergüenza encantador

Originally published in English under the title:
A Proper Scoundrel

Copyright © 2021 Esther Hatch
Spanish translation © 2023 Libros de Seda, S.L.

Published under license from Covenant, Inc.
ALL RIGHTS RESERVED. No part of this work may be reproduced in any
    form or by any means without permission in writing from the publisher.

© de la traducción: María Ubierna

© de esta edición: Libros de Seda, S.L.
Estación de Chamartín s/n, 1ª planta
28036 Madrid
www.librosdeseda.com
www.facebook.com/librosdeseda
@librosdeseda
info@librosdeseda.com

Diseño de cubierta: Isabel Arenales
Maquetación: Rasgo Audaz

Ilustración de cubierta: © Pedro Fernández Fernández

Primera edición: noviembre de 2023

Depósito legal: M-30716-2023
ISBN: 978-84-19386-21-2

Impreso en España – Printed in Spain

ESTHER HATCH

Un sinvergüenza encantador

Libros de seda

Para Greg

Gracias por hacerme reír durante los primeros años de matrimonio. Ya he oído todos tus chistes, así que, por favor, deja de contarlos.

(Y gracias también por lo que escribiste para mí cuando no sabía cómo inmortalizar nuestro amor de manera adecuada. Todavía me haces reír y todavía lamento haberte pegado la mononucleosis).

«*Al atardecer nos visita el llanto; por la mañana, el júbilo*».

SALMOS, 30:5

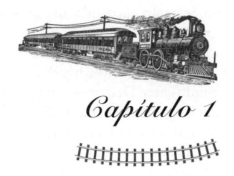

Capítulo 1

SOLO HABÍA DOS TIPOS DE hombres que cruzasen la puerta de la oficina de Diana Barton en la calle Rochester: hombres de negocios de verdad y aquellos que le hacían perder el tiempo. El señor Broadcreek pertenecía al segundo grupo y era el peor de todos.

Diana buscó con la mirada el reloj de bolsillo que guardaba en el cajón medio abierto del escritorio. Llevar tanto la línea de ferrocarril de su hermano Nate como la de la compañía Richardson habría sido mucho más fácil si no se hubiera corrido la voz de que una mujer soltera era en aquel momento la dueña de Ferrocarriles Richardson. Habría echado al señor Broadcreek de la oficina hacía una hora si no fuera porque tenía a más miembros del Parlamento como inversores que cualquier otro hombre en el negocio del ferrocarril.

Y más que cualquier mujer en el negocio del ferrocarril. Pero, por lo que sabía, ella era la única mujer y, en ese momento, no contaba con el favor de ningún lord. Un gran contratiempo, ya que se necesitaba la aprobación del Parlamento cada vez que se creaba una nueva línea.

—Mi última línea se terminó de instalar dos semanas antes de lo previsto —presumía el señor Broadcreek. Mientras hablaba se le movía el bigote como si fuera una oruga marrón. Acercó su silla al escritorio, se inclinó hacia delante y, a su vez, ella se echó hacia atrás. Debía mantenerse lejos. Por lo menos no le había vuelto a proponer matrimonio. Se estaba quedando sin argumentos educados para decirle que no.

Todavía tenía una hora para pagar en la tienda de balasto[1]. Solo tenía que soportar que el señor Broadcreek se fuera por las ramas durante unos minutos más. Después lo obligaría a irse, y si tuviera que gritar para conseguirlo, lo haría. Ya llevaba hablando por los codos una hora y veinte minutos, lo más seguro es que no pudiera continuar haciéndolo mucho más.

El hombre parecía querer llevarle la contraria y continuaba parloteando sin parar.

—Así que verá, señorita Barton, sé que sintió que mi tasación de Ferrocarriles Richardson fue infravalorada cuando me ofrecí a comprársela a la señora Richardson, pero de verdad sentía que mi dominio y experiencia aumentarían enormemente su valor. Sin mencionar que, después de algunas preguntas bien hechas, descubrí que usted no pagó más de lo que yo le había ofrecido. No puede seguir echándomelo en cara cuando usted hizo justo lo mismo.

Diana apretó los dientes. Tendría que despedir al abogado de la señora Richardson. El de Nate nunca habría divulgado tales secretos a nadie, y mucho menos al señor Broadcreek.

—No es lo mismo, la señora Richardson y yo somos amigas. Cuando falleció el señor Richardson le prometí que ayudaría como pudiera.

Torció el gesto y la oruga del bigote acompañó cada movimiento.

—¿Echándola de su compañía de ferrocarriles y abocándola a la ruina? ¿Eso es ayudar?

Se agarró con fuerza a ambos lados de la silla. Era la primera vez que él admitía que el precio que le ofreció a Charlotte por Ferrocarriles

---

1 N. de la Trad.: Capa de grava o piedras sueltas que sirve de base para instalar las vías férreas.

Richardson era muy bajo. Pero no podía contar eso como una victoria mientras cuestionaba su capacidad de liderar la empresa.

—Señor Broadcreek, una cosa de la que puede estar seguro es de que no voy a llevar Ferrocarriles Richardson a la ruina. Y otra cosa con la que puede contar es que yo no voy a timar a la señora Richardson. Una vez termine la línea en la que trabajamos ahora y reciba la autorización del Parlamento para construir otra, valdrá el doble de lo que se ofreció a pagar por ella. Puede que ella ya no sea la dueña de la firma, pero todavía tiene un interés económico en la empresa.

—Cualquier beneficio lo compartiría con Charlotte cuando vendiera una compañía mucho más valiosa. Sería suficiente para que la viuda viviera sin problema con sus tres hijos durante el resto de su vida.

El señor Broadcreek tosió.

—Conseguir eso es demasiado para una jovencita como usted sola. Yo podría ayudarla. Ya sabe que me manejo bien en el negocio.

Sabía lo que él querría a cambio de su ayuda: casarse con ella. De ese modo se quedaría con su empresa y le saldría más barato que comprarla a precio de saldo. Pero un soltero de mediana edad que solo tenía en mente su compañía ferroviaria sería el último tipo de hombre que ella elegiría para casarse. Solo el marido podía firmar por una mujer casada después de que se pronunciaran los votos, incluso aunque la compañía en realidad perteneciera a ambos. El señor Broadcreek nunca defendería su acuerdo con Charlotte, lo que, en definitiva, convertiría a Diana en una especie de timadora a los ojos de todos.

—He estado dirigiendo Ferrocarriles Richardson durante casi un mes y la mayor parte de Ferrocarriles Barton durante varios meses. Estoy bastante segura de que puedo arreglármelas sola.

—¿Está segura? —El hombre sacó un reloj de bolsillo y apretó los labios—. ¿No tenía que realizar hoy un pedido de balasto?

Se le paró el corazón. Deslizó la mirada hasta su propio reloj, guardado en el cajón, pero solo habían pasado un par de minutos desde la última vez que lo había mirado. Todavía tenía una hora, mucho tiempo siempre y cuando el señor Broadcreek se fuera pronto.

—Sí. De hecho, me temo que tendremos que interrumpir esta conversación para que la señora Oliver y yo podamos ocuparnos de ese asunto.

Se levantó y el señor Broadcreek, un caballero solo en detalles sin importancia, la siguió. Caminó hasta el perchero de la entrada de la oficina y tomó su capa. La señora Oliver estaba ordenando su escritorio para poder marcharse. El señor Broadcreek extendió las manos carnosas para ayudarla a ponerse la prenda, pero ella fingió no darse cuenta.

Él bajo las manos.

—London Ballast & Company ha cerrado hace una hora.

Tomó la capota del perchero con determinación. Tenía que estar equivocado, la tienda de balasto cerraba a las seis. El señor Broadcreek le había hecho perder el tiempo varias veces, pero nunca había consentido que le impidiera cumplir los plazos. Cuando todo Londres la observaba y esperaba que fallara, no había margen para el error.

—Creo que debe de tener el reloj adelantado. Todavía no son las cinco.

—El problema no es la hora, sino el día.

Lo que decía no tenía sentido.

La señora Oliver se acercó a Diana y tomó su abrigo.

—¿Jueves?

El señor Broadcreek no dejó de mirar a Diana, aunque fue la señora Oliver la que hizo la pregunta.

—Mañana es el Día de San Andrés.

¿El Día de San Andrés? ¿Qué importaba eso?

—El Día de San Andrés es un festivo escocés. No debería tener nada que ver con mi balasto.

El hombre sonreía cada vez más.

—Esa es la razón por la que un marido sería de gran ayuda para usted, señorita Barton, especialmente uno que haga negocios con

London Ballast. El dueño, el señor Boyd, es escocés y está orgulloso de serlo. Siempre cierra antes la tienda la víspera de San Andrés.

No podía ser cierto. Nunca dejaba nada para el último momento, pero cada día más y más hombres iban a su oficina y le hacían perder el tiempo. Cada vez le costaba más cumplir los plazos, pero nunca fallaba.

—No puede ser verdad.

—Compruébelo usted misma. —Extendió el brazo—. Estaré encantado de acompañarla.

¿Y que se regodeara de su humillación si estaba en lo cierto? Ni en sueños. Su reputación como mujer de negocios desaparecería si no terminaba la línea a tiempo. Sin un excelente historial de negocios, el Parlamento no le otorgaría la licencia para construir otra. A pesar del frío en la oficina, una gota de sudor le cayó por la nuca.

—No, la señora Oliver me acompañará como siempre. Quizá se haya equivocado.

—Por su bien, espero que sí —respondió, con un brillo malicioso en los ojos.

Diana abrió la puerta y lo invitó a marcharse, algo que debería haber hecho una hora antes. Cerró la puerta tras él y respiró hondo.

—¿Tan malo sería si se atrasara el pedido? —preguntó la señora Oliver mientras se ponía el abrigo.

Diana se apretó la sien con las manos.

—Podría acelerar el envío.

—Así que no sería tan malo... —La señora Oliver se puso la capota sobre el cabello canoso.

—No tenemos dinero para pagar el envío urgente en un pedido tan grande. He usado la mayor parte de lo que gané con Ferrocarriles Barton para comprar la empresa a Charlotte. Y el presupuesto de Ferrocarriles Richardson es escaso hasta que tengamos esa línea en marcha.

—Bueno... —La señora Oliver se ató la capota bajo la barbilla—. Entonces, esperemos que el señor Broadcreek se haya equivocado.

Echó un vistazo por la ventana y vio que por fin se había ido.

—Hablaremos por el camino. Si de verdad está cerrada la oficina, nos las tendremos que ingeniar para conseguir una cantidad considerable de dinero antes del lunes.

No habían caminado ni una manzana cuando el señor Keaton, con el cabello recién peinado y una flor en el ojal, apareció delante de ellas.

Diana no lo saludó; giró rápidamente, sin siquiera frenar el paso. Había rechazado su compañía en el camino a casa tres veces aquella semana y no tenía tiempo de escabullirse una vez más. La señora Oliver murmuró una disculpa en voz baja y aceleró el paso para unirse a ella.

A cada paso de camino a la tienda de balasto, Diana se ponía más nerviosa. Malditos todos y cada uno de esos hombres. Si tanto querían una compañía ferroviaria, que aprendiesen a trabajar y crearan una. Eso era lo que había hecho Nate.

Por desgracia, no había muchos hombres como su hermano en Londres.

La señora Oliver caminaba a la par que ella.

—Siempre puede pedirle al señor Barton algo de dinero.

—No hay tiempo para eso. Está en Baimbury y necesitamos el dinero en muy poco tiempo. —¿Pedírselo a su hermano Nate? Ni hablar. Por fin estaba haciendo realidad su sueño de volver a hacer productiva la finca en Baimbury, así que le correspondía a ella hacerse cargo de todo en Londres. Si hiciera la más mínima alusión a sus problemas, él se subiría al primer tren de vuelta a la ciudad.

Además, si recurría a él, tendría que contarle que había comprado Ferrocarriles Richardson y tal vez pensara que dirigir ambas compañías sería demasiado para ella. Pero no lo era. Nate y el señor Richardson habían hecho un excelente trabajo para hacerlas crecer; ella solo debía mantenerlas en marcha. Era capaz de hacerlo.

Su hermano nunca había tenido que enfrentarse a la persecución de mujeres por el simple hecho de dirigir una empresa ferroviaria.

—Puede que sea el momento de pedirle al señor Barton que vuelva. —La señora Oliver caminaba al mismo ritmo que ella, a pesar de triplicarle la edad. ¿Qué haría sin su ayuda? Se volcaba en la compañía casi tanto como ella, así que no quiso darle la razón para no preocuparla. Londres no estaba hecha para que las mujeres dirigieran negocios, por lo menos no sin un hombre que las protegiera—. Podría venirnos bien para intimidar a todos esos necios que vienen a la oficina.

—Aún no. No voy a pedirle que vuelva todavía.

—Entonces tal vez deba elegir a uno de los pretendientes que vienen a la oficina y permitirle que la corteje. Eso alejaría a los demás y por fin tendría el tiempo que necesita para hacer todo el trabajo.

¿Elegir a uno de esos hombres pretenciosos? Incluso aunque empezase un cortejo con alguno de ellos, no sería fácil persuadir al resto para que la dejasen en paz. Salvo que el hombre fuese uno imponente. Pero ¿qué haría ella con un hombre imponente una vez que hubiera espantado a los demás?

Aligeró el paso. El ridículo cargado con el dinero para el balasto le golpeaba la pierna al andar. Rezó para que su bolso volviera vacío a casa.

❧❧❧

La lluvia cubría las calles de Londres de riachuelos y charcos embarrados. Diana utilizó la capota para taparse un poco la cara y salió del carruaje que había alquilado. La única joya que le quedaba —el collar de esmeraldas que consiguió salvar cuando Nate vendió cuanto podía para empezar su negocio ferroviario— ya no estaba. Era de su abuela, pero si eso significaba que el balasto llegase a tiempo, el sacrificio merecería la pena. La gente era más importante que las joyas, y Charlotte confiaba en ella.

—Es un poco tarde para que una señorita esté sola en la calle. —Levantó la cabeza y casi se resbaló por culpa de un charco.

Reconocería ese bigote en cualquier parte. Ni la peor de las tormentas lo alteraría.

El señor Broadcreek.

Había pasado los últimos tres días arreglando el problema del que él tan felizmente había sido testigo. Era tarde, el sol ya se había puesto, estaba empapada y lo único que quería era derrumbarse en la cama.

—Señor Broadcreek, ¿qué está haciendo aquí?

—Esperaba acompañarla a casa.

La puerta de la vivienda de la señora Richardson, su casa durante los últimos tres meses, estaba a tres metros.

—Creo que puedo ir yo sola.

—Gestionar todo sola a veces no es la mejor opción. Y menos cuando tiene a alguien dispuesto a ayudarla.

—Nate está en Baimbury; la finca y su mujer lo necesitan allí. Soy muy capaz de manejar todo yo sola. Si no lo fuera, Nate no me habría dejado al mando.

Se atusó el bigote y dio un paso al frente.

—No me refería a su hermano.

Diana sintió una presión en el pecho. Ya tenía suficiente con soportar a los hombres en la oficina, pero aquella era su casa por lo menos mientras la señora Richardson la necesitara.

—¿Se refiere a un pretendiente?

El señor Broadcreek dejó de caminar y se quedó inmóvil.

—Puede que sí me refiriera a eso.

Podía ver un destello de lujuria en su mirada. Tras semanas intentando ganársela, pensaría que por fin lo había conseguido.

Imposible.

Diana sonrió.

—Ya tengo uno de esos.

Él frunció el ceño. Si hiciera preguntas al respecto, no tendría ninguna respuesta que ofrecerle. Necesitaba que desapareciera de su vista de inmediato, pero la puerta de casa de la señora Richardson tenía valla. Tendría que llamar a antes de poder entrar, y se negaba a permanecer un segundo más en su compañía.

—Y tiene razón, él me está ayudando mucho. De hecho, hay una cosa más de la que debo hablar con él esta noche. —Se dio la vuelta y subió el primer escalón del carruaje. El conductor la miró sorprendido, pero enseguida entendió la situación y asintió con sutileza.

—Señorita Barton —la llamó por detrás Broadcreek—, no puede ir a visitar a un hombre después del anochecer. Arruinaría por completo su reputación. —Ella entró en el carruaje. Mejor arruinar su reputación que arruinar Ferrocarriles Richardson—. Ningún hombre en Londres va a quererla. —La manera en la que habló sonó amenazante.

¿Ningún hombre en Londres iba a quererla si su reputación estaba arruinada? Se sentó en el asiento tapizado y el conductor fue tras ella a cerrar la puerta. La lluvia que golpeaba el techo del carruaje acallaba la perorata del señor Broadcreek. Se echó hacia atrás, apoyó la cabeza sobre la pared y una especie de calma se apoderó de ella. La idea de que ningún hombre la quisiera no le parecía una maldición. El señor Broadcreek quiso hacerle una advertencia, pero, en vez de eso, le ofreció un poco de esperanza.

Una reputación arruinada no era el fin del mundo. Los hombres a los que había conocido hasta aquel momento en Londres eran unos prepotentes. Claro que le gustaría casarse algún día. No podía mirar a Nate y Grace y no querer la misma felicidad. El carruaje se adentró en la noche. Se frotó la sien y respiró profundamente. Cuando quisiera casarse, solo tendría que volver a Baimbury. No tenía la necesidad de hacerlo por dinero o estatus, así que encontraría a un buen hombre y se establecerían lejos de Londres en cuanto dejase el negocio ferroviario.

Unas cuantas calles y un giro después, el conductor frenó.

—¿Adónde vamos, señorita? —preguntó, elevando la voz para hacerse oír sobre el sonido de la lluvia. ¿Cómo era posible que ese conductor de mediana edad fuera más considerado que cualquiera de los caballeros que conocía? Había esperado hasta que el señor Broadcreek estuviera muy lejos de ella para preguntarle su destino. Se quedó sentado bajo el chaparrón esperando su respuesta.

Necesitaba un hombre que arruinase su reputación y que no quisiera su ferrocarril a cambio. Un hombre que no la obligase a casarse con él o que no se tomase su farsa en serio.

Un nombre flotaba en su cabeza desde que había asegurado que alguien la cortejaba. Apenas se habían visto y era probable que ni se acordase de ella. Pero Diana no había podido olvidarse de él. Le temblaba la mano, que se frotó en el costado. Solo era un hombre como otro cualquiera de Londres, se dijo. Por supuesto que podría arreglárselas con uno si eso la libraba de aguantar a muchos cada día.

Le dio una dirección al conductor. La lluvia seguía cayendo, pero el coche de caballos de alquiler no se movía. ¿No le había oído por la ventana? Se echó hacia delante para repetírsela; pero, antes de que pudiera hacerlo, él respondió:

—Sí, señorita.

A juzgar por la pausa, incluso él debía de saber de quién era la dirección que le había proporcionado. Mientras el carruaje avanzaba, se pellizcó la nariz y respiró hondo. Su vestido era un desastre, su capota estaba destrozada y llevaba sin dormir bien varios días.

Así no era en absoluto como esperaba volver a ver a lord Bryant.

Capítulo 2

QUE ALGUIEN LLAMARA A LA puerta del estudio de Everton a esas horas nunca significaba nada bueno. Sus criados sabían que no debían molestarlo en su momento del brandi, y no tenía familia. Sus padres habían fallecido, los dos habían contraído la misma enfermedad poco después de haber concertado el desastroso matrimonio de su hijo. Siempre alejados en vida, fue extraño que murieran con días de diferencia.

Rachel había fallecido hacía cuatro años. Y, aunque estuviera viva, tampoco sería probable que fuera a llamar a su puerta. Su matrimonio solo duró un año, pero solo tuvo que sufrir seis meses viviendo bajo el mismo techo que él. A lo largo del pasillo en el que estaba su estudio, colgaba una larga hilera de matrimonios infelices inmortalizados en retratos. No había tenido tiempo para encargar uno de Rachel y suyo, lo que significaba que los retratos de los barones Bryant acabarían ahí. Como debía ser. En esa casa había suficiente miseria como para durar varias generaciones más; pero, con suerte, cuando su primo se mudase, todo cambiaría.

Tenía la mirada fija en el líquido color ámbar de la copa mientras pensaba si atender la llamada o no. Se servía un brandi cada noche, pero nunca se lo llegaba a tomar. Durante un año bebiendo, lo único que había conseguido era un insoportable dolor de cabeza cada mañana. Ya llevaba dos años sin paladear ni siquiera el vino más suave. Sabía que era un desperdicio servirse una copa cada noche solo para mirarla, pero no dejaba de hacerlo. El desperdicio era algo a lo que estaba acostumbrado, y algo en la tonalidad opaca del líquido lo reconfortaba con solo mirarlo.

Lo mejor sería que la abriera pues, de lo contrario, Nelson se quedaría fuera de su estudio esperando en silencio quién sabe cuánto tiempo.

—¿Qué pasa, Nelson? —gruñó. Sin nadie con quien hablar, su voz se volvía más áspera cada tarde que no salía.

—Lord Bryant, tiene un invitado —respondió el mayordomo con tono calmado y sereno. Su semblante nunca revelaba quién se atrevía a invadir la soledad del barón. Su voz también había sonado calmada y serena el día en el que el primer ministro, Robert Peel, fue a visitarlo.

Por la ventana vio cómo un destello de relámpago iluminó el cielo. Pensó en quién desafiaría una tormenta en la oscuridad, lo más probable era que fuese un primo segundo o tercero que hubiera perdido su camisa en alguna apuesta. Nunca debió ayudar al demonio de su primo el año anterior; fue como si anunciase su disposición a rescatar a cualquiera que compartiese una gota de sangre con él. Por suerte, no quedaban muchas personas vivas que compartieran su sangre.

Tendría que ser inflexible con el pobre hombre que estuviera fuera. Si no, se correría la voz de que estaba dispuesto a renunciar a su momento de contemplar el licor.

—¿Quién es?

Nelson abrió la puerta.

—Es una señorita, señor. Una señorita empapada.

—¿A estas horas? ¿Qué quiere?

Frunció el ceño, una reacción exagerada para él.

—No se me ha ocurrido preguntar. Vuelvo enseguida.

¿A Nelson no se le había ocurrido preguntar? Qué descuido tan inusual en él... Se pasó la mano por la cara. ¿Qué mujer elegiría una noche como esa para una visita social? ¿*Lady* Emily? Era imposible que su padre le hubiera permitido salir de casa a esas horas. Se le ocurrían algunos otros nombres, pero la mayoría eran poco probables. Quienquiera que fuese, y fuera lo que fuere lo que quería esa mujer, no sería respetable. Puede que la situación le hubiera divertido años atrás, pero en ese momento lo único que quería era estar solo.

Nelson había dejado la puerta un poco abierta, así que no llamó cuando volvió, sino que entró al estudio directamente sin abrirla por completo.

Esperó un momento a que hablase, pero el mayordomo se quedó quieto y en silencio.

—Y bien, ¿qué quiere?

Tiró de su pañuelo, un movimiento que Everton nunca antes le había visto hacer, y se aclaró la garganta.

—Venga, suéltalo ya. —Nunca antes había tenido que pedirle dos veces algo. ¿Qué le pasaba esa noche?—. Si es otra desgraciada jurando haber dado a luz a un hijo mío, ambos sabemos que no es verdad.

—No es eso —respondió, moviendo un poco la cabeza y mirando de lado. Se inclinó hacia delante y bajó la voz—. Pero me temo que no va muy desencaminado. Tiene treinta y un años. —Frunció el ceño—. Quizá sea el momento de dejarse de tonterías.

Como si pudiera... Esas «tonterías» eran lo único que le ayudaban a sentirse vivo y útil, algo más que una sanguijuela en la sociedad. Su edad no tenía nada que ver.

—Dime qué es lo que quiere.

—Ha venido buscando... —Se volvió a aclarar la garganta.

—¿Buscando el qué?

—A... un hombre, señor. Uno para... —Se movió—. Arruinar su reputación. Al parecer, su propia reputación le precede a usted.

¿Un hombre para que arruinase su reputación? ¿La habría enviado la señora Cuthbert? No podía ser, ella era más inteligente que eso. En ese momento estaba ocupado con *lady* Emily y ella misma lo había organizado.

—Por favor, dime que no la has hecho pasar al salón principal. No hay que llevar a cabo transacciones como esta por la noche. Dile que se vaya.

Se movió nervioso.

—No la he hecho pasar al salón.

—Gracias a Dios que has tenido el juicio para no hacerlo. ¿Cómo se llamaba? Puedo organizar algo para reunirnos en la ciudad si está desesperada, supongo, pero justo este momento... ¿ha dicho que era urgente?

La puerta de la oficina se abrió y entró una mujer empapada de cabello oscuro. El vestido se le pegaba a las piernas y a los brazos, y la capota empapada le tapaba media cara. ¿Qué demonios...?

Nelson tiró de su pañuelo por segunda vez.

—No quería entrar al salón principal, señor. Ha dicho que usted quizá no quisiera verla si iba allí.

Tenía toda la maldita razón: no lo habría hecho. Esa mujer estaba mojando su alfombra parisina.

—Lord Bryant —saludó con una voz sin aliento que a él le resultó algo familiar. La capota medio caída le cubría de sombras la cara. Tenía la mano apoyada sobre la puerta, como si temiese que fueran a echarla y a cerrársela en las narices. Una suposición inteligente. ¿Dónde había escuchado esa voz antes? Conocía a demasiadas mujeres en Londres. Su figura era aceptable; bueno, más que aceptable. Alta y delgada, con ropa bien hecha pero sin adornos. No parecía el tipo de mujer que fuera a necesitar su ayuda.

Aunque, en realidad, era posible que hubiera ido para echar por tierra su reputación. No sería la primera vez, pero sí la primera en que una dama lo abordaba en su estudio. Estuvo dos años rechazando visitas antes de que las cartas dejaran de llegarle a casa. Molestar a lord Bryant en su domicilio era una ofensa que no perdonaba con facilidad. Alguien debería habérselo dicho a esa jovencita.

—Parece que me lleva ventaja, no la conozco —dijo Everton.

Ella se apartó de la puerta y se quitó la capota de la cara con la parte trasera del antebrazo. El sombrero cayó hacia atrás y se quedó colgando por la espalda sujeta por las cuerdas, lo que le hizo parecer una niña obstinada. La dama abrió los ojos con sorpresa al verle la camisa abierta y el cabello despeinado. Pero ¿cómo esperaba encontrárselo a esas horas de la noche? ¿Solo en casa vestido de calle? A pesar de estar mojadas tanto ella como su ropa, era joven y desprendía una luz que no pertenecía a su casa.

—Señorita Diana Barton —se presentó—. Nos hemos visto alguna vez.

¿La hermana de Nate Barton? Entrecerró los ojos. ¿Por qué iba a tener la necesidad de relacionarse con un canalla como él? Las pocas veces que la había visto había sido una señorita de lo más respetable.

—Cierto. Pero en ninguna de esas ocasiones me habría imaginado que alguna vez la iba a encontrar empapada en mi estudio por la noche. ¿La señora Cuthbert le ha dado mi dirección? Si ha sido ella, no debería haberlo hecho.

La señorita Barton cambió el semblante audaz con un parpadeo nervioso. Se había mantenido firme y con la cabeza bien alta hasta que mencionó a la señora Cuthbert, como si estar en casa de un hombre en una noche como aquella no estuviera fuera de lugar.

—¿Está hablando de la señora Lucinda Cuthbert? Apenas la conozco —bufó. En «su» estudio—. Además, no he necesitado la ayuda de nadie para encontrarlo. Todo el mundo sabe dónde vive el barón Bryant.

Así que la señora Cuthbert no la había enviado... Eso cambiaba las cosas.

—Entonces, entrada la noche y por su cuenta ¿ha decidido venir a mi casa e irrumpir en mi estudio?

La joven bajó la cabeza levemente ruborizada.

—No diría que es «entrada la noche».

—Pero es muy tarde para estar aquí.

—No he encontrado otra manera de preguntárselo. No me queda tiempo y una carta me parecía...

Levantó una ceja. La señorita Barton y sus brillantes ojos de color cobre estaban resultando una bienvenida distracción.

—¿Inapropiada? —preguntó.

Negó con la cabeza y el movimiento causó que un oscuro mechón de pelo se le deslizara por el cuello.

—Que no conseguiría el resultado deseado.

—¿Que es...? —No se había levantado desde su llegada y le estaba empezando a temblar la pierna. Intentó pararla haciendo fuerza con la mano. Su madre no estaba ahí para avergonzarse y la señorita Barton no había ido por su fama de caballero.

—Como ha dicho su mayordomo, he venido a arruinar mi reputación... tanto que ningún hombre en Londres me quiera. O, por lo menos, lo suficiente para que me dejen trabajar en paz.

¿Trabajar? ¿Qué tipo de trabajo requería una reputación arruinada y desear que los hombres la dejaran en paz?

—Lo más probable es que ya haya arruinado su reputación al venir aquí.

Negó con la cabeza.

—No, eso no será suficiente. Necesito arruinarla por completo. Y no solo esta noche. Lo que necesito es una especie de ruina permanente durante los próximos dos meses.

¿Arruinarla por completo? La pierna le dejó de temblar. Nelson se movía incómodo, pero sabía que era mejor no decir nada. La señorita Barton permanecía tan firme como una estatua griega. ¿Qué le estaba pidiendo exactamente? ¿No se daba cuenta de lo ridículo que resultaba aquello? Cualquier otro hombre habría despachado al mayordomo y se habría aprovechado de ella en ese mismo instante. Sería muy fácil acabar con la luz que sin ningún derecho había llevado a una casa en penumbra.

Se aclaró la garganta.

—Y si no estoy de acuerdo, ¿qué va a hacer? —Lo último que necesitaba era sentirse culpable por arruinar la vida de otra mujer—. ¿Buscar a un hombre más dispuesto al que visitar esta noche?

Negó con la cabeza otra vez y el mismo mechón de pelo rebelde se meció sobre su pálida piel.

—No, estoy bastante convencida de que usted es el único hombre apropiado para lo que tengo en mente.

Alejó la silla del escritorio y se levantó. El suelo bajo sus pies se movió durante un momento. Necesitaba dormir más y dormir bien. ¿Cuánto tiempo había pasado desde que había tenido una noche completa de descanso?

Años.

Rodeó el escritorio y avanzó hasta el centro de la habitación, acercándose lo suficiente como para ver el fuego en los ojos de la señorita Barton. El color era parecido al de su brandi, por eso le parecían familiares y profundos. Le daba la sensación de haberlos estado mirando desde mucho antes de que llegara.

—Señorita Barton, ha venido en mal momento. —Le dedicó una sonrisa. Hacerse el duro solo animaría a una mujer como ella, que deambulaba por Londres e irrumpía en su estudio. A pesar de sus audaces afirmaciones, mantenía la cabeza alta como una dama. Era capaz de ahuyentar a la mayoría de las mujeres con palabras y frases dulces y, cuando aquello no funcionaba, un simple roce resolvía el problema. La idea de lord Bryant, el vividor, a menudo resultaba atractiva, pero solo mientras seguía siendo una vaga amenaza—. Verá... —Dio un paso adelante y se situó a menos de un brazo de distancia de ella—. Solo arruino a señoritas antes de la cena. —Levantó el brazo y apuntó con el dedo índice a la garganta de la joven. Quería acariciar ese delicado rizo, pero se detuvo y retiró la mano—. Tendrá que volver mañana.

En vez de echarse hacia atrás, la señorita dio un paso al frente, se llevó la mano a la cintura y sonrió.

—Estoy ocupada durante el día.

—Y yo estoy ocupado durante la noche. Parece que esta ruina permanente que ha planeado entre nosotros no va a funcionar. Nuestros horarios no son compatibles.

La señorita Barton tenía la respiración agitada y frunció sus cejas oscuras y anchas.

—No le haré perder mucho tiempo, solo una reunión aquí y allá para causar un pequeño escándalo. Dios sabe cuántos de esos ha tenido.

—Pero ninguno con la hermana de un hombre al que respeto y que consigue tolerarme. Su hermano acaba de permitirme invertir con él, y la rentabilidad de esa inversión ha sido excelente. No voy a ponerla en peligro.

Movió sus armoniosas caderas y levantó una ceja, esa vez con el rostro relajado.

—La verdad es que Nate no lo tolera.

—Él acepta mi dinero. —Que en realidad era lo único que importaba. No quería formar un vínculo con ese hombre; no necesitaba el respeto de nadie.

Sonrió, y si él creía que antes parecía confiada, esa sonrisa abierta la convertía en una mujer sin miedo.

—«Yo» acepto su dinero, lord Bryant. —Se inclinó hacia delante—. He estado dirigiendo las inversiones de la empresa durante los últimos seis meses. Si Nate supiera que le estoy permitiendo invertir con nosotros, lo pararía de inmediato.

Everton ladeó la cabeza. Una información interesante. La señorita Barton era una caja de sorpresas. Sin embargo, no debería estar allí; ninguna mujer debería. Quizá fuera el momento de que la sorprendieran a ella. Everton se encontró con su mirada insistente. Movió la mano hacia la manilla de la puerta, pero la postura de la joven parecía anunciar su intención de quedarse. Si estaba tan decidida, solo quedaba una cosa por hacer.

Se inclinó hacia atrás para poder verla de arriba abajo. De forma lenta y deliberada, recorrió su figura con la mirada. Incluso mojada, y con tantas capas de ropa que escondían su silueta, sabía justo en qué partes insistir en su escrutinio para que un pequeño rubor le apareciese en las mejillas. Era uno de sus pocos talentos y estaba bastante orgulloso de él. Nada en el comportamiento de la señorita Barton sugería que de verdad quisiera que la arruinasen. A pesar de haber ido a visitarlo sin acompañante, era una señorita de indiscutible integridad moral.

Lo que significaba que había una manera muy sencilla de conseguir que se marchara.

—Puedes irte, Nelson. No puedo arruinar a una dama contigo delante.

La señorita Barton tragó saliva con un movimiento tan delicado que hizo que volviera a fijarse en su garganta. ¿Cuánto tiempo había pasado desde que rozó con sus dedos un cuello como ese? Más del que había pasado desde que durmió bien, de eso estaba seguro. Ambas cosas no estaban del todo relacionadas.

—No —respondió, levantando otra vez la barbilla y sin apartar la mirada—. Nelson, quédese. —En vez de empequeñecerse o salir por la puerta, parecía más segura y se acercó a él.

Lord Bryant sonrió. La señorita Barton iba a suponer todo un reto. Le entró un repentino deseo de oír su plan, ya que podría venirle bien algo de distracción. Pero su situación con *lady* Emily era cuando menos delicada y no podían verlo interesado en otra mujer.

Todavía no.

Dio un pequeño paso hacia ella.

—Es mi mayordomo. ¿De verdad cree que le hará caso antes que a mí?

Nelson se mantuvo firme.

—Me quedaré, señorita.

Maldito Nelson, el traidor. Lo amenazaría con relevarlo de su cargo, pero sabría que estaba mintiendo.

La intrusa nocturna le ofreció a Nelson una radiante sonrisa, y el gesto malhumorado se lo dedicó a él. El ápice de ánimo que había sentido mientras le miraba la garganta se esfumó y ya solo sintió agotamiento. No le permitiría a esa mujer, que dedicaba sonrisas más amplias a su mayordomo que a él, quedarse en su casa ni un minuto más.

—Lo que sea que hubiera planeado, no lo haré.

Lo miró a los ojos. Parecía que se había dado cuenta de que su negativa era real.

—Solo necesito que venga a mi oficina alguna vez durante los próximos dos meses y ahuyente a los hombres que revolotean por allí —replicó a toda prisa.

—No.

—Pero están arruinando mi negocio.

Proteger a la señorita Barton era responsabilidad de su hermano. Él era responsable de *lady* Emily y no podía poner eso en peligro, y menos por una mujer que podía cuidar de sí misma.

—Ha actuado de manera precipitada viniendo sola a mi casa a estas horas de la noche. Si quiere arruinar su reputación, ya lo ha conseguido. No se recuperará de esto. Si en algún momento en el futuro desea conseguir un marido, debería por lo menos haber creado una coartada creíble. La gente puede pensar lo que quiera de usted, pero un marido nunca debería hacerlo. Nadie se va a creer que un conocido sinvergüenza como yo fuera a permitir que una mujer de atractiva figura, tan evidente con su ropa mojada, escapase de su casa intacta. Y, a decir verdad, si se queda mucho más tiempo, estaré encantado de honrar mi fama.

Por un momento, ella se mantuvo firme. De repente Everton Bryant sintió una extraña sensación en el pecho: anhelo. La respiración se le entrecortó mientras esperaba su veredicto. Por Dios, si se quedaba...

Entonces ocurrió. Todo su orgullo y determinación desaparecieron. Un simple comentario sobre tocarla y ya estaba mirando hacia la puerta. Suspiró y se alejó de la luz que esa dama desprendía. No tenía ni idea de qué se le había pasado por la cabeza al pensar que la iba a ayudar, pero al fin la había convencido para que se fuera.

—Nelson, acompaña a la señorita a la puerta.

Asintió y, esa vez, la joven lo siguió. Dio dos pasos antes de darse la vuelta.

—No tiene por qué ser durante los dos meses completos. Venga una o dos veces; con eso me valdrá si es lo único que está dispuesto a hacer.

¿Es que esa mujer no se iba a ir nunca? ¿Acaso no sabía qué tipo de lugar era aquel? Su casa no estaba hecha para una mujer elegante como ella. Allí era donde los espíritus elegantes iban a morir.

Se apresuró hacia delante y la agarró por la nuca y cerró el dedo pulgar sobre la garganta. Su presión fue leve; la reacción de ella, instantánea. Se estremeció, pero no se apartó. Nelson dio un paso al frente, pero Everton lo miró de tal manera que lo hizo retroceder.

La joven tragó saliva con dificultad. Se le notaba la respiración agitada, pero parecía decidida a mantenerse firme incluso con la mano del hombre sobre su cuello.

Una señorita delicada que rechazaba el contacto con él, pero lo permitía. Le subió bilis por la garganta y la habitación le la daba vueltas.

Apartó la mano de su suave piel como si se hubiera quemado.

—Váyase.

—Pero...

—No voy a escuchar más razones. Ha venido a mi casa sin ser invitada y le he pedido varias veces que se fuera. Si no se va ya, tendré que llamar a la policía.

Con un tembloroso asentimiento, al fin aceptó. Nelson le dedicó una sonrisa, le apoyó con suavidad la mano sobre la espalda y la acompañó fuera de la habitación. No se estremeció cuando la tocó. En todo caso, Everton notó cierto alivio en sus llamativos rasgos.

Dio la espalda a ambos y caminó a paso lento hacia su escritorio. Daba cada paso con cuidado; no fuera a tropezarse mientras la señorita Barton estuviera en la casa y pudiera oírlo. Llegó junto al escritorio y oyó cerrarse la puerta. Tuvo que alargar la mano para estabilizarse y, tras respirar hondo durante unos instantes, se deslizó hasta la silla y volvió a poner el brandi delante de él. La bebida no iba a darle respuestas esa noche, pero por lo menos se había distraído durante un rato. A veces una distracción era mejor que la vida vacía a la que se estaba acostumbrando. Tal vez algún día, cuando la señorita Barton estuviera felizmente casada, le diera las gracias por su comportamiento en esa extraña visita.

Habría merecido la pena solo por ver la mirada de horror en la cara del pobre tonto de su marido.

ᔕᔕᔕ

Diana se alejó del anciano mayordomo tras cruzar el umbral de la casa de lord Bryant y volvió a adentrarse en la oscuridad en medio de la fuerte lluvia. Aunque no volviera nunca, sería demasiado pronto. Le temblaban las piernas al pensar en el encuentro.

—Puedo volver a mi carruaje yo sola —le aseguró a Nelson. El mayordomo miró al cielo y después a ella con indecisión. Volvió a respirar hondo y, reuniendo el valor que le quedaba, le dirigió una sonrisa tranquilizadora al pobre hombre. Con una última mirada apenada, cerró la puerta. Un segundo después, oyó el pestillo al cerrarse. Diana se dio la vuelta y se dejó caer al suelo deslizando la espalda por la fachada de piedra áspera de la casa de lord Bryant. Su vestido ya estaba hecho un desastre, así que unos minutos más en la lluvia no iban a estropearlo mucho más.

No iba a ayudarla. No sabía qué la había llevado a pensar que lo haría. Su problema con el señor Broadcreek era el resultado de su estupidez. Hasta entonces nunca se había retrasado al gestionar un pedido. Nunca. Cualquier mujer en su sano juicio escribiría a Nate y le pediría que volviese, pero él ya había hecho suficiente por toda su familia. Era el momento de que él tuviera su propia vida, y de que ella se valiera por sí misma e hiciera todo lo posible por salvar su negocio.

Tocó el pequeño adorno que llevaba en el pecho. Era un tonto premio diario creado por el señor Richardson para mantener a Nate interesado en el ferrocarril incluso después de que su corazón volviera a Baimbury. Cada día los tres solían discutir sobre quién había conseguido más esa jornada, y el ganador se llevaba la insignia a casa. Si su hermano o su antiguo socio hubiesen estado todavía allí, cualquiera de los dos la habría llevado puesta en el pecho. Nate se habría encargado de inmediato del señor Broadcreek mientras el señor Richardson realizaría el pedido.

En ese momento no había nadie con quien competir. El simbólico premio le pesaba en el pecho. Era un reconocimiento que se llevaba a casa todos los días, sin importar los desastres que provocaba. ¿Qué tipo de distinción era esa?

Suspiró. No podía hacer otra cosa salvo volver a casa. Los chicos estarían dormidos y su madre, la señora Richardson, la estaría esperando despierta, ya que no se dormía hasta que la oía llegar cada noche. Le temblaban las manos cuando se secó la lluvia de los ojos.

La esmeralda que había vendido pagaría el envío urgente de balasto. El señor Broadcreek no se había salido con la suya, pero ¿qué haría para boicotearla después? Si lord Bryant hubiera aceptado su plan, solo su nombre habría ayudado a mantenerlo alejado.

¿Cómo tenía que interpretar el hecho de que lord Bryant, quien protagonizaba varios escándalos al año, no quisiera rebajarse a provocar uno con ella? Se le encogió el estómago y cerró los ojos con firmeza. ¿Tan tonta le había parecido? Por lo menos no se había echado a llorar... Habían pasado meses desde la última vez que lo había visto y confiaba en que no le resultara tan apuesto en su propia casa con ropa más informal. Sin abrigo y con los primeros botones de la camisa desabrochados, puede que hubiera parecido más humano, pero no menos guapo. Los hombres como él deberían tener prohibido ser también ricos y poseer un título. Y de no ser así, deberían tener la obligación de ayudar a cualquier señorita que los necesitase de verdad.

Al fin dejaron de temblarle las manos y se levantó. Si no estaba dispuesto a ayudarla, se le tendría que ocurrir otra cosa. El negocio no podía seguir como estaba, no tenía más joyas para vender y, si algo más iba mal, no sería capaz de conseguir que el Parlamento le otorgara el permiso para construir otra línea. Sin esa licencia,

Ferrocarriles Richardson valdría menos de lo que ella pagó, Charlotte Richardson se quedaría desamparada y ella habría llevado a la bancarrota una empresa ferroviaria exitosa hasta ese momento.

Nate tendría que volver a Londres y recoger las piezas rotas de ambas compañías. Ya había arreglado el desastre en el que estaba su finca cuando la heredó. Ojalá no tuviera que arreglar también su desaguisado.

No iba a decepcionar ni a Charlotte Richardson ni a sí misma por el simple hecho de que lord Bryant se negase a ayudarla. Había cometido dos graves errores: el primero fue ir allí y el segundo pedirle consentimiento. Pateó las piedras del suelo de su enorme finca de Londres. No podía hacer nada en cuanto al primero. Estaba allí y no tenía ninguna manera de volver atrás en el tiempo para salvarse de la humillación de suplicarle ayuda.

Pero ¿el de pedirle consentimiento? Ese era un error del que podía aprender. Respiró hondo y avanzó hasta el carruaje. Saltó varios charcos para evitar empaparse unos zapatos ya bastante mojados. No iba a pedirle a Nate que abandonara su casa para salvarla a ella; todavía no. Lord Bryant arruinaba la reputación a varias mujeres al año, existía la posibilidad de que lo hiciera con otra sin enterarse.

¿Y si se enteraba?

Ya lo afrontaría cuando llegara el momento.

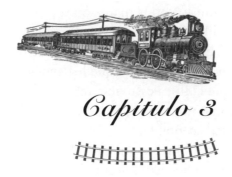

Capítulo 3

—¿CUÁNTAS LIBRAS ESTARÍA interesado en invertir? —Diana miró al señor Winston desde el otro lado de su escritorio. Parecía sincero, pero también lo parecía el señor Yates, que había pasado tres semanas yendo a su oficina y haciéndole perder el tiempo para rechazar la inversión cuando ella se negó a un paseo por Hyde Park. Había aprendido varias cosas sobre el modo de deshacerse de falsos inversores desde su experiencia con ese hombre. Sobre todo en las últimas tres semanas, que usaba el nombre de lord Bryant como escudo. Por fin podía trabajar sin contratiempos. Su mayor problema era deducir quiénes querían invertir de verdad y quiénes acudían a la caza de su negocio ferroviario.

Inclinó la cabeza a un lado. El señor Winston era lo bastante joven como para estar interesado en el matrimonio, pero algunos de sus inversores también lo eran. No podía usar el nombre de lord Bryant mientras no supiera a ciencia cierta qué tipo de hombre era. Lo último que quería era que un contacto serio pensase que era tan tonta como para caer en brazos del embaucador barón. Tendría que negar su relación con él si lo hiciera. Lo que, después de todo, era la verdad.

—¿Hay algún límite? —preguntó.

—Sí, pero es bastante alto.

—De momento me gustaría invertir quinientas libras. —Tragó saliva y se frotó el muslo con la mano. Su ropa era buena pero no cara. Quinientas libras era una gran suma para un hombre como él. Debería ser halagador que un hombre se deshiciera de tanto dinero solo para cortejarla, aunque le devolvería esa cantidad y más una vez que la línea estuviese terminada. Pero no iba a preocuparse de momento por eso. Él la buscó con la mirada—. ¿Esa sería una cantidad aceptable?

Claro que quinientas libras era una cantidad aceptable. No era la inversión más pequeña que había aceptado, aunque tampoco se acercaba ni mucho menos a la mayor. A pesar de su mirada amable y su nada común conducta indecisa, quería saber con quién estaba tratando antes de contestar. Abrió el cajón del escritorio y sacó un cuestionario y una hoja en blanco.

—¿Sería tan amable de contestar estas preguntas?

Él asintió y Diana observó cada movimiento de la pluma. Esperó impaciente a que llegara a la última cuestión.

Dejó la pluma cuando llevaba solo la mitad.

—Si me convierto en un inversor, ¿podré conocer al dueño de la empresa?

¿Conocer al dueño? Ella se echó hacia atrás en el asiento. ¿Acaso no lo sabía? Lo había identificado como un pretendiente esperanzado casi desde que había entrado en su oficina.

—El dueño está disponible para hablar con los inversores si es necesario.

Asintió otra vez y se volvió a pasar las manos por las piernas, esa vez más tranquilo. Parecía satisfecho por la respuesta.

Siguió rellenando el formulario a buen ritmo.

—Me encantaría conocer al propietario.

Diana frunció los labios. Ese hombre parecía saber que Ferrocarriles Richardson tenía un nuevo dueño. A juzgar por el empeño en conocer al máximo responsable, debía de saber que era una mujer soltera. ¿Por qué no podía sospechar que era ella? Tal vez la viese demasiado joven. Tampoco es que fuera una niña; por el amor de Dios, tenía veintidós años.

A decir verdad, era bastante joven.

Pero, aun así, ¿acaso le parecía tan incompetente? ¿Lo estaba juzgando ella erróneamente? ¿No sabría nada de la realidad de la empresa?

—Dependerá del horario de la dueña.

No levantó la vista con interés al oír el sustantivo en femenino, sino que siguió escribiendo. Una cosa era que la gente se interesase en ella por estar al frente de la compañía y otra que no se le diera la menor importancia al hecho de que ocupase ese cargo.

—Podría volver en cualquier momento que estuviera disponible.

Se mordió la lengua. Aquello le parecía intolerable.

—No es necesario, señor Winston. Está hablando con la dueña ahora mismo.

Dejó de mover la pluma y levantó la cabeza de golpe, como si un titiritero hubiera tirado bruscamente de ella con las cuerdas.

—Ah, ¿sí?

—Sí. —Él no puso cara de sorpresa, pero a ella le carcomía la ira. Había ayudado a Nate durante meses antes de hacerse cargo de algunas partes del negocio y, con anterioridad a la adquisición de Ferrocarriles Richardson, ya se había puesto al frente sola durante semanas. Era capaz.

El señor Winston recorrió con la mirada la habitación entera.

—El señor Richardson falleció hace relativamente poco. ¿Cómo es posible que usted sea la dueña?

—Le compré la empresa a la señora Richardson. Era demasiado para ella mientras estaba de luto.

—Lamenté su muerte. —Cambió su semblante. Agachó la cabeza y dejó de mirarla a los ojos—. ¿Su matrimonio con la señora Richardson era feliz?

Aparte del de Nate y Grace, era uno de los más felices que había visto nunca. Miró al antiguo escritorio del señor Richardson, que en ese momento ocupaba la señora Oliver. Los pocos meses en los que él, Nate, y ella trabajaron juntos en la oficina fueron unos de los más dichosos de su vida.

—Sí lo era.

—¿Cómo le va ahora?

¿Que cómo le iba? Esa era una pregunta difícil de responder y un asunto del que no deseaba hablar con un desconocido. Ojalá lo supiera ella. Durante el último mes, Charlotte no había tenido que enfrentarse a ningún problema ferroviario, pero en casa todavía estaba apagada.

—Se apoya en sus hijos.

Él asintió y volvió a tomar la pluma. Al fin, llegó a la cuestión que había estado esperando y respondió sin pensar.

Soltero.

Tras tantas preguntas sobre el dueño de la empresa y casi ninguna sobre el negocio, esa respuesta fue el último clavo en el ataúd del señor Winston. Buscó en su escritorio y tomó el dibujo a carboncillo de lord Bryant. No había conseguido calcar bien su perfecta nariz romana, pero, salvo eso, estaba bastante orgullosa de su representación de él. Puso el marco en su escritorio, le quitó una mota de polvo imaginaria y suspiró hondo.

El señor Winston paró para mirarlo mientras firmaba el cuestionario.

—¿Es ese su padre?

Diana ahogó un quejido. Deseaba tener talento para la acuarela o tiempo para la pintura al óleo, ya que era difícil representar la juventud con carboncillo. Quizá debería encargar un pequeño retrato suyo. Usaba tanto ese que seguro que merecería la pena tener otro.

—No, no es mi padre. —Le ofreció su mejor mirada pudorosa y acarició con suavidad la mejilla de lord Bryant. Era hora de terminar con el señor Winston. Se inclinó hacia delante con complicidad—. Si le cuento un secreto, ¿me promete que no se lo dirá a nadie?

Frunció el ceño como solían hacer todos los hombres en ese momento. No estaba allí para invertir, aunque había fingido mucho mejor que el resto. Había conseguido llegar hasta el papeleo, y la mayoría de hombres no pasaban de unas preguntas forzadas antes de verse obligada a sacar el dibujo.

—Lord Bryant y yo vamos a casarnos. Todavía no se ha anunciado, por lo que deberá mantener el secreto.

—¿Lord Bryant? ¿El barón?

—Sí, ¿lo conoce? —Abrió mucho los ojos y parpadeó, con un gesto que esperaba que fuera cautivador.

—¿Le ha pedido que se case con él? —Podía ver la extrañeza en su mirada. No era de los que se casaban. Era la única fisura de su plan, pero había formas de romper su fama de mujeriego.

—Bueno, no con esas palabras, pero sí dijo que enviaría a Nueva Gales del Sur a cualquier hombre que me mirase más de dos veces. Así que una propuesta de matrimonio no está tan lejos.

El señor Winston se aflojó el pañuelo. Odiaba comportarse como una colegiala enamorada en su oficina. Aquel era su lugar de trabajo, pero si quería poder desempeñarlo, eso era lo que tenía que hacer. Y en las tres semanas desde que había empezado a usar el dibujo y contar esa historia, había visto una significante disminución en la cantidad de hombres solteros que acudían a «invertir».

Gracias a Dios, no todos ellos mantenían el secreto.

—Señorita Barton, no sé cómo decir esto de manera delicada, pero ¿está segura al cien por cien de las intenciones de ese hombre? He oído que...

—No repita rumores, señor Winston. Si lo hace, tendré que pedirle que se marche y que no vuelva nunca. No toleraré que nadie hable mal sobre el hombre al que amo.

Pronunció la palabra «amo» entre dientes. ¿Por qué le costaba tanto decirlo?

—Aun así... siento que es mi deber... —No terminó la frase, tal vez al darse cuenta de que Diana tenía los puños y la mandíbula apretados. No tenía tiempo para eso.

—Yo que usted tendría cuidado con cómo acaba esa frase, señor Winston.

Se puso de pie, tomó los papeles, entrecerró los ojos al mirar el retrato enmarcado y después se aclaró la garganta.

—Me acabo de acordar de algo más que tengo que mirar en casa antes de decidir invertir.

Diana se levantó y sonrió.

—Por supuesto. Si hay algo sobre lo que no está seguro, sugiero que lo resolvamos ahora. Una vez que el dinero esté invertido, no habrá vuelta atrás hasta que se complete nuestra siguiente línea. Ahí es donde veremos el verdadero beneficio. Siempre aconsejo a mis inversores que echen un vistazo a los futuros gastos o planes antes de que se decidan.

Miró hacia la puerta.

—Sí, eso es. Me acabo de acordar de unos planes futuros. Les echaré un vistazo y, tal vez, vuelva en una semana.

—Es una buena idea.

Asintió y se alejó de su escritorio, todavía con la hoja de papel entre ambas manos. Llegó a la puerta y la abrió a toda prisa.

—Acuérdese de guardar mi secreto —le pidió—. Lord Bryant odia que se rumoree sobre mí por la ciudad casi tanto como a los hombres que vienen aquí con intenciones poco serias de invertir.

—Yo no rumoreo sobre nadie —respondió con un tono frío, pero ella pudo ver que el retrato había surtido efecto. No iba a volver. Él asintió de manera firme y salió por la puerta.

Diana cerró tras él con el sonido metálico de la campanilla. Suspiró. Quizá fuera el momento de dejar de aceptar inversiones en general. En cuanto la vía estuviera completa y empezasen a llegar los ingresos, entre sus fondos y los de Nate deberían ser capaces de mantener ambas empresas funcionando.

Pero por muy poco.

Y no solo quería mantener ambas empresas funcionando: quería construir más líneas. Todavía tenía que ganar veinte mil libras para demostrar al Parlamento que la empresa era solvente. Sin esos fondos, no le iban a otorgar un permiso para construir otra.

Por una vez, estaban solas en la oficina la señora Oliver y ella, justo como Nate lo había imaginado cuando se marchó a Baimbury. Sus líneas Barton habían estado —y todavía estaban— funcionando sin problema. Diana ayudaba a la señora Richardson con su empresa cuando él se fue, confiaba en que las dos tuvieran todo bajo control.

Pasó la mano por la mesa, el antiguo escritorio de su hermano. Las cosas eran muy diferentes a cuando empezó. Trabajar todos los días con Nate y el señor Richardson fue una de las experiencias más gratificantes de su vida. Ambos comenzaron en el negocio ferroviario al mismo tiempo y tenía sentido compartir una oficina, incluso con sus empresas separadas. A Nate le gustaba tener a alguien en la oficina, porque le daba la libertad de supervisar los trabajos de las líneas cuando estaban lo bastante cerca de Londres como para poder visitarlas e incluso trabajar de vez en cuando con los peones de obra.

Pero entonces el señor Richardson enfermó y falleció. Qué mundo tan extraño: alguien puede estar sano y fuerte y al poco tiempo desaparecer. La oficina nunca fue lo mismo después de aquello, todos podían sentirlo. Cuando supieron que el embarazo de Grace iba a ser difícil, Diana no tuvo que pedirle dos veces a Nate que volviera a Baimbury y la dejase al cargo a ella. Su hermano nunca llegó a sentir Londres como su casa. Ahora le tocaba a ella ayudar a la familia. Y siempre y cuando él no se enterase de que había comprado Ferrocarriles Richardson, estaba bastante segura de que se quedaría en casa y que por fin tendría la oportunidad de vivir su sueño de recuperar la productividad de la hacienda.

Pero echaba de menos aquellos días alegres. Trabajar con la señora Oliver no resultaba tan estimulante.

Tres meses más. Solo necesitaba tres meses más. Una vez que le otorgasen la autorización del Parlamento para construir otra línea de Ferrocarriles Richardson, el valor de la empresa duplicaría lo que el señor Broadcreek se había ofrecido a pagar en un principio por ella. Podría vender ambas empresas ferroviarias y volver a Baimbury con Nate y Grace. Recuperaría su vida.

Sacó el último documento en el que había estado trabajando, un pedido de más vías. Tenía sentido hacerlo en ese momento. El material iría destinado a la línea que todavía no había ni empezado, la que aún necesitaba el permiso. Pero si se adelantaba a la avalancha de pedidos que originaría la concesión de licencias en el Parlamento para construir nuevas líneas, se ahorraría más o menos una quinta parte del coste. Era un riesgo...

La campanilla encima de la puerta anunció la llegada de alguien, pero no levantó la mirada. Ya se había librado del señor Winston, la señora Oliver podría atender a quienquiera que acabase de entrar a la oficina. Tenía que acabar de rellenar el formulario de pedido.

—¿Cómo puedo ayudarle, señor? —preguntó la señora Oliver.

No podía ser Winston u otro inversor que volviera, ya que la señora Oliver siempre recordaba los nombres.

El recién llegado carraspeó, pero Diana no quiso levantar la mirada. Solo un par de especificaciones más que añadir y...

—Qué retrato tan bonito. ¿Dónde lo ha conseguido?

Diana se quedó inmóvil con la pluma en la mano. Reconocería el timbre de voz grave de lord Bryant en cualquier parte. Un tono seductor, como miel pegajosa pero dulce, abrumador a propósito. Levantó la cabeza de golpe, llevó la mano de inmediato al retrato y lo tumbó boca abajo en la mesa. No se había acordado de volver a guardarlo en el cajón. Se levantó y le hizo una pequeña reverencia a lord Bryant. Ya no tenía aquella mirada reticente que pudo ver durante su visita nocturna. La vestimenta era impecable y el chaleco de rayas verde esmeralda conjuntaba con los destellos de los ojos. ¿Destellos de humor o de ira? No sabría decirlo.

—Lord Bryant, es un placer verle. ¿Ha venido para hablar de sus inversiones?

—¿Inversiones? —Sacudió la cabeza y arqueó una de sus gruesas cejas por completo—. ¿Hablar de inversiones con la mujer de la que estoy enamorado? —Chasqueó la lengua—. No sea ridícula. Tenía en mente cosas mucho más divertidas.

Qué sentido del humor.

A la señora Oliver se le escapó un gritito ahogado y Diana tosió para evitar una respuesta que no tenía. Sintió la garganta seca. Sabía que ese día llegaría, pero esperaba tener más tiempo. Mucho más tiempo. Con la mano dentro del chaleco y la rodilla flexionada, lord Bryant era la viva imagen de la indiferencia y el poder. Podría acabar con Ferrocarriles Barton y Ferrocarriles Richardson con un simple chasquido de dedos. Lo único que ella pretendía era ayudar a su familia y a Charlotte Richardson; y lo que le había parecido una idea inteligente hasta ese momento, bajo la mirada insolente del barón se convirtió en el plan más ridículo.

—¿«Este» es el pretendiente del que le ha estado hablando a todo el mundo? —preguntó la señora Oliver. Se levantó del escritorio y se frotó las manos en la falda, como siempre que un importante inversor acudía a la oficina. Quizá debería haberle contado la verdad.

Lord Bryant hizo una mueca nada irónica.

—Eso parece. —En su casa, su mirada le había parecido a Diana cautelosa y cansada. A la luz del día, con el cabello peinado a la perfección y mientras ojeaba con detenimiento su oficina, parecía mucho más viva. Se acercó hacia el escritorio más pequeño de la señora Oliver y se inclinó hacia ella—. Y usted debe de ser la señorita...

Con sesenta y siete años, la señora Oliver sonrió y se llevó la mano a la mejilla como si se hubiera ruborizado.

—Esta es mi ayudante, la «señora» Oliver —le informó Diana.

—Puede llamarme señorita. A mi marido no le va a importar. Llevamos casados lo suficiente como para que a él...

—Señora Oliver... —interrumpió Diana.

—Oh, querida, supongo que a veces se me olvida. ¿Cómo puedo ayudarle, lord Bryant?

El hombre se volvió para mirar a Diana y, en ese instante, se transformó. Cuando era niña, había tenido un perro de caza favorito. Lo habían vendido justo antes de que su padre muriera, como muchas otras cosas de valor. Pero aquel perro la adoraba. Se le iluminaban los ojos con devoción cada vez que la veía, quizá porque siempre le llevaba restos del desayuno. Sea cual fuere la razón, no podía contener la emoción cuando la veía llegar.

Así la miraba lord Bryant. Encandilado de pies a cabeza, con actitud vacilante y expresión ingenua en los ojos. Sabía jugar sus cartas.

Ojalá hubiera aceptado su proposición, hubiera interpretado su papel a la perfección. Como era de esperar, aquella mirada encantadora le puso a Diana los pelos de punta. Volvió la vista hacia la puerta, pero aquel hombre no iba a conseguir que huyera de su propia oficina. Él percibió su confusión y esbozó una sonrisilla casi imperceptible. Estaba disfrutando demasiado de su incomodidad. Cuadró los hombros. Aunque estuviera equivocada, no iba a darle la satisfacción de verla avergonzada. Él soltó un suspiro anhelante antes de volverse hacia la señora Oliver.

—He venido a hablar con la señorita Barton a solas. ¿Hay algún lugar en el que podamos hablar en privado?

La señora Oliver se llevó la otra mano a la mejilla y miró a Diana. Sonrió abiertamente. Estaba respondiendo a las travesuras de lord Bryant como una mujer sedienta a la que le ofrecen un vaso de pura agua de manantial. Diana se mordió la parte interior de la mejilla. Todo era culpa suya; ella era la que les había estado diciendo a todos los hombres que entraban en la oficina que esperaba una propuesta de matrimonio en cualquier momento. Su compañera de despacho parecía encantada de proporcionarles la privacidad necesaria para que ocurriera.

Como era de esperar, asintió.

—Por supuesto. —Echó un vistazo rápido a la habitación—. De hecho, nos hemos quedado sin... velas. Es una suerte que haya venido, ya que no me gusta dejar a la señorita Barton aquí sola. Saldré y compraré unas cuantas. Volveré enseguida.

Diana negaba con la cabeza, pero dejó de hacerlo cuando lord Bryant se volvió para mirarla. Respirando hondo, quiso convencerse a sí misma de que estaba tranquila y nada intimidada. Era un barón y un famoso vividor; pero, en el fondo, siempre había pensado que también era un caballero.

Ese caballero bien podría haber sido un hombre creado en su imaginación. Lo más probable es que su inocente corazón, de dieciocho años cuando lo conoció, hubiera valorado su buena apariencia y lo hubiera convertido en alguien bondadoso.

Con suerte tal vez hubiera un poco de verdad en aquel ensueño tonto, pero en ese momento era mucho más sabia. Por lo general, había que tener cuidado con los hombres guapos.

Lord Bryant le guiñó el ojo a la señora Oliver. ¿Los buenos hombres guiñaban el ojo a señoras mayores?

—Que sean diez minutos, «señorita» Oliver. Han pasado muchas cosas desde la última vez que vi a la señorita Barton. Siempre está muy ocupada en su oficina y nunca tiene tiempo para mí. —Suspiró con una media sonrisa tonta en la cara y asintió con la cabeza—. Quiero asegurarme de que sepa lo muy decepcionado que estoy con ella.

La señora Oliver se levantó del escritorio como una adolescente. Una mujer de su edad debería ser inmune a los encantos de lord Bryant. ¿Cómo era posible que se hubiera convertido en una colegiala con solo unas palabras?

—Tenemos suficientes velas para un par de días —replicó Diana—. Está claro que pueden esperar.

—Tonterías. —Ya se estaba poniendo el sombrero—. Cuando tenemos a alguien aquí para que cuide de usted, debemos aprovechar la oportunidad. —respondió muy seria.

La iba a matar.

Después de que le diese las velas, por supuesto. Lo cierto es que quedaban pocas.

Salió de la oficina y los dejó allí.

A solas.

Lord Bryant se acercó a ella caminando con paso firme, dando zancadas como si fuese a castigarla. Nadie utilizaba al barón por interés. No sin pagar las consecuencias.

Podría humillarse y pedir perdón, pero recordó el rotundo rechazo en su estudio. No, había decidido hacerlo por una razón, y lord Bryant era la excusa perfecta para alejar a pretendientes interesados. Su plan había funcionado a la perfección. Todavía habría estado intentando deshacerse del señor Winston de no ser por él. Estaba protegida por la simple insinuación de una relación con el barón.

No iba a renunciar a ello solo porque el hombre involucrado no estuviera de acuerdo.

Se aclaró la garganta.

—Bueno, ahora que se ha deshecho de mi carabina, ¿qué tenía en mente? ¿No había dicho algo entretenido? No le he visto en tres semanas, mi... —Ahí estaba esa palabra otra vez—. Mi amor. Algo entretenido es justo lo que estaba esperando.

Lord Bryant ladeó la cabeza con una malvada sonrisa. Ella se irguió e imitó su gesto sonriente. No se iba a acobardar ante él. Sí, había estado usando su nombre sin su permiso, pero se lo merecía.

De alguna manera, se lo merecía. Eso sin dudarlo.

—Ay, Diana. —Dijo su nombre con un suspiro, en un tono seguramente muy ensayado. Ella quiso restar importancia a la llama que se prendió en su interior. No se iba a derretir como la señora Oliver...—. Aprecio su intento de distraerme, pero debo saber... ¿por qué tiene un retrato mío en su escritorio?

No le evitó la mirada.

—Para admirarle cuando le eche de menos. —No podía reprocharle que empleara su nombre de pila. No después de lo que había hecho.

—¿Me echa de menos a menudo?

Ella acarició con los dedos el marco de madera en el que había puesto el retrato.

—Casi a diario. Aunque últimamente un poco menos. —El día anterior no había tenido que sacarlo ni una vez.

El barón tomó el retrato de la mesa, rozándole los dedos. Ella retiró la mano despacio, no quería que pensase que podía asustarla con un mínimo contacto. Sintió calor en la mano enguantada incluso después de apartarla. Lord Bryant ladeó la cabeza mientras inspeccionaba el pequeño dibujo a carboncillo.

—La nariz no está bien del todo. La mía tiene un aspecto mucho más majestuoso.

Se aguantó la risa. Por supuesto, se había dado cuenta.

—Sí, bueno, con una nariz tan majestuosa como la suya, ¿puede culpar al artista? —Dirigió su mirada instintivamente a su nariz romana, perfecta en simetría—. Es difícil de plasmar.

Al hombre se le escapó la risa y, por un momento, desapareció su fachada arrogante. Mostró algunas líneas de expresión a cada lado de los ojos en su armónico rostro. Aunque resultaba irresistible en su papel de criado del mismísimo diablo, prefería ese destello de humanidad, que pronto se esfumó.

Devolvió el retrato al escritorio y caminó hasta la única mesa de la estancia. Pasó los dedos sobre el borde mientras examinaba los mapas topográficos abiertos sobre ella. Todo lo que tocaba parecía iluminarse. No se iba a olvidar de dónde habían estado sus manos en la oficina.

—¿Podría hacerme el favor de dejar de tocar todo?

Frunció el ceño y apartó la mano de la mesa. Con las manos a la espalda, se aclaró la garganta.

—¿Se da cuenta de que estoy en medio de una situación delicada con una señorita en estos momentos?

—¿Se refiere a alguien más aparte de mí?

Apretó los labios como si fuera a afearle el comentario, pero lo dejó pasar.

—Sí, aparte de usted.

¿Quién era ella? Y ¿qué quería decir con «delicada»?

—No me había dado cuenta.

—Voy a tener que pedirle que deje de unir su nombre al mío. *Lady* Emily es una joven que tiene miedo a todo en general y no necesito rumores de otro escándalo que la ahuyente.

La manera dulce en la que dijo «*lady* Emily» le zumbó en los oídos.

—Me parece que sus escándalos anteriores ya son suficientes. No creo que uno más le perjudique especialmente.

—Créame, no me va a perjudicar —se burló—. La sociedad siempre es más dura con las mujeres.

¿Lord Bryant reflexionando sobre la discriminación de las mujeres en la vida? Qué curioso.

—Y aun así consigue armar escándalos por lo menos tres veces al año.

Caminó desde la mesa hasta el escritorio y se encaró a ella.

—Oh, vamos..., no son tres cada año. El año pasado juraría que fueron solo dos.

La joven se mantuvo firme, aunque su reacción inmediata fuese echarse hacia atrás, lejos de sus encantos.

Everton Bryant se sentó en la esquina del escritorio con sus largas piernas colgando por uno de los lados, una manera poco elegante para un barón, cruzó los brazos y esperó su respuesta. ¡Maldita sea! Otro mueble más en la oficina que le recordaría su visita. Y en el escritorio pasaba muchas horas todos los días. Entrecerró los ojos. Ya no era una joven impresionable, era dueña del que sin duda se iba a convertir en uno de los negocios más rentables de Londres y de casi la mitad de otro. No la iba a derrotar.

—Perfecto, puede cubrir ese déficit conmigo.

—Me niego a dañar su reputación, señorita Barton. No hay más que hablar.

¿Por qué estaba siendo tan cabezota con ese asunto?

—Ya está dañando la reputación de *lady* Emily. ¿Acaso mi reputación es más importante que la suya?

—Yo soy el que decide qué reputación mancillar. Esto podría arruinar su posibilidad de casarse, y preferiría no tener que llegar a las manos con su hermano por segunda vez.

¿Nate y él peleándose? ¿Por qué demonios harían eso? Ah, claro.

Grace.

—Tonterías. —Se encogió de hombros—. Cada una de las señoritas que se han visto envueltas en un escándalo con usted han terminado casándose. Por lo menos de las que he oído hablar.

—Pero no siempre con alguien de su mismo estatus.

—Parece tener la impresión de que soy un diamante de muchos quilates. Solo soy la señorita Diana Barton, y he conseguido echar por tierra mi reputación yo sola al comprar una empresa ferroviaria.

—Cada mujer es un diamante de muchos quilates. —Aún sentado sobre el escritorio, se inclinó hacia delante y acercó su cara esculpida y su muy romana nariz a pocos centímetros de la suya—. Cada mujer. No voy a mancillar su reputación.

Diana respiró de manera agitada. Las palabras del barón se contradecían con el modo en que fijó la mirada en sus labios. Era un hombre peligroso, pero no iba a creerse sus seductoras palabras. Ni siquiera cuando las remarcara con aquel gesto de la perfecta ceja arqueada, dando a entender que estaba preocupado por su situación.

—Tengo problemas más grandes que mi reputación, lord Bryant —replicó mientras se enderezaba en la silla—. Cada día un aluvión de hombres pasa por mi oficina fingiendo estar interesados en invertir cuando, en realidad, lo único que buscan es un camino fácil para ser dueños del negocio del ferrocarril. No tengo tiempo para espantarlos a todos. —Le vino a la cabeza la mirada lasciva del señor Broadcreek. Cada vez era más impertinente y, aun así, no podía menospreciarlo por completo debido su influencia en el Parlamento—. Si bien me gustaría casarme algún día, en este momento no pienso en ello en absoluto. Cuando llegue el momento, lo más probable es que encuentre a un caballero de fuera de Londres a quien no le importe nada lo que la sociedad londinense tenga que decir de mí. —Con suerte existiría un hombre así. En ese momento, le costaba pensar que nadie la quisiera; solo podía decir que varios hombres la acosaban—. Por lo menos permítame quedarme con su retrato y no niegue los rumores.

Le arrebató el retrato y lo examinó. Deseó ser mejor dibujante. Cada fallo parecía saltarle a la vista mientras él examinaba el carboncillo al detalle.

—Me llevaré esto —anuncio al fin—. Y si oigo otra palabra sobre nosotros dos, volveré.

Mientras se levantaba del escritorio, se dio la vuelta y se alejó de ella. Si salía por esa puerta, todo por lo que había trabajado durante los últimos meses fracasaría. Ni licencia, ni beneficio que compartir con Charlotte.

Ella levantó la barbilla.

—Siempre puedo dibujar otro.

Se quedó quieto. Agachó la cabeza, examinó el retrato otra vez y se volvió hacia ella.

—¿Usted ha dibujado esto?

—Sí.

—¿De memoria?

Ay, Dios... El carboncillo no era perfecto, pero eso no tenía nada que ver con su memoria. La cara de lord Bryant le perseguía en sus recuerdos desde que lo conoció en la boda de Nate. Maldito capricho infantil. ¿Acaso era culpa suya que ningún hombre digno de mención visitase Baimbury?

—Sí —admitió—. Y dibujaré otro. No puedo encargarme de todos estos hombres yo sola. Entiendo que está en medio de un asunto con una mujer mucho más importante que yo, pero le prometo una cosa: ella no le necesita tanto como yo.

—Y yo le prometo esto... —Volvió hasta el escritorio y se inclinó una vez más—. Sí me necesita.

—Dos meses, lord Bryant. Lo único que necesito de usted son dos meses.

—No puedo. No ahora mismo. Encontrará otra solución. *Lady* Emily no podrá.

Caminó con pasos largos hasta la puerta. Esta vez no lo iba a parar.

¿Por qué el barón no podía concederle la más mínima victoria? En un abrir y cerrar de ojos podría alejar a sus falsos inversores. Quizá no fuera suficiente para hacer desistir al señor Broadcreek, pero si la mayoría de hombres desaparecía, ella podría tener por lo menos un poco de tiempo para concentrarse en su trabajo.

Un carruaje se paró en la puerta de su oficina. El borde dorado y el escudo de armas eran inconfundibles: el señor Broadcreek. En cualquier momento descendería como un sultán, la viva imagen del orgullo y el poder fuera de lugar. Maldijo por lo bajo. Había estado fuera de Londres durante varias semanas y había temido esa visita desde su regreso. Ese hombre tenía influencia entre los inversores de la empresa. Debía convencerlo de su aventura con lord Bryant.

El barón estaba casi fuera de la puerta, pero se paró al escuchar su maldición murmurada. Se volvió para mirarla y luego observó el carruaje. La puerta se abrió y el señor Broadcreek bajó las escaleras.

—¿Ese hombre con un enorme bigote está aquí para hacerle daño?

Solo tenía medio segundo para decidir. No temía que le causara daño físico. Había tenido muchas oportunidades para hacerlo y, hasta aquel momento, lo único que había dañado era su negocio. Si lord Bryant se refería a una posible agresión, entonces no, el señor Broadcreek no estaba allí para eso. Y lo más probable era que no le importase nada lo que le ocurriera a su negocio. Así que solo le quedaba intentar una última cosa.

Se llevó la mano al pecho.

—La señora Oliver está fuera. Por favor, no me deje a solas con él. —Parpadeó con rapidez, esperando parecer inocente y asustada.

Lord Bryant entrecerró los ojos. No se iba a creer sus mentiras. Ella miró hacia fuera mientras el señor Broadcreek se acercaba.

El barón volvió a entrar en la oficina y cerró la puerta tras él.

—Así que, ¿él es el hombre por el que me ha pedido protección?

—Él y otros, muchos otros como él. Pero de todos ellos, el señor Broadcreek es el que más poder tiene para perjudicarme en mi negocio.

Murmuró una maldición. Debía de conocer al señor Broadcreek.

—Dice que no teme por su reputación, ¿verdad?

Negó con la cabeza.

—No.

—Mi posición con *lady* Emily es frágil. No la ayudaré si pone un pie en un salón principal o en un salón de baile donde haya personas importantes. Incluso fingiré que no la conozco. Pero aquí, en esta oficina, con gente como el señor Broadcreek, lo haré. ¿Está de acuerdo con esas condiciones?

Se levantó del escritorio. ¿Personas importantes? ¿No la consideraba una persona importante? Se mordió la lengua; no era el momento de elucubrar sobre qué pensaba el barón de ella. ¿Cuándo había sido la última vez que puso un pie en un salón principal o en un salón de baile?

—Por supuesto, estoy de acuerdo.

Se acercó hasta su escritorio y dejó el retrato sobre él, mirando hacia fuera.

—¿Está segura de que no le importa destruir la poca reputación que le queda?

—Sí, sí. —Rodeó la mesa hasta donde estaba él, delante del escritorio. Iba a ayudarla. El peso de semanas de incertidumbre desapareció de su pecho—. Está casi en la puerta, ¿qué deberíamos hacer? Podría sonreír y reírme un poco con usted, o podría mirarme con pasión, o...

—Conozco en cierto modo al señor Broadcreek, incluso sin que nos hayan presentado. Necesitaremos más que unas miradas tímidas para convencerlo. —Se acercó tanto a ella que tocó su falda de vuelo con las piernas—. Puede que tengamos que esforzarnos.

—Por supuesto. Cualquier cosa que crea necesaria.

—¿Cualquier cosa? —Fijó la mirada en sus labios.

—Sí —respondió con un susurro.

Él la agarró de la cintura con un movimiento rápido y la acercó. De repente, sintió calor en todo el cuerpo. ¿Estaba cometiendo un terrible error? ¿Había permitido que un zorro invadiese su corral de gallinas? Vio un brillo inesperado en los ojos del barón.

La campanilla sonó tras ellos y anunció que el señor Broadcreek había llegado a la oficina. Intentó tomar una bocanada de aire, pero la boca de lord Bryant cubrió la suya y se lo impidió. Le deslizó la mano por la espalda y la mente se le quedó en blanco por competo.

La estaba besando un hombre. No cualquier hombre, sino lord Bryant. Podría decirse que el hombre más deseado de todo Londres.

Nunca antes la habían besado. ¿Qué se suponía que tenía que hacer una mujer en circunstancias como esas?

Al parecer, nada. Lord Bryant había tomado por completo el control de la situación. Movía la boca de forma sabia: primero besó su labio superior, un suave roce que casi ni sintió; después el inferior y, por último, los dos. Diana permaneció con las manos relajadas a cada lado del cuerpo mientras intentaba asimilar lo que estaba pasando. Él la agarró por la cintura con más fuerza con una mano y con la otra le llevó el brazo con delicadeza hasta su cuello. Estaba claro que con los brazos caídos no se besaba.

Al parecer lord Bryant quería que por lo menos fingiera participar.

No había conseguido hacerse cargo de una empresa ferroviaria en menos de seis meses siendo una aprendiz lenta. Levantó el otro brazo y entrelazó los dedos detrás de su nuca.

Él asintió con sutileza y, poco a poco y seguro de sí mismo, continuó con el empeño de demostrar al señor Broadcreek que estaban entusiasmados el uno con el otro.

Muy entusiasmados.

Desde el otro lado de la habitación se oyó una tosecilla y un carraspeo, que, lejos de desanimar a lord Bryant, le sacó una sonrisa. Una sonrisa que ella sintió. Si todavía tuviera dieciocho años, ese beso habría sido la culminación de todos sus sueños.

A los veintidós —rozó con los dedos la parte baja del cabello de lord Bryant—, sentía destellos de luz que no comprendía tras los párpados cerrados, pero que no era ningún sueño hecho realidad. No había sentimiento alguno en lo que estaba haciendo lord Bryant, solo actuaba. La manera en la que deslizó la mano hacia arriba por su espalda y la posó entre sus omóplatos era solo un mensaje al señor Broadcreek. Bueno, ella también podía interpretar bien su papel, así que siguió su ejemplo y se dispuso a aprovechar al máximo las pocas cosas que había aprendido. La oficina se difuminó y la Diana de dieciocho años se apoderó de ella. Sonrió contra los labios de lord Bryant. Era lo más divertido que había hecho desde que se encargó del negocio de los Richardson. Enredó los dedos en el pelo de lord Bryant y lo atrajo con firmeza hacia sí.

Al fin y al cabo, con la vida poco convencional que llevaba en Londres, podrían pasar años hasta que un hombre se dignara a besarla de nuevo.

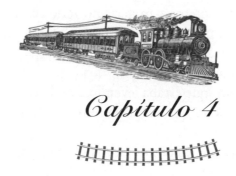

Capítulo 4

EN LA HISTORIA DE LOS muchos escándalos de Everton, solo había acabado besando a dos damas. Ambas se habían mostrado incómodas en ese trance.

Con la señorita Barton notó cierta tensión, pero solo por un momento. Pensó que se acobardaría, mientras él convencía al canalla del señor Broadcreek de que la dejara sola, pero no parecía ser de las que se asustaban con facilidad.

En ese momento, le estaba besando la comisura de la boca de una manera que a él le pareció agradable. En algún momento del beso, ella se había hecho con el control. Jugueteó con los dedos en su cabello y lo atrajo hacia ella.

Lo atrajo «a él» hacia ella.

Fue como un resorte. Él apretó los brazos, aprisionándola contra su pecho. Supuso que se apartaría o se removería incómoda, pero solo suspiró junto a él. Olía a tinta y papel, no a rosas como otras mujeres. ¿Desde cuándo el papel tenía un aroma embriagador?

Al parecer, desde hacía justo dos minutos.

La campanilla encima de la puerta sonó una segunda vez. El señor Broadcreek se había ido, supuso. Apartó las manos de su cintura y dio un paso atrás. Había pensado en desanimarla, en hacerle ver que era un error, pero se le había ido la mano y había perdido el control justo cuando no debía. Ni siquiera abrió los ojos, temía recibir un bofetón y prefería no verlo venir.

Después de un momento, abrió un ojo. Había vuelto a su escritorio.

Como si nada hubiera pasado.

Dejó el documento que estaba leyendo a un lado y se concentró en otro. No podía ser que a aquella mujer no le afectaran sus encantos.

Se acercó hasta la silla y la tomó por las manos para que se levantara y volvieran a estar frente a frente. Percibió de nuevo el olor a papel y tinta.

—Ese canalla podría volver en cualquier momento. No puede parecer que besarme no tiene ningún efecto sobre usted.

Ella miró hacia la ventana. No podía verlo, pero todavía no había oído marchar el carruaje. Reunió fuerzas para volver a fijar sus oscuros ojos de color cobre en los del barón, con la barbilla alzada con más arrogancia que nunca.

Lord Bryant inclinó la cabeza.

—Espero que este pequeño episodio no le haya hecho cambiar de opinión. Es un poco tarde ya. Si no puede tolerar que la bese, no debería haberme invitado a causar un escándalo con usted.

—No, no he cambiado de opinión.

—Bien. —Le dedicó una sonrisa, prestando mucha atención a sus bonitos labios carnosos. Ella no pudo evitar su mirada y se ruborizó. Después de todo, no era tan invulnerable—. Creo que le gusta arruinar su reputación.

La joven respiró hondo y deslizó los dedos por la pluma que sostenía en la mano.

—Me alegro de que no le suponga un problema.

—Ninguno.

—Pero si alguna vez acabamos en una situación similar, en la que tengamos que mostrar afecto delante de un pretendiente potencial... —dejó de hablar y, por primera vez desde que había puesto el pie en su oficina, parecía insegura.

—¿Intento ser menos convincente? —preguntó él—. Me temo, querida, que no soy capaz.

—No, eso no era lo que iba a decir.

Se inclinó hacia delante. Nunca intuía sus réplicas.

—¿Qué iba a decir?

Se aclaró la garganta y tragó saliva.

—Solo que puede despeinarme un poco el cabello.

Rio con ganas. Un escándalo con la señorita Barton iba a ser más divertido de lo que había pensado.

—No lo olvidaré —respondió. Y lo dijo en serio. Ya se estaba imaginando sus dedos entrelazados otra vez sobre su nuca—. ¿Cree que hoy la visitará alguien más?

Dejó la mano quieta sobre la pluma.

—No me sorprendería. Por lo general suelen venir varios hombres cada tarde, aunque cada vez menos.

—¿Gracias a mi retrato?

—Sí.

—Bueno, en ese caso, lo más probable es que me lo lleve cuando me vaya. —Prefería ahuyentar a esos hombres él mismo en vez de dejar que lo hiciera aquel dibujo. No se había sentido tan vivo en años, y, aunque su beso no le hubiese provocado ninguna conmoción, por lo menos no lo había rechazado.

—No estoy segura de haber llegado a un acuerdo sobre qué es lo que necesito que haga por mí.

—Por supuesto que sí. —Le guiñó un ojo—. Puedo besarla cada vez que un hombre cruce esa puerta.

Bajó la mirada de inmediato y pasó la mano por un montón de papeles.

—No, algunos de los hombres que cruzan esa puerta sí quieren hacer negocios conmigo. No puede provocar que me lance a sus brazos cada vez que alguien entre aquí. —Se aclaró la garganta—.

Aunque agradezco que hoy haya sido capaz de desempeñar ese papel.

Lo agradecía. Esbozó una pequeña sonrisa. Podía acostumbrarse a que la señorita Barton lo apreciara. Siempre y cuando la familia de *lady* Emily no oyese el rumor de que pasaba tiempo en aquella oficina, podría acostumbrarse a ello.

—Entonces, ¿qué más quiere que haga por usted?

—Con suerte, con su ayuda solo cruzarán esa puerta hombres de negocios. En dos meses tendrá lugar una votación para decidir si se le concede o no una licencia del Parlamento a Ferrocarriles Richardson y poder empezar la construcción de otra vía. El negocio iba bien hasta que se corrió la voz de que yo era la dueña de la empresa. Todo el mundo supone que una mujer soltera al frente de un proyecto como este debe de estar a la busca de un marido.

Hizo una pausa, como si estuviera esperando a que reaccionara a su última frase. Él frunció el ceño. ¿Qué estaría pensando? Quizá que era una conclusión apresurada creer que todo el mundo diese por hecho que estaba a la caza de un esposo. Además, la mayoría de las mujeres esperaban casarse, no entendería que ser dueña de un negocio ferroviario cambiase las cosas.

Suspiró, negó con la cabeza y continuó:

—En dos meses debo terminar una línea y obtener un permiso del Parlamento, y desde que compré la empresa del señor Richardson a su viuda, los pretendientes han sido insufribles.

—Quieren su negocio.

—Eso es.

Por supuesto que querían el ferrocarril. En los últimos dos años, había ganado más dinero en ese sector que con cualquiera de sus otras inversiones. Si la señorita Barton era dueña de Ferrocarriles Richardson, estaba claro que era una mujer muy rica.

—¿Por qué me necesita solo durante estos dos meses? Después seguirá siendo dueña de la empresa, y si consigue el permiso para construir, su compañía será todavía más tentadora.

—No pretendo ser dueña de nada después de eso. La señora Richardson me vendió la empresa solo porque estaba abrumada por haber perdido a su marido y tener que criar sola a sus tres hijos, que están desolados sin su padre. Al principio me contrató para trabajar para ella, pero incluso firmar el papeleo que le llevaba cada tarde era demasiado para ella. El señor Broadcreek se ofreció a comprar la empresa por más o menos la mitad de lo que vale, y casi la vende. Gracias a Dios, comentó conmigo la posibilidad de vender antes de tomar la decisión.

—¿Dónde estaba su hermano durante todo esto?

—Estaba aquí para el funeral del señor Richardson, por supuesto, pero su esposa lo necesitaba en Baimbury. Así que después de asegurarse de que yo podía manejar el papeleo de la señora Richardson, volvió a casa.

—¿Y cómo terminó siendo la dueña?

—La señora Richardson me la vendió por la cantidad de dinero que pude reunir en aquel momento, que no era mucho más de lo que el señor Broadcreek le había ofrecido, y acordamos que la venderíamos después de dos meses. Yo recuperaría la inversión más el veinticinco por ciento del incremento del valor.

—Pero si se casa antes de ese momento...

—Mi marido se haría cargo por completo del negocio. Ninguno de los hombres que pasan por esa puerta cumplirían con el acuerdo que tengo con ella. Habría engañado a una mujer a la que tengo mucho cariño y le haría daño a la esposa de un hombre al que rcspetaba.

—¿Por qué no les dice a esos hombres que no?

Dejó caer los hombros.

—Ya lo he hecho y lo sigo haciendo, pero, lord Bryant... —Levantó las manos—. Hacen que pierda demasiado tiempo. Gestionar el proyecto y conseguir los fondos que necesitamos para construir otra vía ferroviaria en dos meses exige un enorme trabajo diario.

Asintió pensativo. Su plan no era malo; si no estuviera trabajando día y noche para evitar que *lady* Emily sucumbiera a los deseos de su padre, ayudar a Diana sería muy fácil. Incluso entretenido. Cualquier distracción era buena.

—Entonces, ¿qué es lo que quiere que haga?

—Quedarse un rato en la oficina. Dar credibilidad a mi afirmación de que hay algo entre nosotros, que puede que incluso estemos a punto de casarnos.

¿Casarse? Parpadeó dos veces, apoyó la mano en el escritorio y se inclinó.

—Disculpe. —Sacudió la cabeza para aclararse—. Por un momento he creído que ha dicho «casarnos».

—Sí, quiero asegurarme de que los hombres que vienen aquí se sienten frustrados. Tienen que pensar que su intención es real.

Bajó las cejas.

—Nadie se va a creer que me casaría con usted.

Su cara palideció un poco y se enderezó en su asiento. Quizá debería haber sido más sutil, pero le había dejado bastante claro a todo Londres que nunca se volvería a casar. Debería haberlo sabido antes de difundir ese rumor en particular.

—Que piensen que «yo» lo creo ya debería disuadir por lo menos a algunos. Así que, si es tan amable de evitar comentarios despectivos como el que acaba de hacer, creo que aún podemos conseguir que esto funcione.

—No pretendía que fuera un comentario despectivo. He estado casado una vez y nunca he ocultado que no volveré a hacerlo.

Se quedó esperando la misma mirada que veía en todas las jóvenes cuando hacía esa declaración.

Determinación.

Las damas siempre intentaban hacerle cambiar de opinión. Las más especulaban sobre qué dulce señorita sería la que consiguiera convencerlo. No había nada más estimulante que un hombre con su fortuna y su edad jurando no casarse jamás.

Pero la mirada no apareció y solo asintió.

—¿Deberíamos firmar un contrato? ¿Con qué frecuencia está dispuesto a pasar una tarde en mi oficina?

¿Un contrato? Por supuesto que no.

—No firmaré ningún contrato. Haré lo que esté en mis manos para ayudarla, pero tendrá que ser en mi tiempo libre. Vendré cuando pueda, y tendrá que aceptar que este acuerdo es, como mínimo, mejor que un retrato mío en su escritorio y un par de mentiras mal contadas.

Dio un golpecito con el borde de la pluma en la esquina del papel que tenía delante.

—No es perfecto, pero servirá. —Ella se levantó de la mesa y le ofreció la mano. Su instinto le pedía besarla, pero su mano se interponía. Se rio por lo bajo. Estaba esperando que le diera un apretón de manos.

Lo hizo.

Tratar con la señorita Barton iba a ser cuando menos interesante.

Capítulo 5

DIANA SE QUEDÓ FUERA DE la casa de la viuda y se alisó el vestido. Llevaba viviendo allí desde unos días después de la muerte del señor Richardson, pero todavía no sentía que fuera su hogar. Por primera vez en semanas, pudo llegar pronto por la tarde en vez de por la noche. La señora Oliver no tardó en volver después de que Diana y lord Bryant llegasen a un acuerdo, y el resto de la tarde no paró de trabajar. Ningún pretendiente o inversor apareció por la puerta después de que él se marchara.

Había tenido varias buenas ideas en su vida, pero estaba empezando a creer que la de provocar un escándalo con lord Bryant era una de las mejores.

Empujó la puerta y entró en su hogar temporal. La señora Jenkins, la criada, estaba a la mitad de las escaleras, pero se volvió al oír la puerta. Relajó los hombros y esbozó una sonrisa que le marcó las arrugas.

—Señorita Barton, gracias a Dios que está en casa.

Miró hacia arriba de las escaleras.

—¿Están todos bien?

La señora Jenkins se encogió de hombros.

—Están como siempre. La verdad es que les vendrían bien sus ánimos para alegrarles el día.

Respiró hondo y siguió a la mujer por las escaleras hacia el cuarto infantil. Ánimos. Se agarró la falda y subió con energía las escaleras. La jornada laboral había sido larga, pero no tanto como la mayoría, así que podría hacer un esfuerzo para tomar el té con la familia Richardson.

En las primeras semanas tras mudarse allí, ella y Charlotte habían tomado el té en el salón principal cada vez que volvía de trabajar a tiempo. Pero nunca disfrutaban más de media taza antes de que uno de los niños reclamara a su madre. Como siempre acababan allí de todos modos, se saltaban aquel paso innecesario y se tomaban el té en el cuarto infantil.

Por lo menos esa tarde había llegado antes de que los niños tuvieran que irse a la cama. Cuando llegaba entrada la noche, se encontraba a Charlotte en la habitación junto a la bebé, acurrucada en una cama demasiado pequeña para ella con un niño pequeño en brazos.

No se oía nada a medida que se acercaban. Solo sus pasos por el pasillo. La señora Jenkins abrió la puerta y dejó ver una escena que Diana conocía muy bien: Charlotte en su silla mecedora, la niña pequeña en el regazo y los otros dos muchachos sentados a sus pies. Nadie jugaba ni leía, tampoco hablaban; solo sobrevivían. Eso era lo único que aquella mujer podía hacer, y sus hijos parecían resignados.

Los dos niños se volvieron al oír entrar a Diana y Tommy se puso en pie de un salto.

—¡Señorita Diana! —Corrió hacia ella—. Hace mucho que no la veíamos.

—Solo han pasado unas semanas, pero a mí también se me han hecho eternas. Ha sido un buen día en la oficina y me he podido escapar un poco antes.

—¿Un buen día en la oficina? —preguntó Charlotte, con un destello de interés en los ojos—. ¿Están llegando bien las inversiones?

No le había contado ni lo de la visita del señor Broadcreek hacía tres semanas ni lo del pedido atrasado, pero era lo bastante astuta como para saber cuándo estaba preocupada. Charlotte se relajó. Necesitaba aprender a fingir mejor. Lo último que aquella mujer necesitaba era preocuparse por el negocio. Ya tenía suficiente en casa.

—Las inversiones van bien.

—¿Esos hombres ya te están dejando en paz?

Se agachó y tomó a Drue en sus brazos.

—Por increíble que parezca, sí.

—¿Y estás segura de que ninguno de ellos se ha encaprichado de ti?

—Muy segura. —Le había mencionado el problema cuando comenzó. En aquel momento, no sabía lo persistentes que iban a ser algunos, ni cuántos. Charlotte tenía la esperanza de que hubiera algún diamante escondido entre ellos—. Incluso si uno demostrara ser medio decente, ambas sabemos que no me casaría hasta vender la empresa. No permitiré que un hombre controle la compañía.

—Pero si confías en él...

Se echó a reír y dio una vuelta con Drue en brazos que provocó la risa del niño. Un sonido que parecía iluminar la habitación.

—Usted se casó con un buen hombre, Charlotte. No todos son como él. Tan pronto como vendamos Ferrocarriles Richardson, estos desaparecerán.

—Pero cuando vendamos, tú serás rica y todavía tendrás tu parte de la empresa de tu hermano. Tu riqueza siempre será parte de tu encanto, tanto si está ligada a un negocio como si no.

Respiró hondo. Tenía razón; pero cuando vendieran la compañía y Charlotte estuviera tranquila, las cosas serían mucho menos complicadas. La decisión de confiar o no en un hombre solo debía afectarle a ella. No supondría ningún riesgo para esa pequeña familia que ya había vivido suficiente tragedia.

Se arrodilló junto a Tommy.

—¿Quieres que leamos un cuento?

Los dos niños asintieron.

Se puso a Drue sobre la cadera, agarró a Tommy de la mano y los llevó hasta una pequeña estantería. Juntos escogieron varios libros. Se sentó en la diminuta mesa infantil y abrió el primero. Charlotte suspiró y se relajó al ritmo lento en el que mecía a su bebé mientras la voz de Diana llenaba la habitación.

En media hora terminaron con los cuentos elegidos. Parecía que a los pequeños empezaban a pesarles los párpados.

—¿Quieres que ayude a los niños a prepararse para ir a la cama? —preguntó.

Charlotte negó con la cabeza y se llevó un dedo a los labios. Se levantó de la silla con Emma en brazos y caminó despacio hasta el vecino dormitorio de sus hermanos. Diana revolvió el cabello de los dos críos, oscuro como el de su padre, y esperó a que la viuda volviera.

—Chicos —dijo—, la señora Jenkins os ayudará esta noche a prepararos para ir a la cama. Yo voy a tomar un té con la señorita Barton abajo. —Después de alguna queja, a las que la madre milagrosamente hizo caso omiso, la sirvienta volvió para llevarlos a dormir.

La siguió hasta el salón principal, donde la señora Jenkins ya había preparado todo para el té. Charlotte debía de haber hablado con ella mientras Diana estaba absorta en los libros con los pequeños.

—Dime qué ha cambiado. ¿Cómo has sido capaz de tener tan buen día en la oficina? Puedo ver con tan solo mirarte que algo ha pasado.

¿Cuánto debería contarle? Estaba claro que no podía confesar que había ido en busca de lord Bryant en medio de la noche después de que el señor Broadcreek atrasara su pedido de balasto. Tampoco podía revelar que había estado fingiendo una relación con el barón durante las últimas tres semanas. Y por supuesto no podía decirle que había besado a lord Bryant esa misma tarde.

—He conseguido ayuda.

—¿Has contratado a alguien? —Sonrió. Había estado intentando convencerla de que lo hiciese desde que le vendió la empresa, pero no le resultaba fácil encontrar a alguien de confianza. No quería tener a un hombre en la oficina y no había tenido la suerte en encontrar a una mujer adecuada, aparte de la señora Oliver.

—No, no exactamente.

—¿Ha vuelto Nate?

—No.

—Entonces, ¿quién está ayudándote?

Acarició con un dedo el borde de la taza de té. ¿Qué detalles debería contarle? Mostraba un semblante tranquilo y no quería alterarlo.

—¿Qué sabe de lord Bryant?

—¿El barón lord Bryant?

—¿Hay algún otro lord Bryant?

—No que yo sepa. Pero...

Podía ver cómo su amiga empezaba a atar cabos. Arqueó una ceja.

—¿Cómo te está ayudando lord Bryant?

Se encogió de hombros, como si tener la ayuda de un barón fuera algo que ocurriese a diario.

—La verdad es que no está haciendo mucho. —Parpadeó con fuerza para borrar la imagen del barón estrechándole la cintura antes de inclinarse y...—. El simple hecho de que mi nombre esté vinculado al suyo es suficiente para mantener alejados a muchos hombres que quieren el ferrocarril.

—¿Tu nombre?

—Sí —respondió.

—Tu nombre vinculado al de lord Bryant... —Frunció el ceño.

Quizá no debería haber dicho nada.

Tomó la taza de té y se la llevó a los labios. Si se terminaba el té rápido, esa conversación podría terminar antes.

—Sí.

—Ya sabes qué tipo de hombre es.

¿Lo sabía? ¿Qué tipo de hombre era lord Bryant? Todavía podía sentir la presión de sus manos sobre la espalda. Ese gesto de lord Bryant acercándola a él, como si le perteneciera, le había impactado más que el roce de sus labios. Era un pensamiento ridículo. Ella no pertenecía a nadie, nunca pertenecería a nadie. Puede que se casara algún día, pero siempre sería ella misma.

Bebió un largo trago de té.

—¿Qué tipo de hombre es?

—Del peor tipo. Y si tu nombre se rumorea por ahí junto al suyo, no te va a hacer ningún favor en sociedad. Nadie pensará que sus intenciones son honradas. Ese hombre estuvo casado una vez y ha jurado que nunca más se va a casar.

—Eso he oído.

Aunque no había oído mucho. Incluso el verano anterior, cuando se había encontrado con él en un pícnic poco después de llegar a Londres, no había querido curiosear, no con las otras mujeres por allí. Sentado enfrente de ella estaba el hombre con el que llevaba soñando mucho tiempo. Pero al verlo en carne y hueso y comprobar cómo prestaba especial atención a tres de las jóvenes presentes, decidió que prefería conservar la imagen idealizada de él que descubrir quién era en realidad.

Poco después empezó a oír historias sobre él. Era un sinvergüenza y un vividor.

Había arruinado la reputación de muchas mujeres.

Pero con todos aquellos escándalos y murmuraciones, ni siquiera conocía el nombre de su esposa. Parecía como si esa mujer no existiera.

Charlotte bebió un trago de té y se inclinó hacia delante para dejar la taza sobre la mesa.

—El año pasado un marqués amenazó con retar en duelo a lord Bryant si no se casaba con su hija y, aun así, dijo que no. Se fue del país durante tres meses antes que enfrentarse al padre o casarse con su hija. Mientras tanto, la pobre mujer se casó con un granjero. Si no acepta casarse con la hija de un marqués, no se va a comprometer con nadie.

—Eso le he oído decir a él.

—¿Y aun así aceptas su ayuda cuando sabes que no se va a casar? ¿Qué tipo de ayuda está ofreciéndote?

—¿Estás insinuando que la única ayuda que puedo obtener de un hombre es el matrimonio? —Ese era casi el rumor que ella misma había estado difundiendo, pero aun así...

—No estoy insinuando eso. Solo me está costando entender qué otra cosa podría hacer para ayudar.

—Podría invertir o podría contratar guardas para proteger la oficina. Ese hombre es tan rico como la reina, así que podría hacer muchas cosas que no tienen nada que ver con el matrimonio.

Al pronunciar esas palabras, se preguntó por qué no había pensado en esas posibilidades cuando se presentó en casa de lord Bryant en mitad de la noche. ¿Por qué no se le había ocurrido pedirle protección o más dinero? Ya había invertido mucho, pero no le costaría nada doblar o triplicar la cantidad. Con el capital necesario cubierto, ella habría podido cerrar las puertas de la oficina y trabajar tranquila.

Pero no le había pedido su dinero. Le había pedido lo mismo que les había dado a tantas otras mujeres con tanta facilidad.

Una reputación arruinada.

Santo cielo, ¿en el fondo estaba enamorada de él? Debía ser más inteligente. Tenía a dos familias dependiendo de ella, no podía quedarse atrapada en sus estúpidos sueños.

Se llevó un dedo a los labios. Los mismos que aún seguían aferrados al pasado.

—¿Ha contratado guardas para ti o ha invertido una cantidad desorbitada de dinero?

—No.

—Entonces, ¿qué ha hecho para ayudar?

Agachó la cabeza y se estiró para tomar otro azucarillo con las pinzas. Su té ya estaba dulce, pero necesitaba hacer algo con las manos.

—¿Diana?

—Oh, eh... —Tomó la cucharilla y removió el azúcar—. Se ha ofrecido a pasar tiempo en la oficina un par de veces a la semana.

—¿Por qué iba a hacerlo eso?

—Para intimidar a los hombres que esperaban cortejarme.

—¿Y por qué iba a hacer eso?

Diana dejó de remover el té. ¿Por qué iba lord Bryant, sin duda uno de los hombres más egoístas de Londres, a hacer eso? Dejó bastante claro que no quería hacerlo. Dio un sorbo. Abrió los ojos al notar la dulzura empalagosa del té, pero se lo tragó sin más. Siempre y cuando el barón le ayudase a conseguir su objetivo de que se aprobara la autorización de la línea ferroviaria, no tendría que entenderlo.

—Quizá le guste intimidar a gente.

—Ya sabes —le recordó— que nunca se tomaría una relación entre vosotros en serio.

Diana sonrió y asintió.

—Lo sé. No tenemos ninguna relación, no te preocupes.

—¿La señora Oliver estará contigo cada vez que vaya?

No le había costado nada convencerla de que se marchara en cuanto llegó. Supuso que no los dejaría solos durante mucho tiempo. Además, por alguna extraña razón, no sentía miedo cuando estaba con él. No sería raro que la besara de nuevo —se le aceleró un poco el corazón ante la idea—, pero no le haría ningún daño. En cierta manera, la estaba protegiendo.

—La señora Oliver se asegurará de que no ocurra nada inapropiado. Y confío más en lord Bryant que en cualquier otro hombre que acude a la oficina.

Charlotte frunció el ceño.

—¿Por qué?

Se encogió de hombros.

—Porque no quiere nada de mí, supongo.

Sintió una punzada de arrepentimiento. Pero no iba a dar marcha atrás. Le ofreció a su amiga una sonrisa tranquilizadora. Había escogido al hombre perfecto para su propósito, y era una ventaja que no viera nada deseable en ella.

Esperaba no tener que recordárselo a sí misma muy a menudo.

Capítulo 6

LA SEÑORA CUTHBERT SIRVIÓ el té de Everton muy despacio. Se oía el tictac del reloj en la repisa de la chimenea de su salón principal. Solo tres días después ya le habían llegado rumores sobre su visita a la señorita Barton. Siempre conseguía enterarse de todo sobre todo el mundo. Fue ella quien le avisó de que estaba usando su nombre sin su permiso. Era viuda con hijos mayores, así que tenía mucho tiempo libre para entretenerse con la vida de los demás y, por lo visto, para verter el té muy despacio cuando le interesaba. El barón intuía las cavilaciones de la mujer.

—Así que ha accedido a ayudar a la señorita Barton.

—Sí. —No había mucho más que pudiera decir, ya que esa era la verdad. Se merecía saber la verdad. Después de todo, podría afectar a sus planes.

—Me gusta la señorita Barton. —Por fin dejó de servir el té y posó la tetera sobre un detallado y muy colorido tapete. Se había pasado unos cuantos años bordando y tejiendo durante horas después de que sus hijos se fueran de casa y de la muerte de su marido. Solo cuando ayudó a una jovencita amiga de su hija a casarse con el hombre que había elegido dejó la costura y se convirtió en una chismosa entrometida. Al barón le resultó inquietante la parsimonia de una mujer normalmente tan enérgica—. Es una joven segura de sí misma. Me alegro de que la esté ayudando, pero ¿ha tenido en cuenta cómo puede afectar esto en el asunto con *lady* Emily?

—Por supuesto que lo he tenido en cuenta. No lo habría aceptado de ninguna manera, pero un caballero que no es merecedor de ese nombre estaba a punto de entrar en la oficina de la señorita Barton. Estaba sola y no pude hacer otra cosa salvo ayudarla.

—¿Y cómo la ha «ayudado»?

Esbozó una leve sonrisa.

—La he besado.

La señora Cuthbert dejó la mano quieta sobre las pinzas del azúcar.

—¿Ha besado a una señorita mientras estaba sola en su oficina?

Como siguiera así, nunca tendría el té listo. Se acercó y se echó un azucarillo en la taza con los dedos.

—No estaba del todo sola. La mayor parte del tiempo había otro hombre allí.

—La señorita Barton no es como las que le encomiendo, lord Bryant. No está enamorada de ningún otro hombre y tampoco tiene una familia que esté intentando dirigir su vida.

—Tiene un hermano y una amiga que la han dejado sola con la responsabilidad de dos empresas mientras ellos están por ahí, uno consolando a su esposa y la otra llorando a su marido.

—Eso es verdad, pero no lo habrían hecho si ella no hubiera estado a la altura del desafío.

Inclinó la cabeza a un lado y le dio un sorbo al té. Tal vez tuviera razón.

—Si hubiera estado a la altura del desafío no me habría pedido ayuda.

—Y por eso la ha besado. Sí, lo entiendo. Pero ¿está seguro de que ella lo entiende?

No dijo nada más, pero él sabía a qué se refería. ¿Entendía que la podía besar sin sentir ningún tipo de obligación hacia ella?

—Sí, le he contado mi situación con todo detalle. Ya sabe que nunca me casaré, y ha sido ella quien me ha pedido ayuda.

Su anfitriona entrecerró los ojos, pero él se mantuvo firme. La señorita Barton era una mujer de negocios inteligente. Entendía sus condiciones; y no solo eso, ni siquiera le había desconcertado su beso. Tras besarla, había retomado su trabajo como si nada. Un hecho que sin duda tranquilizaría a la señora Cuthbert.

Pero no iba a admitirlo jamás.

Con un sorbo de té, siguió con sus preguntas:

—Aunque fuera cierto, todavía no estoy segura de cómo va a hacer que funcione con *lady* Emily. Su padre ya ha atrasado su compromiso dos semanas porque le he dicho que usted podría ir en serio con su hija. Si se entera de este escándalo con la señorita Barton eso se acabará y *lady* Emily se casará con lord Silverstone en menos de tres semanas. Es una pareja horrible para ella, por Dios, que tiene tres veces su edad...

Conocía bien el caso. Lord Silverstone era demasiado mayor para la tímida *lady* Emily, de diecisiete años. No conocía al pretendiente en persona, pero si un hombre de cincuenta años quería volver a casarse, debería tener la decencia de encontrar una mujer que fuera mayor que sus hijos.

—Han pasado tres días y mi asunto con ella no ha llegado a oídos de nadie importante. No creo que mucha gente en el círculo de lord y *lady* Falburton llegue a oírlo. Además, hay tantos rumores sobre mí revoloteando por la ciudad que no creo que nadie se tome este en serio. —A los padres debería importarles más la felicidad de sus hijos que a él; pero, por desgracia para *lady* Emily, ese no era el caso—. Cualquier preocupación debería desaparecer con este maldito baile que me ha obligado a organizar a petición de *lady* Falburton. —Negó con la cabeza. No había organizado un baile en... Bueno, nunca había organizado un baile. Si eso no convencía a lord Falburton de que iba en serio con *lady* Emily, no había nada más que pudiera hacer.

—Estoy muy contenta con eso.

Por supuesto que lo estaba. No había nada que le gustase más que meterse donde no la llamaban. Pero como lo más probable era que entrometerse así le hubiera salvado la vida, lo soportaba. No obstante, organizar un baile era una de sus peores ideas hasta el momento.

—Y yo estoy muy descontento.

—Nadie ha estado en su casa de la ciudad en mucho tiempo.

—Pues sí, y ahora la gente empezará a mandar cartas otra vez. ¿Sabe cuánto tiempo me va a costar volver a hacer entender a todo Londres que no quiero que me molesten?

—Hemos hablado de esto mil veces. Con su pasado, no podíamos hacer nada más para demostrar a lord Falburton que sus intenciones respecto a su hija son honradas. Y ahora que está decidido a «ayudar» también a la señorita Barton... —Tomó otro sorbo de té—. Debería estar agradecido de que se me ocurriera la idea del baile.

—Una de las cosas que he descubierto de *lady* Emily es su amor por la música. Eso debería hacer que el baile le resulte menos horrible. —La única otra cosa que había descubierto que le gustase eran los minerales y, aunque no le importaba hablar de piedras y fósiles de vez en cuando, dudaba que fueran a encontrar una actividad social relacionada con esa pasión en particular.

La señora Cuthbert frunció los labios.

—¿Cree que su situación está causándole preocupación?

—Creo que la mayoría de situaciones le causan preocupación a *lady* Emily, incluso elegir un pastel.

—Entonces no debemos hablarle de la señorita Barton. No debemos añadirle más inquietudes. —Acarició la cabeza de un gato de ganchillo lánguidamente. Eso no era buena señal—. Si le llega la noticia a su padre, tendremos que cambiar de estrategia.

No le gustaba esa idea.

—Y, dígame, ¿había pensado en algo?

—Tenga en cuenta que no hay mucho más que «podamos» hacer después de organizar un baile. Más pronto que tarde, lord Falburton le pedirá que se comprometa.

Entrecerró los ojos. Ahí era donde sus tejemanejes se volvían muy entretenidos o muy incómodos. Por lo general, solían tener a un hombre listo para salvar la reputación de la dama, pero *lady* Emily Falburton era demasiado joven y no tenía a ningún caballero en mente para ella.

La señora Cuthbert puso la taza de té sobre la mesa, dejó caer ambas manos en el regazo y respiró hondo.

—¿Qué opina de la posibilidad de sentar cabeza?

Cerró los ojos. La cabeza le daba vueltas y sintió un nudo en la garganta. Cuando volvió a abrirlos, la habitación dejó de moverse. La señora Cuthbert tamborileaba los dedos en el regazo, el único indicio de su nerviosismo. ¿Había oído bien?

—¿Disculpe? Estoy bastante seguro de que no la he oído bien.

Tragó saliva.

—Hemos estado diciéndoles a lord y *lady* Falburton que va en serio con su hija y en algún momento tendremos que dejar de...

Se puso de pie. La señora Cuthbert sabía que no debía plantearle semejante cosa. ¿Pedirle matrimonio a *lady* Emily? Se parecía demasiado a Rachel. Cualquiera de las otras mujeres a las que había involucrado en un escándalo eran una mejor opción. Incluso la señorita Paynter, a quien había cortejado el año anterior, habría sido mejor. También era tímida, pero por lo menos no se dejaba pisotear.

—Señora Cuthbert, el matrimonio está descartado —replicó con tono severo—. Es la única razón por la que me escogió para estos juegos que tanto le gustan. Una proposición más como esa y tendrá que buscarse a otro caballero como cómplice de sus maniobras.

—Pero es una joven tan dulce y tan buena... no le causaría ningún problema.

—¿Como no me los causó Rachel? —Apretó tanto el anillo que llevaba en el meñique que sintió doblarse el fino oro. Dejó caer la mano y los hombros. Otra cosa bonita más echada a perder por su culpa.

—Ah, se parece un poco a *lady* Bryant, ¿verdad? —Hizo una mueca—. No debería haber mencionado la idea. No estaba pensando. —Se puso de pie y le tendió la mano—. Estoy segura de que no se equivoca. Sería un desastre para usted, pero quizá para algún otro...

Le apartó la mano.

—Ni una palabra más. —Una gota de sudor frío le cayó por la nuca. No iba a perder ni un minuto en pensar en la idea descabellada de casarse con *lady* Emily. Sabía lo que significaría ese matrimonio, no iba a destrozar otra joven vida. Salió rápido del salón sin despedirse de la señora Cuthbert. Tenían una buena relación, lo disculparía. Sin ni siquiera tomar su sombrero, salió por la puerta principal. Todavía irritado por la conversación, respiró hondo y buscó en la calle ajetreada cualquier cosa que pudiera distraerlo.

Carruajes. El primero que pasó por delante. Uno. Otro avanzaba en dirección contraria. Dos.

Tres, cuatro, cinco. No estaba funcionando. No podía quitarse de la cabeza el recuerdo de cuando entraba en la habitación de Rachel durante los primeros meses de matrimonio. Entonces pensó que sería capaz de hacerla feliz. Se apoyó de espaldas en una pared de ladrillo. Qué estúpido había sido. Tres meses sin darse cuenta de que Rachel odiaba tocarlo, pero saberlo tampoco lo ayudó en absoluto. Cuanto más demostraba que le importaba, más se escondía ella en su caparazón. No podía acercarse a ella, pese a intentarlo con amabilidad y dulzura. Así que desistió y esperó a que ella lo buscara.

Pero nunca lo hizo.

Entonces cometió el peor error de su vida.

Pensó que, tal vez, si ella supiera que la estaba esperando, se acercaría. Se lo mencionó. Le dijo que en sus manos estaba la decisión de entrar o no al dormitorio. Tal vez pensara que ya no la deseaba. Debía saber que la estaba esperando. Era ridículo esperar dos meses a que su esposa hiciera algo sin saber lo que esperaba de ella.

La recordó con el rostro pálido y asintiendo, como siempre hacía. Como hizo en su boda cuando sus padres la miraban por encima del hombro. Rachel siempre hacía lo que se esperaba de ella, tanto si era lo que quería como si no.

Pero no pudo obligarse a abrir la puerta entre ellos dos. Oía sus pasos cerca cada noche. A veces caminaba de un lado a otro por el pasillo. Una vez incluso oyó el ruido de la cerradura. Pero nunca llegó a abrirla y ninguno de los dos durmió bien desde entonces. Incluso con una puerta y una pared entre ellos, la oía inquieta hasta entrada la noche.

Una mañana, cuando despertó, descubrió que se había ido, sin ni siquiera dejar una nota contándole adónde.

Nunca más volvió a verla viva.

Meses después, sus malditos padres fueron a pedirle perdón.

A «él».

Había convertido la vida de Rachel en un calvario, y le causó tanto daño que huyó en pleno invierno. Cuando llegó con fiebre a la casa de campo de su antigua niñera, ni siquiera mandó a nadie a avisarlo.

Podría haber ayudado.

Tenía los medios que podrían haberla salvado.

Pero había muerto en vez de haber recurrido a él. Había terminado con una vida joven e inocente y sus padres le habían pedido perdón por ello. Se golpeó la cabeza contra la pared de ladrillo.

Le pidieron perdón porque era un barón y Rachel no le había dado un heredero.

Cerró los ojos. Necesitaba contar algo. Se frotó la sien y volvió al ritual. Carruajes. Contó dieciséis.

Comenzó a caminar en dirección a su propio coche de caballos. La señora Cuthbert no debería haber planteado aquello. Lo había visto en sus peores momentos. ¿Acaso quería que volviera a caer? ¿A ser un idiota adicto a la bebida que no era capaz de salir de casa? Si se convertía en una de esas cotorras que esperaban que se casara, no sabría qué hacer.

Mudarse a Escocia tal vez.

Un criado se apresuró para asistirlo. Debía de haber estado observándolo todo el tiempo, pensando en qué momento debería intervenir.

—Manda a buscar mi carruaje —gruñó. Volvería a por su sombrero más tarde. O nunca; tenía muchos en casa. En ese momento necesitaba algo para desterrar la sugerencia de la señora Cuthbert de la mente. Podría irse a casa y encerrarse con una copa de brandi sin probar, pero todavía le temblaban las manos y no confiaba en su fuerza de voluntad para no bebérsela. Necesitaba ir a cualquier otro sitio, un lugar donde estuviera distraído. O mucho mejor, alguno donde pudiera distraer a alguien, pero no alguien tímido y obediente como *lady* Emily o Rachel. Nadie que le hiciera sentirse como un hombre frustrado. Necesitaba estar cerca de alguien que supiera qué tipo de sinvergüenza era en realidad.

Era el momento de hacerle una segunda visita a la señorita Barton.

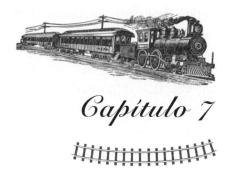

Capítulo 7

SIN UN ACUERDO DETALLADO para saber cuándo iba a aparecer lord Bryant por la oficina, había pasado los últimos tres días nerviosa, esperando ver llegar un carruaje a su puerta. Más que esperar con ganas su visita, quería ser capaz de prever cuándo iba a ocurrir. Por lo menos así podría relajarse mientras trabajaba.

Aunque gracias a él por fin podía centrarse en sus quehaceres. El primer día tras su visita tuvo que recibir a varios hombres en el despacho, pero la mayoría ya habían estado antes. Todos acabaron preguntando si los rumores sobre ella y lord Bryant eran ciertos.

Siempre respondía de la misma manera:

—Los rumores a menudo lo son.

Con eso era suficiente, ni siquiera hacía falta sacar el retrato.

Oyó un carruaje que paraba en la puerta, pero no miró. Había dejado de estar pendiente de la ventana el día anterior, pues la hacía parecer expectante. ¿Por qué esperaba que fuera a verla? Estaba claro que también la iba a distraer de su trabajo. Seguro que el carruaje se había parado en alguna de las tiendas de al lado, pensó.

El sonido de la campanilla demostró que se equivocaba. El suspiro agudo de la señora Oliver debería haber sido la única pista que necesitaba. Solo miró cuando terminó de escribir una frase.

Era lord Bryant. Estaba de pie apoyado contra el marco de la puerta, con un aspecto demasiado relajado para ser un tipo cuyo nombre se relacionaba en ese momento con dos mujeres diferentes.

—¿Me ha echado de menos? —le preguntó cuando se miraron.

Ella se rio. Lo había echado de menos durante días. O, por lo menos, lo había esperado.

—¿No saluda? ¿Solo hace preguntas en cuanto entra en mi oficina?

Deslizó la mirada hasta sus labios.

—¿Qué tipo de saludo le gustaría? ¿Debería pedirle a la señorita Oliver que vaya a por más velas? —Estaba siendo frívolo, lo que no era extraño en él. Diana no confiaba en esa sonrisa irónica.

—No necesitamos velas —contestó la señora Oliver. Tal vez había decidido desempeñar mejor su papel como carabina. Para eso, entre otras cosas, la había contratado. Pero la mujer sonrió de un modo que le hizo convencerse de que no había entrado en razón—. Aunque podríamos necesitar más carbón. —Diana ahogó un quejido. Nunca antes había visto a nadie tan contento por tener que comprar carbón.

—Hace calor fuera. —Agitó una mano—. No necesitamos carbón.

—No nos queda casi. El invierno estará aquí antes de que nos demos cuenta. —Se puso de pie—. Será mejor que compre un poco por si acaso. Así podrá hablar con la señorita Barton en privado, lord Bryant.

—No —respondió Diana tajante. Lo último que necesitaba era que su ayudante intentara orquestar una pedida de mano cada vez que el barón fuera a la oficina—. Lord Bryant vendrá a menudo, y preferiría que te quedaras. No queremos dar pie a rumores malintencionados.

—¿No? —El hombre arqueó una ceja. Ella lo fulminó con la mirada. La señora Oliver no sabía que esa era precisamente la intención... y preferiría que siguiera siendo así. Él abrió la boca de forma exagerada y asintió con seriedad—. La señorita Barton tiene razón, por supuesto. Los rumores destrozarían mi intachable reputación.

Con él en la oficina, era difícil mantener la apariencia de que sus vínculos tenían que ver con los negocios. Estaban jugando demasiado. Incluso con ese aire de seguridad, no podía comportarse con seriedad.

—Sí, señora Oliver, por favor quédese y proteja la reputación de lord Bryant por él.

Suspiró y se volvió a sentar en la silla.

El barón se apartó del marco de la puerta.

—Entonces está decidido. Señorita Oliver, puede quedarse, por lo menos por hoy. Pero a cambio, Diana, tendrá que responder a mi pregunta. ¿Me ha echado de menos?

La mujer se rio con disimulo y respondió:

—Ha estado levantando la mirada cada vez que un carruaje pasaba por la oficina durante los últimos tres días.

Se hundió más en la silla. Tendría que despedirla, pero no podía pasarse todo el día sola en una oficina.

—No es verdad —se defendió.

—¿Que no ha levantado la mirada cada vez que pasaba un carruaje o que no me ha echado de menos?

—No he levantado la mirada cada vez que pasaba un carruaje. —Frunció el ceño—. Eso lo sé con certeza. Desde hace un día y medio me he propuesto no hacerlo.

—Ah —respondió mientras se acercaba a ella como si fuera un gato acosando a su presa. Llevaba sombrero y su cabello, por lo general muy bien peinado, estaba un poco revuelto. ¿Dónde habría estado antes de ir a la oficina? Apoyó una mano en el sitio exacto del escritorio donde se sentó antes de besarla la última vez que estuvo allí. Sus ojos de color verde esmeralda desprendían entusiasmo—. Así que me ha echado de menos.

Alzó la barbilla.

—Se llevó su retrato, así que... por supuesto que sí. No tenía nada que exponer cuando lo necesitaba.

—¿El retrato que dibujó de memoria?

Se sonrojó.

—Sí, ese.

—Me preguntaba adónde había ido a parar el retrato —dijo la señora Oliver—. Solía sacarlo del cajón varias veces al día y, a veces, incluso lo llegaba a acariciar.

Se levantó del escritorio tan rápido que la silla casi se cayó tras ella. Se agarró al respaldo para mantener el equilibrio, tanto el suyo como el de la silla. Aquella mujer estaba encantada de poder contarle a lord Bryant todas sus acciones más incriminatorias de las últimas semanas.

—Y debería escuchar las cosas tan bonitas que les decía a esos hombres sobre todo lo que había hecho por ella. ¿De verdad puso su capa sobre un charco de agua para que ella pudiera pasar por encima?

Lord Bryant miró a Diana con fingida timidez.

—La verdad es que es algo propio de mí. Por lo general se me conoce por mi caballerosidad.

La señora Oliver aplaudió. Por Dios, ¿acaso vivía en una cueva? ¿Lord Bryant, caballeroso? Oír en la voz de otra las historias que le había contado a los inversores las hacía parecer mucho más ridículas. ¿Cómo era posible que la creyeran?

—¿Qué paso con su capa? —preguntó la ayudante—. Debió de echarla a perder. Ay, y esa vez que amenazó el sustento de un hombre si se atrevía a mirarla de manera reprochable... Se lo digo, lord Bryant, porque hasta que apareció por aquí dudaba de si de verdad existía un hombre así. Por no hablar del retrato... Me preguntaba si era posible que hubiera por ahí un hombre tan apuesto. Pero entonces entró por la puerta y el resultó que el dibujo no le hace justicia.

Diana deseó que se la tragara la tierra.

—Lord Bryant y yo ya hemos hablado sobre su retrato. Llegamos a la conclusión de que no estaba bien hecho.

—Oh, vamos, Diana, nunca dije que no estuviera bien hecho —se quejó él.

Era el momento de mantenerse firme.

—Estoy bastante segura de que sí lo hizo.

—Solo dije que la nariz no estaba bien del todo.

—¿Por eso se lo llevó? —preguntó la señora Oliver—. Estoy segura de que lo echa de menos. Solía sacarlo todo el tiempo, sobre todo cuando hablaba de usted. La semana pasada vino un joven muy apuesto, pero ella no le prestó nada de atención. Sacó su retrato y...

Oh, no, ya sabía por dónde iba... Aquel no fue su mejor momento. Había enumerado uno a uno los rasgos de lord Bryant entre elogios. Pero lo último que quería era que los repitiera.

—Quizá sí que necesitemos el carbón —Abrió un cajón, sacó un chelín, cruzó la habitación y presionó la moneda contra la mano de la señora Oliver.

Luego la invitó a caminar hacia la puerta con un sutil empujón en la espalda.

Lord Bryant la detuvo justo antes de llegar a la puerta.

—Ah, señorita Oliver, echaré de menos su compañía. Espero que alguna vez tengamos tiempo de ponernos al día sobre lo que Diana ha estado haciendo en mi ausencia. Esa última historia me estaba resultando muy interesante, la verdad. —La sonrisa traviesa en su voz parecía capturar todo el aire a su alrededor.

—Trabajo —replicó la joven, para no darle otra oportunidad a su ayudante de dejarla en evidencia. Abrió la puerta de un tirón—. Eso es lo único que hago en todo el día.

La señora Oliver asintió para despedirse de lord Bryant y le guiñó el ojo a Diana de una manera poco sutil.

—Me tomaré mi tiempo comprando el carbón. He oído que el barrio de al lado tiene productos de calidad, así que puede que vaya hasta allí.

—Perfecto —respondieron ellos al unísono, aunque Diana sospechó que sus respectivos motivos serían diferentes, y no estaba segura de querer saber los de lord Bryant. La señora Oliver alternó la mirada entre ambos y sonrió. La agilidad al caminar no reflejaba su avanzada edad. Al parecer lord Bryant conseguía que toda mujer se sintiera como una versión más joven de sí misma.

Negó con la cabeza y se volvió hacia su tormento particular.

Estaba medio sentado en la parte de fuera de su escritorio, esa vez con los brazos cruzados y esa sonrisilla arrogante en un rostro esculpido por los dioses. ¿Era mucho esperar que se comportara de manera civilizada?

Ladeó la cabeza hacia un lado y arqueó ambas cejas.

—¿Acariciaste mi retrato?

Por lo visto sí lo era.

—Solo cuando había hombres delante. —Intentó imitar su gesto y su sonrisa inalterable—. Cuando no lo hacía, pensaban que era mi padre.

Lord Bryant apretó un poco la mandíbula, pero siguió sonriendo. Diana se tomó el pequeño movimiento como una victoria.

—Bueno, es que usted es muy joven—replicó, encogiéndose de hombros—. ¿Qué parte de mi retrato acariciaba? ¿La mejilla? —Fijó la mirada en sus labios. Estaba segura de que estaba reviviendo el beso. Por lo menos no era la única que lo hacía. Si no lo imaginaba sentado en su escritorio, justo como en ese momento, pensaba en el beso y en cómo la estrechaba para acercarla más—. ¿O quizá mi boca?

Apretó los labios. No iba a darle alas para que los usara en su imaginación, ni ventaja. No estaba del todo segura de a qué estaban jugando, pero si se avergonzaba o respondía de un modo convencional, se convertiría en la perdedora. Apoyó el puño sobre la cadera.

—Su nariz.

Él abrió mucho los ojos y tosió con la mano en la boca para ocultar la sonrisa. Que sonriera le haría ganar un punto a ella.

—¿Mi nariz?

—Sí.

—Pero mi nariz ni siquiera estaba bien en ese retrato. Tenía una especie de bulto poco atractivo.

—Quizá fuera eso por lo que me gustaba tanto. Podría ser más apuesto con un bulto en la nariz.

Se puso de pie y rodeó el escritorio, despacio y seguro de sí mismo.

—Ha de saber que solo en esta semana tres mujeres me han hablado sobre la perfección de mi nariz.

Oh, lord Bryant era un buen rival. Ella se mantuvo firme, segura detrás de la silla. Arqueó una ceja.

—¿Pero está seguro de que eran cumplidos? Demasiada perfección puede llegar a ser poco atractiva —mintió entre dientes. No se le ocurría otro argumento contra su autoestima. Al menos respecto a su apariencia, nadie podía decir nada, aparte de que era demasiado magnética—. Un hombre debería ser un poco imperfecto. —Otro apretón de la mandíbula. Se estaba divirtiendo mucho con aquello—. Y estoy segura de que tres mujeres no han hecho comentarios sobre su nariz.

Hizo un gesto de fastidio y frunció el ceño como buscando una respuesta.

—¿Sabe?, creo que tiene razón. Ahora que lo pienso, fueron cuatro.

Fingió contener la risa a duras penas con una tosecilla. No iba a cederle ningún punto. Asintió.

—Ah, sí. Eso parece mucho más probable. Es impensable que una nariz como la suya reciba menos de cuatro elogios a la semana.

Él volvió a fruncir el ceño, pero todavía con esa luz juguetona en la mirada.

—Es muy duro tener una nariz tan perfecta, pero es la que me ha tocado y lo llevo lo mejor que puedo. Tenga cuidado y no se enamore de mí por su culpa, aunque si acaricia mi retrato, creo que ya es demasiado tarde.

Diana se rio sin mover los labios.

—La mayoría de mujeres lo hacen, ¿sabe? —añadió él.

—¿Acariciarle la nariz? —Cerró los ojos para borrar esa imagen de la cabeza. Cuando estaba con él se olvidaba de que se entendía bien con docenas de señoritas. Sabía cómo mirarla como si fuera la persona más interesante de toda Inglaterra.

—No, claro que no. Usted es la única mujer que ha admitido hacerlo. Pero la mayoría suelen enamorarse de mí.

—¿Por su nariz?

—No sabría decirle por qué otra cosa podría ser. —Ensayó un gesto pensativo—. El sentimiento de admiración llega tan rápido que no me puedo imaginar otra razón.

—¿Y no cree que pueda tener algo que ver con su título, su dinero o su posición social?

Por un instante le pareció que se desprendía de aquel aire de seguridad, pero enseguida lo recuperó.

—No creo que la mayoría de mujeres piense en esas cosas ante una nariz perfecta.

No podían pasarse el resto de la tarde hablando de su nariz, no podría mantener mucho más ese juego. Hizo un gesto para indicarle que se fijase en la estancia.

—Como puede ver, no soy como la mayoría de las mujeres.

Se acercó a ella y pasaron de estar a una distancia prudente a otra mucho más intimidatoria. Agarró la silla con más fuerza.

—Estoy empezando a comprobarlo. Pero me arriesgaré a suponer que incluso usted no es inmune a mi posición, mi título y mi apariencia.

Se mordió la lengua. Ese hombre resultaba exasperante. Parecía que lo único que le importaba era su habilidad para atraer a mujeres, pero no por quién era como persona y nunca para algo serio. Como si solo quisiera mantener relaciones superficiales y estuviese contento de que así fuera. Por supuesto que lo estaba; así eran los vividores. Tenía que dejar de pensar en él como la persona elegante que vio en la boda de Nate y recordar qué tipo de hombre era en realidad.

—He de admitir que cuando lo conocí en la boda de Nate me pareció atractivo, pero ya no soy una joven e impresionable de dieciocho años.

—¿Y cuántos años tiene ahora, abuelita?

Levantó la barbilla.

—Tengo veintidós, pero estoy dirigiendo dos empresas y haciendo que mucha gente, incluido usted, sea rica.

—Yo ya era rico.

—Más rico, entonces.

Asintió como si la respuesta fuera aceptable.

—Así que, viendo que es tan sabia y tan mayor... —Sonrió al decirlo. Debía de verla como una niña—. No importa que sea encantador y mi nariz perfecta, que no se enamorará de mí, ¿verdad?

—Eso es.

—Ay, señorita Barton, es justo la distracción que necesito. Esto lo hace mucho más divertido. —Ya estaba demasiado cerca, tanto que era impropio, pero se inclinó hasta que su cara estuvo a solo unos centímetros de la suya. Levantó la mano y apoyó un dedo enguantado bajo su mandíbula—. Creo que su barbilla es bastante interesante. Siempre está elevada y deja su delicada garganta demasiado accesible.

Luchó contra el impulso de bajar la cabeza, pero la mantuvo alta.

—¿Accesible para qué? ¿Estrangularme? —Vio algo sombrío en su mirada, pero no perdió la media sonrisa—. ¿Ha pensado en estrangularme?

Se rio, pero sin disimular que aquello no le había gustado. Apartó la mano de su cara, se la llevó a su propia espalda y dio un paso hacia atrás.

—No, Diana. Estrangularla no es lo que tenía en mente —respondió, sin dejar de mirarle el cuello. Ella tragó saliva y se volvió para sentarse. Tenía trabajo que hacer y debía terminarlo tanto si estaba lord Bryant allí como si no.

Él tomó asiento al otro lado del escritorio. Diana mantuvo la cabeza agachada sobre los papeles, pero con el rabillo del ojo vio cómo tomaba una pluma del escritorio y la acariciaba entre los dedos. No podía seguir distraída.

Trabajar, ¡tenía que trabajar! ¿Para qué servía rogarle que la ayudara si no conseguía concentrarse? Él dejó la pluma y se levantó. Por fin un poco de espacio entre ellos. Caminó hasta la puerta. ¿Se iba? ¿No podía aguantar más de un minuto sin que le prestaran atención?

Eso parecía.

Miró de soslayo. En vez de marcharse, se estaba quitando el abrigo. Bajo la prenda, negra y lisa, llevaba un chaleco de terciopelo verde oscuro con enredaderas bordadas de un tono más claro. Revelaba una marcada cintura y la espalda ancha. Dejó la mano que sostenía la pluma quieta, aunque ni siquiera estaba escribiendo. Él colgó el abrigo en el perchero junto a la puerta y se llevó la mano al pañuelo.

Ella dejó de disimular y lo miró.

—¿Se está desvistiendo en mi oficina?

No llegó a quitarse el pañuelo negro, pero se lo aflojó.

—Solo me estoy poniendo cómodo. No ha sido mi mejor mañana.

—¿Cómo de cómodo tiene intención de ponerse?

—Casi igual que como estaba cuando vino a verme a mi estudio.

Ay, Dios. Aunque aquella noche estaba vestido por completo, la imagen del cuello abierto sobre el pecho era algo que le costaría olvidar. No necesitaba que se lo recordara.

—Por favor, deje el pañuelo en su sitio. ¿Cómo iba a llegar a casa con el pañuelo suelto?

—En mi carruaje.

—Pero su mayordomo...

—Si mi mayordomo se sorprendiera por un pañuelo mal atado, no sería mi mayordomo.

Intentó quitarse de la cabeza el significado de esa respuesta.

—Aun así, si no le importa dejárselo bien puesto, me sería más fácil hacer mi trabajo sin preocuparme de que un inversor entrara y se hiciera una idea equivocada.

—¿Eso es lo único que le preocupa de que me quite el pañuelo? —Pasó la mano por el complicado nudo a modo de advertencia—.

La última vez que me vio sin él me pareció percibir que me miraba demasiado el cuello.

—Lord Bryant, la verdad es que no era yo misma aquella noche...

Con un giro de muñeca, desató el pañuelo y lo dejó suelto sobre el pecho. Le dio un tirón lento por un lado y lo deslizó desde el hombro. No le miró el cuello; no podía. Él colgó la prenda en el perchero y, sin darle tiempo a protestar, se desabrochó las mangas y se remangó la camisa.

Había logrado no mirarle el cuello, pero no pudo evitar fijarse en los antebrazos. Era la segunda vez que visitaba su oficina y ya se había medio desvestido. ¿Dónde demonios se había metido?

—Es agradable sentirse tan cómodo delante de una mujer. Por lo general, tendría que parecer respetable por temor a que en un instante se enamorara de mí por mi físico. Ni se imagina lo que me consuela que usted sea inmune por completo a mis encantos. —Arqueó una ceja y, después, como si no fuera suficiente, la otra.

Ese hombre de brazos musculados era absurdo.

—Soy inmune. —Notó calor en las mejillas y el pulso acelerado, pero confió en que los muchos talentos de lord Bryant no incluyeran el de leer mentes—. Así que puede dejarse de tonterías, que no van a funcionar.

—Por lo general suelen funcionar.

Aquello derretiría a muchas mujeres, pero no a ella, se dijo a sí misma. Era más lista que eso. Llegados a ese punto, no serviría de nada fingir que estaba trabajando, así que dejó la pluma sobre la mesa. Eso sí, no iba a permitir que pensase que lo hacía para contemplarlo. Era un hombre muy seguro de sí mismo y le vendría bien comprobar que no todas las mujeres caían en sus trucos.

—Alguien que se pasa tanto tiempo cortejando a mujeres debería saber que no es elegante mencionar conquistas anteriores. Hace que una apenas se sienta digna de mención.

Se alejó del perchero y se acercó a ella. Todavía podía sentir la calidez de sus dedos sobre la barbilla.

—Veintidós años de vida la han convertido en una experta en los secretos del corazón, ¿verdad? Me veo obligado a discrepar.

Como si supiera algo de sus veintidós años... No era una señorita londinense que esperaba atrapar al caballero soltero más codiciado de la ciudad. Puede que supiera cómo impresionar a casi cualquier mujer con solo una mirada, pero ni siquiera él podía resultarle irresistible a todas. Un hombre es algo más que unos brazos musculados y una nariz perfecta.

—No creo que sus años de mujeriego le hayan hecho más experto.

Se acercó al escritorio, apoyó las manos sobre él y se agachó hasta situarse cara a cara. Una vez más, arqueó una ceja. ¿No podía dejar de hacer ese gesto?

—Otra vez debo discrepar.

Juntó varios documentos y los apiló con cuidado. No había nada más que ordenar en su escritorio, así que miró a lord Bryant de nuevo. Sus ojos eran exactamente del mismo color que el chaleco, y estaban solo a unos centímetros de distancia de los suyos.

—Puede que haya fascinado a algunas mujeres con este tipo de jueguecitos, pero ninguna lo amará solo por eso. Nunca llegará al corazón de una mujer, por lo menos no de verdad. No somos así.

El barón tragó saliva, se irguió y se alejó. Cerró los ojos por un momento, como dolido, pero cuando los volvió a abrir solo mostraba determinación. Se remangó más, se acercó de nuevo al escritorio y se quedó apoyado en la esquina. Giró un pequeño anillo de oro grabado que llevaba en el meñique. Era más fino que los que solían llevar los hombres, ¿habría pertenecido a su esposa?

—Lo que hace que esto sea tan divertido es que en realidad no estoy intentando que se enamore de mí. Sabe tan bien como yo que toda esta farsa terminaría si cualquiera de los dos sintiera algo por el otro. Dicho esto, si hubiera querido hacer que una mujer se enamorara de mí, de verdad... —Se volvió para mirar hacia la calle por la ventana—. ¿Qué debería haber hecho?

Diana se quedó inmóvil. No se estaba riendo ni coqueteando como un desvergonzado, casi hasta parecía hablar en serio. Ver a Lord Bryant con un comportamiento sin rastro de impostura era algo para lo que no estaba preparada. Lo prefería cuando bromeaba y se quitaba la ropa. Al menos podía suspirar y mirar hacia el techo. Parpadeó con extrañeza y removió un pequeño montón de papeles al borde de la mesa.

—Bueno... —Se aclaró la garganta—. Si esas mujeres se parecieran en algo a mí, podría haber empezado por ampliar la inversión en la línea Barton. Una vez indicada la cuantía, puede sumarla usted mismo al total.

Le señaló los documentos con un gesto.

—Esto no parece tarea para un caballero.

—Ha pedido mi opinión y yo se la he dado.

—Preferiría darle un beso o dos en la parte interior de la muñeca.

Mantuvo a propósito las manos hacia abajo. No iba a mostrar el menor interés en su oferta. Nunca antes había considerado las muñecas como arma de seducción, pero de pronto no podía pensar en otra cosa. Era como si todas las terminaciones nerviosas se concentraran en esas zonas y le ardieran las venas que las recorrían. Tomó la pluma y el primer documento que vio sobre el escritorio. Tenía que volver a trabajar.

—Y eso, lord Bryant, es por lo que nunca me enamoraré de usted.

Él se rio y se separó del escritorio poniéndose en pie.

—¡Gracias a Dios! —Diana no pudo evitar cierta decepción ante esa exclamación. Por supuesto que no quería enamorarse de él, pero ¿tanto le habría costado parecer un poco ofendido? El barón caminó tranquilo hasta situarse tras ella y posó una mano a cada lado en el escritorio. Imposible no mirarle los brazos. Le habló al oído—: No obstante, mi querida Diana, su audaz declaración parece un desafío, y resulta que me encantan los desafíos.

—Pero no lo suficiente como para ayudarme con el papeleo, ¿verdad?

—Siento que ayudarla sería perder el desafío. Ya me ha atrapado en esta farsa con ese retrato; eso le hace ganar un punto, y que yo me ocupara de sus gestiones sería otro tanto a su favor. Ahora me toca a mí ganar alguno.

—Así que «estamos» jugando a algo.

—Eso parece.

—¿Por puntos?

—Sí.

—¿Cómo sabremos que uno de los dos ha ganado?

Sonó la campanilla de la puerta. La señora Oliver entró por la puerta más contenta que unas pascuas de ver a lord Bryant casi encima de Diana en mangas de camisa. Él se alejó de la mesa y de ella. En voz baja susurró:

—Cuando gane, me aseguraré de hacérselo saber.

Se pasó los veinte minutos siguientes sin hacerle el menor caso, empeñado en que la señora Oliver se ruborizara como un atardecer. Finalmente, a modo de despedida, caminó hasta el escritorio, le rozó la barbilla con un dedo y se marchó.

La visita había concluido y ya no tenía motivos para mirar por la ventana.

Pero, aun así, lo hacía cada poco tiempo.

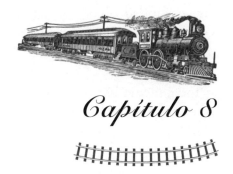

Capítulo 8

EVERTON BRYANT CASI SE había olvidado de cómo era su salón de baile, sobre todo iluminado. La última vez que se había usado, su madre había organizado una fiesta con el único objetivo de presentarle a Rachel. Era una joven decidida y, a la vez, con una tímida inocencia que le llamó la atención en cuanto la conoció. Le había sorprendido el acierto de sus padres al elegirle esposa. Una mujer con la que sentía que podía tener un matrimonio feliz. Él era confiado, joven y tonto.

Esa noche tenía la oportunidad de cambiar el destino de otra joven y tímida mujer. Tenía la oportunidad de demostrarle a lord Silverstone que, a pesar del consentimiento paterno, *lady* Emily no tenía que casarse con él. Si un hombre como Everton podía quedar encantado con ella, debería ser lo bastante encantadora para cualquiera.

Aquella joven no tenía ninguna necesidad de conformarse con un matrimonio concertado.

Ojalá hablase, aunque fuera un poco.

En aquel momento, *lady* Emily no se estaba haciendo ningún favor. Permanecía sentada en la esquina del salón de baile, rodeada de mujeres que habían dejado de bailar. A diferencia de la señorita Barton, mantenía la barbilla siempre hacia abajo; siempre miraba al suelo. Tenía el cabello rubio claro peinado con destreza en un recogido y su vestido de noche era uno de los más reveladores en los que su familia la había enfundado. Todo esfuerzo que hacían por la pobre muchacha era en vano. Si le permitiesen llevar algo más discreto, tal vez pudiera reunir el valor para hablar con algunos de los asistentes.

Negó con la cabeza y forzó media sonrisa. La multitud le abría paso mientras caminaba a través del salón de baile.

—*Lady* Emily —saludó cuando llegó a su lado. Se cubría el escote con el abanico, que movía casi tan rápido como los ojos ante su saludo—. Me ha costado demasiado encontrarla. ¿Qué hace escondiéndose así?

Cuando por fin iba a abrir la boca, una mujer mayor a su lado respondió por ella.

—Hemos estado hablando sobre la última moda. ¿Verdad, querida?

Abrió los ojos sorprendida. Everton la había estado mirando durante diez minutos antes de acercarse y aquella mujer no se había molestado en hablar a la joven ni una sola vez. Sus padres la enviaban con carabina a todos los eventos, resignados ante su incapacidad de encontrar sus propios amigos y que se valiera por sí misma.

—¿Su carné de baile está completo? Si no es así, me gustaría sacarla a bailar en el próximo hueco disponible que tenga.

Negó con la cabeza, y ni siquiera en ese momento habló para aclarar qué pieza bailaría con él.

—¿El siguiente está libre?

Asintió con gesto tímido.

—Entonces me gustaría que fuese conmigo.

La dama rolliza con la que supuestamente había estado hablando de moda se deslizó con la silla para estar más cerca.

—Mi hija también está libre, por si *lady* Emily prefiere no bailar.

Otra mujer a su lado frunció el ceño.

—Pensaba que su hija estaba bailando... —Un brusco codazo de su amiga la interrumpió.

—He organizado este baile con el único objetivo de bailar con *lady* Emily —repuso el barón.

La aludida se sonrojó. Le tendió el brazo y ella lo tomó con pocas ganas. No podía imaginar por qué querría sentarse junto a esas mujeres, pero supuso que la escasa iluminación de ese rincón tenía algo que ver.

En otras circunstancias, habría alabado la apariencia de la mujer o habría hecho algún comentario despectivo sobre algún caballero demasiado arreglado con la esperanza de atrapar a cualquier joven de fortuna. Pero, tras varias semanas en compañía de *lady* Emily, había aprendido que se sentía más cómoda en silencio.

Aunque guardar silencio no era uno de sus puntos fuertes, odiaba asustar a la pobre muchacha, así que no le contó a nadie lo que pensaba sobre la camiseta interior de flores naranjas del señor Rushland.

La acompañó a la zona de baile. La había visitado en su casa y habían jugado a cartas, pero nunca habían bailado juntos.

Comenzó a sonar un *schottische*. Por fin soltó el abanico, que quedó colgando de la muñeca, y lord Bryant miró hacia otro lado para que no notara su reacción. Su familia no solo le había obligado a ponerse un vestido de noche con un corpiño escotado, sino que además le habían puesto el lazo verde amarillento más ridículo del mundo en el centro del pecho. La próxima vez que tuviera la oportunidad de hablar con su madre, tendría un par de palabras bien elegidas para ella.

Comenzó el baile de manera tímida, pero tras los primeros compases algo cambió en ella. Sus pasos se volvieron más ligeros y cuando la alejó y la volvió a acercar a él, esbozó una amplia sonrisa.

Una sonrisa.

Una sonrisa le valía. Le agarró la mano con más fuerza y tiró de ella para que añadiera un salto al giro. No la desconcertó, y en el siguiente movimiento, ella repitió el salto. Por fin elevó la barbilla y vio que sus ojos de color azul claro derrochaban entusiasmo.

La atrajo más hacia él mientras la rodeaba con los brazos al ejecutar los pasos.

—No sabía que supiera bailar tan bien.

—No suelo tener la oportunidad.

Habló muy bajo, casi en un susurro, pero pudo oírla. Parecía una persona completamente diferente cuando bailaba.

—¿No cree que tiene algo que ver con que estuviera escondida en la esquina?

Agachó la cabeza y, sin pensar, él le puso el dedo sobre la barbilla para que la levantara. Sus ojos se apagaron de inmediato y él apartó la mano como si se hubiera quemado. En realidad, como si su roce la hubiera quemado a ella.

—No conozco a nadie aquí —respondió todavía sin mirarlo.

Era la hija de un conde, no debería ser difícil para ella conocer a gente en esa sala.

—¿Quiere que le presente a algunas de las mujeres que conozco? Tal vez eso ayude. La duquesa de Harrington está aquí, es una de las pocas buenas mujeres que hay en Londres. Su hijo es un poco aburrido, pero ha decidido no venir, así que no hay que preocuparse por tener que hablar con él.

—Quizá. —No parecía interesada. La mayoría de mujeres que conocía estarían encantadas de que les presentaran a una duquesa.

—¿No quiere conocer gente?

—No estoy segura de que me guste la gente.

—Pero le gusta bailar.

—Sí, me gusta bailar y la música, pero no me gustan los bailes.

Esa información era más de lo que había conseguido desde el día en que susurró, mientras tomaba el té, que estaba interesada en la geología. En el fondo estaba de acuerdo con ella. Bailar podía ser entretenido: la mano en la cintura de una mujer y una oportunidad de moverse al ritmo de buena música. En realidad, era la gente en los bailes la que lo molestaba, pero no había manera de evitarla. Si la hubiera, haría lo posible por deshacerse de todos por el bien de *lady* Emily. Se inclinó hacia delante, con cuidado de no acercarse demasiado a sus rizos rubios. La distancia parecía ser la clave para que siguiera sintiéndose cómoda.

—Cierre los ojos.

Lo miró de frente.

—¿Disculpe?

—Cierre los ojos. Yo la guío. Es lo bastante buena bailarina como para seguirme con los ojos cerrados. Permítase solo bailar y disfrutar de la música. No se preocupe por la gente.

Esbozó una leve sonrisa y asintió con la cabeza. Cerró los ojos, el barón la agarró de la cintura con más fuerza y se aseguró de que en cada paso que daba no tropezara con nadie.

Al principio estaba tensa e insegura; pero, después de dos giros sin incidente alguno, se relajó y comenzó a moverse con más libertad junto a él. Terminaron aquel baile y el siguiente de la misma manera: moviéndose en silencio. Cuando las notas cesaron y por fin abrió los ojos, él se dio cuenta de que hubiera continuado de buen grado.

—El próximo baile es el último antes de la cena. ¿Quiere seguir? —Bailar tres veces seguidas con la misma mujer no sería lo más escandaloso que hubiera hecho jamás.

—Ojalá pudiera, pero mi madre ha prometido ese baile a lord Silverstone.

—¿Y por eso la ha dejado sola en una esquina hasta ahora? —Le tendió el brazo y ella lo tomó, casi sin tocarlo, como si se le hubiera posado una mariposa.

—Tal vez. La verdad es que no hemos hablado mucho, por lo que no puedo decir que entienda sus motivos.

Si lord Silverstone era tan hablador como *lady* Emily, sin duda alguna iban a tener un hogar silencioso. Ella empezó a buscar con la mirada los rincones. No le convenía esconderse de nuevo en uno de ellos. Aunque consiguiera parar su matrimonio con lord Silverstone, le iba a costar encontrar un hombre al que le gustara si siempre estaba oculta en la oscuridad.

Everton se aclaró la garganta.

—Debo decir que me sorprendió un aspecto de lord Silverstone cuando me lo presentaron.

—¿Qué le sorprendió de él? —preguntó con timidez.

Lord Bryant sonrió.

—Tenía pelo. Si sus padres la quieren casar con un viudo que le triplica la edad, por lo menos que tenga pelo.

Ella suspiró. Su patético intento de hacerle reír no surtió efecto.

—Desearía poder volver atrás en el tiempo; al año pasado, cuando todo lo que se esperaba de mí era que me quedara en casa leyendo y practicando el pianoforte.

—Bueno, si provocamos un escándalo lo bastante grande, quizá pueda hacer solo eso. ¿Cree que no debería llevarla junto a él?

¿Dónde estaba lord Silverstone? Cuando conoció a Rachel por primera vez y descubrió que se iban a casar pronto, había intentado buscarla en cada uno de los eventos a los que asistía. ¿Acaso aquel caballero no quería conocer a su futura esposa? Echó un vistazo por el salón. *Lady* Falburton estaba con un grupo de mujeres demasiado arregladas. Ni siquiera el lazo verde amarillento de *lady* Emily destacaría entre ellas. Se estremeció ante la perspectiva de enfrentarse a sus preguntas. Aunque odiaba la idea, prefería entregar a *lady* Emily a su pretendiente que entrar en aquellas aguas infestadas de tiburones.

Por fin vio a lord Silverstone al otro lado del salón de baile. Estaba inmerso en una conversación con otros tres hombres. Uno de ellos sobresalía por encima del resto, pidiendo atención con su amplia sonrisa.

«Maldita sea».

Lord Yolten. ¿Cuándo había llegado? ¿Y cómo había conseguido una invitación? Debía de habérsela enviado la señora Cuthbert. Y si él había acudido...

Por supuesto, allí estaba *lady* Yolten, con su gran boca y presencia. A pesar de su baja estatura, destacaba en un pequeño grupo de mujeres. Las semanas que pasó con ella habían sido agradables.

Una de las señoritas que estaban a su lado le comentó algo al oído. *Lady* Yolten llevó la mano al codo de su interlocutora y echó la cabeza hacia atrás riéndose. Pese a la distancia y los murmullos de la gente, podía oír la satisfecha risa, que retumbaba en su recuerdo.

Parpadeó y volvió a prestar atención a la joven que tenía a su lado. No todas las mujeres estaban tan llenas de vida como *lady* Yolten, pero eso no significaba que no se merecieran conseguir lo que quisieran. Sonrió a *lady* Emily.

No podía llevarla junto a lord Silverstone en aquel momento; no con lord Yolten a su lado. Tendría que saludarlo y, aunque lo trataría como si fuera su amigo, no había nada más incómodo que enfrentarse en público a un hombre con cuya esposa había flirteado, por mucho que hubiera ocurrido antes de que se casaran.

—¿Por qué no bailamos otra vez y hacemos que lord Silverstone se enfade?

Se mordió el labio y suspiró.

—Debería bailar con él. Aunque sea solo una vez.

Esperó a que esgrimiese sus razones, pero nunca parecía contestar más de lo que se le preguntaba.

—¿Por qué?

—No sé qué es lo que mis padres le han contado sobre mí, pero estoy segura de que no era exacto. Si le decepciono, podría terminar con toda esta farsa esta misma noche.

Casi con toda certeza sería el tipo de mujer que aquella clase de hombre buscaba. Era callada y modesta, por lo que Silverstone seguro que la veía como alguien fácil de controlar y manipular para que obedeciera sus órdenes.

Se anularía poco a poco con un hombre como aquel cuando ni siquiera le habían dado la oportunidad de encontrarse a sí misma primero.

Pero si deseaba bailar con lord Silverstone, no iba a detenerla. Ya tenía suficientes personas diciéndole lo que tenía que hacer, él no iba a hacerlo.

—La acompañaré con su madre. Me niego a llevarla hasta él. —Y no solo porque lord Yolten estuviera en su círculo de amigos. No podía ver cómo tocaba con la suavidad de una mariposa a un hombre de su edad a la caza de una joven esposa.

Ella solo asintió.

Después de hablar un momento con su madre y un poco más con las acompañantes de vestidos abigarrados, se alejó de ellas. Había cumplido su objetivo principal: había bailado solo con *lady* Emily. Después de aquella noche, sospechaba que algún que otro caballero más se fijaría en ella, pero era difícil intuir quién. Alguno ya debería estar buscándola. Ella siempre encontraba rincones donde esconderse. Incluso si un hombre tuviese la intención de cortejarla, lo primero que tendría que hacer era encontrarla.

Negó con la cabeza. Era muy diferente del resto de mujeres con las que había protagonizado escándalos. Las demás tenían claro su objetivo. Ella solo quería quedarse en casa y no enfrentarse a la realidad de su futuro, no quería casarse y tampoco quería estar rodeada de gente. No podía hacer mucho para conseguirle eso. Pero era capaz de parar un matrimonio con el hombre que en aquel momento se dirigía a la madre de la joven. Ni siquiera la miró. ¿Qué tipo de hombre negociaba con los padres sobre una esposa sin siquiera intentar involucrarla en el proceso?

Maldijo en voz baja. En algún momento dado, él había sido un tipo así. Nunca se le ocurrió preguntarle a Rachel cómo se sentía ante su boda. Había asumido que ella había llegado a la misma conclusión que él: se casarían porque sus padres esperaban que lo hicieran.

Un suave golpecito en el hombro lo sacó de sus cavilaciones.

—Disculpe, lord Bryant. —Era uno de los sirvientes contratados para ayudar en el baile—. Un caballero y dos damas han venido a verle.

—¿Que han venido a verme? —Echó un vistazo rápido por la estancia. ¿Quién querría hablar con él?

—No están aquí, señor. Están en el salón principal.

¿El salón principal? ¿Se suponía que tenía que reunirse con esas tres personas en su salón principal mientras era anfitrión de un baile? ¿A quién se le había ocurrido tal cosa? Le vino a la mente alguien de pelo castaño oscuro y ojos mordaces.

—¿Una de las damas tiene el cabello castaño oscuro?

—Sí, señor. Me ha dado un mensaje bastante extraño para usted.

—¿Qué tipo de mensaje?

—Algo sobre su nariz.

Apretó la mandíbula. La señorita Barton. ¿Por qué demonios iba a estar allí? Era su única condición: no encontrarse en bailes o en ningún otro lugar donde fuera a haber más gente. Aparecía de la nada en su vida cuando no debía. Primero, sin acompañante en su casa por la noche, y ese día en medio de un baile. ¿Por qué no podía respetar instrucciones tan simples? No todo el mundo lo respetaba; y no le extrañaba, porque no se merecía ni quería respeto. Pero estaba acostumbrado a que la gente le hiciera un poco de caso, aunque solo fuese porque les intimidaba su posición social.

Por alguna razón, a la señorita Barton no la intimidaba. Debía pararle los pies esa misma noche o quién sabe dónde aparecería la próxima vez. Ya era bastante malo tener a *lady* Yolten y *lady* Emily en la misma habitación como para tener que enfrentarse a una tercera mujer. Quizá Nelson tuviera razón y ya fuera hora de dejar esas tonterías atrás; en poco tiempo no podría ir a ningún sitio.

Siguió al reticente criado hasta el salón principal. Que Dios le ayudara si al entrar en el salón se encontraba a la señorita Barton con su pose arrogante y barbilla en alto ...

—¿Qué ha dicho sobre mi nariz? —preguntó.

—No lo he entendido, señor.

Everton respiró hondo para intentar calmarse.

—Dime qué ha dicho.

—Ha dicho que si no venía iba a mejorar su nariz por usted. —El sirviente negó con la cabeza—. Aunque no la he entendido. A su nariz no le pasa nada.

Deseó por enésima vez que todo el mundo se fuera de su casa. No quería nada más que quitarse el pañuelo y pisotearlo.

—A decir verdad, yo tampoco la entiendo, pero después de hoy, me aseguraré de que ella me entienda a mí.

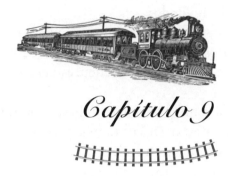

Capítulo 9

DIANA HIZO LO POSIBLE POR parecer tranquila. Se suponía que mantenían una relación, así que no podía parecer preocupada o insegura. Mantuvo la cabeza bien alta y los hombros erguidos mientras esperaba a que lord Bryant entrase por la puerta del salón principal. La señora Oliver parecía más contenta que unas castañuelas. Estaba tan segura de su amor por ella como lo estaba de que el sol saldría a la mañana siguiente. El señor Broadcreek tenía la misma cara de siempre: parecía que había bebido vinagre. Un hombre repugnante.

Maldito entrometido.

Él ya tenía noticia de ese baile cuando había insistido tanto para que lo acompañara a casa de lord Bryant. Ni siquiera había podido fingir sorpresa cuando llegaron.

Tan pronto como tuvieron delante la casa —iluminada como si fuera una lámpara de araña—, se volvió hacia ella con una sonrisa.

—¿No la ha invitado? —preguntó—. Si lord Bryant estuviera interesado de verdad en usted, como parece creer, la habría invitado a su baile. Y se rumorea que lo ha organizado en honor a cierta noble señorita.

Su orgullo no le permitió responder como desearía.

—Lord Bryant entiende mi necesidad de trabajar y sabe que no me tomaría un descanso por algo tan frívolo.

—¿Así que no la ha invitado?

—Por supuesto que lord Bryant la ha invitado —replicó la señora Oliver metiéndose en la conversación—. Nuestra señorita Barton no disfruta de estos eventos. Prefiere estar en la oficina y él lo comprende.

Las palabras de la señora Oliver le dolieron, aunque fuesen ciertas. Sí «prefería» estar en la oficina, pero aun así... Dejó sus sentimientos a un lado y asintió, agradecida de que tuviese tanta fe en lord Bryant y la librara de tener que mentir al señor Broadcreek.

—Bueno, ¿entramos? —preguntó Diana.

La cara del señor Broadcreek cuando esperaban en el salón casi le compensó la inquietud que sentía sentada en el sofá de lord Bryant. Parecía casi tan incómodo como ella.

Él se inclinó hacia delante en su asiento.

—¿Está segura de que deberíamos quedarnos?

Sonrió. Verlo nervioso era un premio que no esperaba.

—Creía que tenía algo de suma importancia que preguntarle a lord Bryant.

—Y así es... —Se estiró las mangas y carraspeó—. Solo creo que, dadas las circunstancias, sería mejor volver en otro momento.

—¿Circunstancias? ¿Se refiere al baile? Si usted sabía lo del baile y yo sabía lo del baile... ¿hemos venido hasta aquí para irnos cuando se está celebrando un baile que ya sabíamos que se iba a celebrar?

Frunció el ceño, pero no se levantó del asiento.

Por mucho que disfrutara al ver cómo se retorcía nervioso, ella también tendría que pagar un alto precio. En cualquier momento lord Bryant iba a cruzar la puerta, después de excusar su presencia en su propio baile.

Un baile. Le había prometido que no acudiría nunca a esos eventos.

Aun así, tampoco iban a socializar. Estaban en el salón principal. *Lady* Emily no se enteraría de que estaban allí. Y ella tampoco iba a tener una oportunidad de verla. ¿Qué tipo de mujer provocaría que lord Bryant organizase un baile?

La puerta se abrió y el sirviente anunció a lord Bryant, que entró pisando fuerte. Todas las miradas se fijaron en él, una situación a la que el barón ya debía de estar acostumbrado. Concitaba toda la atención en cualquier lugar en el que entraba. Dejó de caminar en cuanto vio a los recién llegados. Primero miró a Diana, y tragó saliva. Ella respiró hondo y rogó en silencio que dejase de mirarla como a un cordero arrojado a la boca del lobo. La boca de un lobo hambriento, con ojos que refulgían como el fuego. Suspiró aliviada cuando por fin dirigió su atención a la señora Oliver. La saludó con una inclinación de cabeza y luego entrecerró los ojos mientras observaba al señor Broadcreek. Como por un acuerdo tácito, todos esperaron a que el criado se fuera y cerrara la puerta antes de hablar.

—Diana —dijo con la mano en la cintura—. ¿Qué hace aquí?

Por lo menos se dirigía a ella por su nombre, eso era buena señal. Si estuviera a punto de echarla a la calle, fingiendo no conocerla, no la habría llamado por su nombre de pila. ¿Cómo debería dirigirse a él? El tratamiento de «lord Bryant» no parecía lo adecuado después de esa muestra de confianza.

—Querido... —Lo había intentado, pero él arqueó las cejas. Mejor otra cosa. Se levantó y caminó hasta detrás del sofá. Parecía una buena idea interponer algo entre ambos—. El señor Broadcreek asegura que querrías conocerlo.

El barón apenas asintió con un gesto hacia el aludido.

—El señor Broadcreek y yo nos conocemos incluso sin habernos visto en persona antes. Y me hubiera gustado que eso no cambiase. No tiene ninguna excusa para venir aquí, y mucho menos esta noche.

—Lord Bryant... —empezó a decir, pero una mirada fulminante lo silenció de inmediato.

—Señor Broadcreek, no tengo ningún deseo de hablar con usted. Ha arrastrado a dos señoritas hasta aquí, ya entrada la noche, con la excusa de que estaría interesado en conocerlo. No tengo ningún deseo de que me relacionen con usted.

—Pero, lord Bryant, ¿es consciente de lo que la señorita Barton está diciendo sobre usted? —Se le estaba poniendo el cuello de un color rojo oscuro bajo un rostro descompuesto. Mientras, la compostura del barón denotaba un completo control de la situación.

Le dedicó una mirada gélida.

—Si digo que no, ¿va a contar rumores infundados sobre una dama en mi salón principal?

—Bueno...

—Señor Broadcreek, váyase.

—¿Cómo pueden ser infundados si yo mismo...? —balbució.

—¡Señor Broadcreek! —Su expresión era firme, como la de un gato a punto de lanzarse sobre su presa—. Ahora.

—¿Debería irme también? —La señora Oliver se levantó de la silla—. ¿Le gustaría hablar a solas con Diana?

Esa mujer iba a acabar con ella.

—¿Qué puede tener que hablar con ella? —preguntó el intruso, con tono ya más seguro—. Todo el mundo sabe que lord Bryant tiene aversión al matrimonio. Nadie se va a creer que se comportase de forma honorable con la señorita Barton, una mujer trabajadora que pasa todo su tiempo con hombres. No debería dejar a una dama con un tipo como ese, señora Oliver.

—Oh, qué anticuado. —Lo golpeó con el guante de manera desenfadada—. El amor no entiende de estatus. Están casi prometidos. No voy a negarles un par de minutos a solas.

Diana se inclinó hacia delante en el sofá. Lo último que quería era que la dejasen a solas con él en ese preciso momento. Tenía la mandíbula apretada. No, no sería una buena idea quedarse a solas con él.

—Siento haberte molestado, mi vida. —Otro movimiento en la mandíbula. Tampoco era la expresión correcta...—. Ya nos vamos. Si tienes que hablar conmigo, por favor, ven mañana a la oficina.

El señor Broadcreek la invitó a pasar delante de él, pero ella rodeó el sofá hacia la puerta.

Lord Bryant se interpuso en su camino.

—Ya que ha venido desde tan lejos, no creo que deba marcharse sin hablar conmigo en privado.

Dio otro paso hacia la puerta.

—Tal vez no sea el mejor momento para una charla.

—Entonces tal vez no diga nada en absoluto. —Entrecerró los ojos al mirar al señor Broadcreek y volvió a apretar la mandíbula. ¿Era mucho esperar que estuviera enfadado con él y no con ella?—. Está claro que el señor Broadcreek ha venido aquí porque no cree que los rumores sobre nosotros sean ciertos, y no creo que haya una mejor manera de demostrarle que se equivoca. —Le puso una mano en la cintura—. O podemos demostrarle que se equivoca mientras está en la habitación. ¿Qué prefiere?

Vio un brillo peligroso en los ojos de lord Bryant, que apretó las yemas de los dedos en la cintura. No lo conocía bien, pero hubiese apostado que no estaba interpretando un papel en ese momento.

Parecía cuando menos un poco enfadado con ella.

Diana se volvió hacia el señor Broadcreek.

—Tenía que haberse marchado.

—Pero... —intentó contestar.

—Usted la ha traído hasta aquí —lo interrumpió el barón, sin apartar los ojos de los de Diana mientras le gruñía—. No puede quejarse del resultado.

—Oh, vamos —dijo la señora Oliver, con la mano en el codo del señor Broadcreek—. Déjelos solos un momento. Volveremos a buscar a Diana en cinco minutos, ni uno más.

Dio un paso hacia la puerta, se quedó quieto, y después dio otro más.

—Señorita Barton... —Apartó de golpe el brazo de la señora Oliver cuando llegaron a la puerta. Se dio la vuelta y se estiró el abrigo—. ¿Está segura de que estará bien con él a solas?

¿Se preocupaba por su reputación después de haberla arrastrado por toda la ciudad bien entrada la noche? Ese hombre no tenía vergüenza.

—Estaré muy segura. Lord Bryant solo parece peligroso, pero por dentro es tan suave como un ovillo de lana. ¿Verdad, tesoro? —Tenía que averiguar cómo llamarlo de una vez.

—Como una habitación llena de lana —respondió de esa forma suya tan convincente.

Sonrió al señor Broadcreek. Él los miró a ambos y fijó la vista en la cintura de Diana, que ceñía el barón. La joven nunca lo había visto tan confundido, casi hacía que la ira de lord Bryant mereciera la pena.

El barón le indicó con un movimiento de cabeza que abandonase la estancia. Tras dudar un instante, el intruso se dio la vuelta y se fue. Lord Bryant no tardó ni un segundo en apartarle la mano de la cintura cuando la puerta se cerró.

—Y bien... ¿No va a hacer realidad sus amenazas? —le retó ella.

Él levantó los brazos.

—¿Qué está haciendo aquí, Diana? No ha pasado ni una semana desde que llegamos a un acuerdo y ya lo está rompiendo. ¿Por qué no cumple con lo único que le he pedido?

—No tenía planeado venir. El señor Broadcreek insistió en que necesitaba preguntarle algo. Esperó hasta la última hora de la tarde a ver si venía a la oficina. Cuando no apareció, me exigió que lo llevara ante usted.

—¿Por qué hace lo que ese tipo dice? Ni que fuera un buen hombre...

—Oh, y usted es un santo.

—No importa lo que yo sea.

—El señor Broadcreek es un hombre con influencia. Se acerca la votación y él conoce a gente en la Cámara de los Lores.

Por primera vez esa noche, elevó la voz.

—Yo estoy «en» la Cámara de los Lores.

Respiró hondo. A ninguno de los dos le estaba viniendo bien hablarse con tanta dureza, y ella era la culpable.

—Lo siento, lord Bryant, he abusado de su confianza. Nunca debí haber venido. El señor Broadcreek es una sabandija irritante que siempre está metiéndose donde no lo llaman.

Parpadeó.

—¿Qué ha dicho?

—¿Tengo que repetirlo? El señor Broadcreek es una sabandija estúpida y apestosa. —Ese hombre había hecho que perdiera muchas horas de trabajo. La había obligado a conseguir la ayuda de lord Bryant y había terminado interrumpiendo su noche con *lady* Emily.

Él se frotó la mejilla y luego la frente.

—Señorita Barton, no sé qué voy a hacer con usted.

La joven arrugó la nariz.

—Espero que pueda soportarme un poco más. Solo necesito un par de meses.

—No me puedo creer que su hermano la haya dejado sola para causar estragos en Londres. ¿Acaso no intuía que se metería en problemas?

—Por increíble que parezca, hasta hace seis meses no me había metido en ningún problema.

—Me cuesta creerlo.

Era la verdad. Su vida en Baimbury había sido de lo más sosegada. Su madre y ella disfrutaban de las noches tranquilas en casa y nunca tuvieron ningún motivo para molestar a nadie. Pero tampoco habían sido de mucha ayuda para Nate. Él había llevado la carga de salvar a la familia durante demasiado tiempo, mercía un descanso con Grace. En ese momento, ella solo tenía que garantizarse el apoyo del barón.

—¿Cómo está *lady* Emily?

Dejó caer los hombros.

—Callada, como siempre.

Miró hacia la puerta, con el rostro lleno de preocupación. ¿Qué tipo de mujer podía causar ese efecto en lord Bryant?

—He oído que a la mayoría de hombres les gusta que su esposa sea callada. Supongo que es otro punto en mi contra, por si ser una mujer de negocios no fuera suficiente.

—Oh, no se preocupe por eso, señorita Barton. Estoy seguro de que cuando decida comprometerse, será capaz de forzar a algún caballero joven e inocente para que se case con usted.

Le sonrió.

—¿De verdad lo cree? ¿Incluso un caballero?

Algo cambió en él. Su semblante se suavizó.

—Estoy seguro de ello. No todos los hombres quieren a mujeres calladas.

Pero lord Bryant sí, ¿verdad? De lo contrario no estaría tan preocupado por su relación con *lady* Emily. La manera en la que en ese momento la estaba mirando le hizo dudar. Tragó saliva y caminó hacia la puerta. Miraba a todas las mujeres de esa manera, no iba a caer rendida a sus encantos.

—Creo que se nos han acabado los cinco minutos, si eso era todo lo que tenía que hablar conmigo.

Para su decepción, asintió con la cabeza y extendió la mano hacia la puerta. Parecía que al final no iba a cumplir su amenaza de besarla. ¿Y por qué iba a hacerlo? No había nadie para verlo.

Se acercó a la puerta y ambos fueron a agarrar el pomo a la vez. El roce le erizó el vello y ella apartó la mano de inmediato.

¿Se habría dado cuenta?

Lo miró por el rabillo del ojo. Su gesto era indescifrable. Ese hombre protagonizaba varios escándalos al año. No se pondría nervioso por un roce accidental.

Estaba de pie justo detrás de ella, con el brazo extendido sobre su hombro. Tenía la espalda casi apoyada en él. Se inclinó hacia delante y puso la boca sobre su oreja.

—La próxima vez que tenga la tentación de demostrar su amor con nombres cariñosos, no lo haga.

Frunció el ceño. ¿Entonces qué debería hacer?

—¿Espera que lo llame lord Bryant delante del señor Broadcreek? —Pareció empequeñecerse. Todavía no se había recuperado del roce de su mano y tenerlo tan cerca no estaba ayudando.

—Si estuviera enamorada de mí, creo que me llamaría Everton. Por supuesto que lo haría.

Agarró el pomo y abrió la puerta. Se escabulló de la habitación y vio a la señora Oliver y al señor Broadcreek esperando junto a una criada en la puerta principal. Diana se dio la vuelta y casi se chocó con lord Bryant. Se sonrojó y elevó la mirada hasta sus ojos verdes de acero.

—Otra vez, siento haberlo molestado esta noche.

—Siempre es un placer verla, Diana. Es una pena que no pueda tenerla para un baile.

Como el señor Broadcreek estaba detrás de ella, había vuelto a ser encantador. Si no lo conociera, habría pensado que estaba siendo sincero con aquella mirada agradecida.

❦❦❦

Everton se quedó en la puerta del salón principal. Diana Barton tomó la mano de la señora Oliver y abandonó la casa sin mirar siquiera al señor Broadcreek, que volvió la cabeza para observarlo con los ojos entrecerrados antes de seguir a las dos mujeres.

Tenía que volver al salón de baile. Era casi la hora de cenar. *Lady* Emily tendría que sentarse con lord Silverstone, y debería estar allí por si surgía algún problema.

Sin embargo, no quería entrar en esa habitación. Todavía no. Necesitaba un momento para reponerse. Se miró los dedos y los frotó. ¿Qué acababa de ocurrir? No era un jovencito en su primera temporada que se sonroja con solo pensar en rozar los dedos de una preciosa señorita. Ya había besado a Diana Barton. Había besado a muchas mujeres. Por todos los santos, ¡había estado casado!

Sacudió la cabeza. Necesitaba dormir más; la falta de sueño era la única explicación posible al ritmo acelerado de su corazón. No era un jovencito para sentir ese alboroto en el pecho. Un hombre debería sentirse cómodo junto a su mujer. La señorita Barton solo conseguía que estuviera alterado e inquieto.

Estaba a mitad de camino del salón de baile y se apoyó en una pared para tranquilizarse. Echó un vistazo al pasillo, no había nadie cerca. Cerró los ojos y esperó a asegurarse que el corazón se le calmaba.

Así era. Pero por primera vez en cuatro años había pensado en el matrimonio y no lo había rechazado de plano. Apretó los dedos. Estaba recordando otra vez la sensación de tener la mano de la señorita Barton bajo la suya. ¿Qué demonios le estaba pasando?

Capítulo 10

DIANA AGITÓ LA MANO PARA aliviar el calambre en los dedos. Era la cuarta carta que escribía a sus inversores, y todavía tenía seis más pendientes. Necesitaba las garantías de inversión finales para incluirlas en la solicitud al Parlamento.

—Señora Oliver, ¿tiene la dirección del señor Galbraith en Rochester?

—Está en su escritorio, señorita, justo a la izquierda de los sobres. En la misma lista que el resto de los inversores.

Efectivamente, allí estaba. Se frotó la cara y se levantó para estirar la espalda. Llevar un negocio ferroviario no era tan difícil, pero requería dedicación y consumía mucha energía. No era de extrañar que Nate quisiera estar con Grace en Baimbury. Si se hubieran quedado en Londres, no habría tenido tiempo para verla, se habría pasado todo el día en la oficina hasta por la noche, como le ocurría a ella.

Se volvió para mirar a la señora Oliver, levantó los brazos y, dejando los buenos modales de lado, dio una patada al aire con cada pierna para estirarlas bien. Ya casi nadie iba a la oficina. Incluso lord Bryant llevaba más de una semana sin ir, aunque rondaba por su mente a todas horas. Era posible que nunca más fuera, porque había roto su acuerdo y se había presentado en su casa precisamente la noche que organizaba un baile. Lo más probable era que nadie entrara al despacho, y necesitaba ejercitar las extremidades. Dio las patadas más altas.

—¿Quieres unirte a mí? Debes de tener las piernas tan agarrotadas como las mías de estar sentada todo el día.

Se puso de cuclillas y se volvió a levantar con un salto. Sonó la campanilla. Tenían visita. Se dio la vuelta justo para ver a lord Bryant entrar en la estancia. Tuvo la tentación de disimular, pero era lord Bryant... No necesitaba fingir ser una dama. Por lo menos no había llegado a tiempo de ver cómo daba patadas al aire lo bastante altas como para enseñar demasiado las enaguas.

Se quitó el sombrero y lo dejó sobre el perchero con media sonrisa.

—¿Qué estoy interrumpiendo?

—Ejercicios —respondió—. Estar sentado todo el día en una mesa es un calvario para cualquiera. Justo le estaba pidiendo a la señora Oliver que se uniera a mí.

Su ayudante se levantó.

—Preferiría hacer ejercicio en la calle. Si no le importa, señorita Barton, me iré a dar un pequeño paseo.

El barón colgó el abrigo en el perchero bajo el sombrero; después, por desgracia, dejó de quitarse ropa.

—Por favor, señora Oliver, quédese. Hoy me comportaré.

Diana pensó que el principal cometido de aquella mujer en la oficina era estar presente cuando un caballero «no» fuera a comportarse, pero no discutió. Todavía se avergonzaba al pensar en cómo había irrumpido en el salón principal de lord Bryant. Todo porque no podía permitir que el señor Broadcreek tuviera ventaja en su intento de controlarla.

Miró hacia el escritorio, todavía sin intención de volver a sentarse.

—Siento lo de la otra noche.

Él negó con la cabeza.

—No tanto como yo.

Caminó dos pasos hacia el barón y se inclinó hacia delante. La señora Oliver fingía estar ocupada trabajando en su mesa, pero tenía un oído fino.

—No hubo ningún problema, ¿verdad? Con *lady* Emily, quiero decir. ¿Descubrió nuestra visita?

—No, no descubrió su visita. —Se puso serio—. Pero siento mucho que el señor Broadcreek las arrastrara por toda la ciudad. Ese hombre no tiene modales.

—No, la verdad es que no.

Lord Bryant jugueteaba con los guantes en las manos. Si no lo conociera, creería que estaba nervioso, pero solo pensarlo resultaba ridículo. ¿Por qué iba a estar nervioso?

—¿Va todo bien en sus inversiones con nosotros? —preguntó—. No tiene que retirar fondos, ¿verdad?

—¿Retirar fondos ahora? Mis inversiones con Ferrocarriles Barton han merecido muchísimo la pena. No sea ridícula.

Suspiró. Una cosa menos de la que preocuparse. Dio un paso atrás.

—¿Qué le trae hasta aquí, lord Bryant? —preguntó. La señora Oliver la miró con ojos muy abiertos. ¿Acaso resultaba demasiado formal?—. Quiero decir, además de... eh... vernos, lo que ya hemos hecho.

Lord Bryant arqueó una ceja y la señora Oliver se rio a carcajadas. Todo estaba siendo absurdo. ¿Por qué ninguno de los dos la ayudaba a salir de aquella situación tan incómoda? Siempre quería que fuera a la oficina, pero no sabía qué hacer con él cuando estaba allí.

—¿Qué está haciendo hoy, aparte de los ejercicios?

Dejó escapar un suspiro y movió la cabeza de un lado a otro. Si hubiera llegado antes, hubiera tenido respuestas ocurrentes a todas sus preguntas, pero en ese momento estaba demasiado cansada.

—Tengo un par de cartas más que escribir y necesito hacer un pedido de balasto. No permitiré que me vuelva a ocurrir lo del mes pasado.

Dio un paso al frente, como si estuviera interesado en lo que estaba diciendo.

—¿Qué le pasó el mes pasado?

—No hice el pedido a tiempo. Casi hizo que nos retrasáramos dos semanas en una de las líneas.

—¿Cuándo fue esto?

—Justo antes de ir a su casa.

Lord Bryant miró a la señora Oliver, que parecía muy ocupada copiando números en un libro de contabilidad. Una farsa, seguro. Estaba escuchando cada palabra. Vivía por y para las visitas de lord Bryant.

—Tengo la sensación de que el señor Broadcreek tuvo algo que ver con eso.

—Sí, bueno, así es. No se marchó de mi despacho hasta que era demasiado tarde para ir a la oficina del proveedor.

Maldijo en voz baja.

—¿El señor Broadcreek no tiene nada mejor que hacer por las noches que abordarla?

—Por suerte, todavía no me ha abordado. Pero sí parece acabar en mi oficina a última hora del día más que cualquier otro hombre. Tiene sus propias líneas ferroviarias de las que preocuparse durante el horario de trabajo.

—Entonces vendré a última hora de la jornada.

La señora Oliver suspiró feliz mientras fingía trabajar. No tenía ni idea de que le había pedido que la ayudara por el señor Broadcreek en especial.

No le habría importado dar un par de patadas más al aire antes de volver a la silla, pero con lord Bryant allí... Regresó a su asiento.

Lord Bryant se situó en su esquina favorita del escritorio.

—Si es que se digna a venir... —repuso en voz baja para que la señora Oliver no la oyera—. Creía que nuestro acuerdo era que viniese un par de veces a la semana.

Lord Bryant se inclinó hacia delante.

—Y yo creía que se iba a mantener alejada de los salones de baile. Maldita sea.

—En mi descargo diré que no entré en el salón de baile.

—Ah, Dios no quiera que la señorita Barton haga algo mal...

Comenzó a escribir la quinta carta del día y él se inclinó para observarla. Dejó la pluma sobre la mesa y apartó el papel a un lado. Si iba a tener público, firmar los pagos a los trabajadores parecía ser una tarea más sencilla. Alcanzó la pila de papeles que el encargado le había dejado el día anterior.

—¿Qué hace?

—Revisar los pagos a los operarios.

—¿Cuántos hombres tiene contratados?

—Algo más de doscientos entre las dos empresas y las tres líneas.

—Parece complicado.

—No lo es. —Tenía que firmar en varias partes y asegurarse de que los fondos estaban disponibles para que los encargados de cada línea pudieran pagar a los peones de obra—. Pero requiere cierto grado de concentración.

—Como he dicho, complicado. —Se acercó más a ella, con la cabeza ladeada para intentar seguir lo que estaba haciendo.

—¿Quiere una silla?

—¿Tiene una? —Parecía casi hasta emocionado.

—Sí, en el almacén hay una que puede usar. —Tenía que alejarlo de su escritorio. Nunca conseguiría concentrarse con un par de piernas colgando justo a su izquierda. Señaló hacia el almacén.

—Ah, ¿en el almacén? ¿Está oscuro?

—Hay poca luz, pero debería poder encontrar la silla sin problema.

La señora Oliver cobró vida de repente y dejó la pluma.

—Diana, la verdad es que sí está un poco oscuro. Debería ayudarlo.

A lord Bryant le brillaron los ojos.

—Gracias por preocuparse, señora Oliver.

—Estoy encantada de ayudarle, lord Bryant. La señorita Barton pasa demasiado tiempo en su mesa, le viene bien tomarse un descanso de vez en cuando.

—Sobre todo cuando vengo con el único objetivo de verla. Hace que cortejarla sea difícil.

Diana apoyó ambas manos sobre la mesa y se levantó. Agradecía la oportunidad de ponerse de pie. Pero estuvo a punto de sentarse otra vez cuando vio que el barón la miraba con una sonrisa.

Aceptar ir a la trastienda con él significaba perder. Le había permitido ganar un punto.

—Si lord Bryant tiene miedo de una habitación oscura, supongo que podré ayudarlo.

—Gracias. Y gracias, señora Oliver, disfrutaré de los pocos minutos en que dispongo de la atención completa de Diana.

Su ayudante sonrió, estaba muy orgullosa de sí misma. Qué más daba, podría dedicarle unos segundos mientras le indicaba dónde estaba la silla.

—Sígame. —Lo llevó hasta el almacén en la pared trasera, entre su mesa y la de la señora Oliver. Abrió la puerta y un rayo de luz iluminó filas de cajas junto a una silla de repuesto y su antiguo escritorio casi al fondo—. Ahí está. —Señaló con la cabeza.

—¿Al fondo del todo?

—Sí, al fondo del todo. —Estaba fingiendo que no la veía y ella caía en su provocación. Entró con él y entre los dos taparon casi toda la luz que se colaba por la puerta, dejando la estancia más sumida en la penumbra. No había mucho espacio por el que moverse entre las cajas. Tenía intención de revisarlas en algún momento, pero no había tenido tiempo para hacerlo todavía.

Lord Bryant caminó hasta la silla y la levantó en el aire. A medio camino de vuelta hacia ella, la puerta se cerró de golpe y se quedaron a oscuras.

—¿Señora Oliver? —Caminó de espaldas hacia la puerta—. Señora Oliver, ¿está ahí?

—Sí, querida. —Su voz sonaba lejos. Debía de estar en el extremo opuesto del despacho—. Voy a salir a comprar más velas. Volveré antes de que se den cuenta.

Tiró de la manilla de la puerta, pero no se movía.

—Señora Oliver, la puerta está cerrada —La única respuesta que obtuvo fue el sonido de la campanilla. Su perversa empleada se había ido. Una inesperada ráfaga de viento dentro de la oficina pudo haber entornado la puerta, pero solo la llave colgada en el llavero de la señora Oliver pudo haberlos encerrado dentro. Su maldito y estúpido deseo de «ayudar»...

No podía ver, pero oyó los pasos de lord Bryant acercarse a ella.

—¿Diana? —Su voz era firme y no parecía en absoluto inquieto. ¿Acaso había planeado aquello con la señora Oliver? Pero ¿cuándo habría tenido la oportunidad de hacerlo?

—Estoy aquí. —Extendió la mano delante de ella solo para encontrarse con las del barón también extendidas. Rozó con los dedos los de él y los apartó de inmediato. No podía permitir que se repitiera la sensación que tuvo en el salón principal de lord Bryant. No allí. No en la oscuridad.

—La señora Oliver nos ha dejado encerrados.

Una carcajada retumbó en la oscuridad. No era ninguna victoria para Diana, sino para la señora Oliver y, a juzgar por la risa, también para él. Quizá fuera el momento de hacerle saber a su ayudante el tipo de hombre que era: un vividor de mala reputación. Y estaba atrapada en su almacén con él. Se había pasado sus primeros veintidós años sin haber estado a solas con un hombre y ya había vivido esa situación con él en demasiadas ocasiones últimamente. Esa vez estaban solos en la oscuridad, y no había manera de escapar. Por lo menos durante cinco minutos.

Todavía quedaba por ver quién de los dos se iba a arrepentir más.

—¿Le he dicho ya lo mucho que me gusta la señora Oliver? —preguntó—. Es excelente en su trabajo.

—No estoy segura de si seguirá teniendo trabajo después de esto.

Su risa produjo eco en la habitación oscura. La poca luz que entraba por las rendijas entre la puerta y el marco apenas permitía distinguir su silueta.

—Si pierde su empleo con usted, me aseguraré de contratarla yo.

—Por favor, no le diga eso. Ya es incorregible.

Se acercó más a ella.

—No se lo diré. —Su voz era un susurro, un tono muy adecuado en aquel ambiente demasiado íntimo. También debía mantener los oídos atentos.

Apretó los dientes.

—No podrá hacerlo si ya no trabaja aquí.

—¿Está segura de que está cerrada?

—¿Quiere comprobarlo usted mismo?

—Sí.

Se apartó a un lado. Se sentía perdida en la oscuridad. Si le hubiera tomado la mano en vez de apartarse de ella, por lo menos sabría dónde estaba. Pero no se sintió perdida por mucho tiempo. No había mucho espacio como para que pasara a su lado y no se tocaran. Él le rozó el hombro con la mano. Se quedó quieta un instante, pero, un segundo después, retiró la mano para empujar la puerta.

—Parece que tiene razón. Estamos encerrados. ¿Ahora qué vamos a hacer con este regalo de la considerada señora Oliver?

Notó todos los sentidos en alerta, excepto la vista. Allí no había ningún pretendiente no deseado al que ahuyentar, así que no había ninguna razón para alarmarse. Solo podían esperar a que la señora Oliver volviera.

En el fondo, dudaba de que lord Bryant llegara a la misma conclusión.

Capítulo 11

TENÍA QUE ENCONTRAR LA manera de conseguirle un aumento a la señora Oliver, pensó Everton. No podía recordar la última vez que había vivido un momento tan estimulante. Buscó a la señorita Barton y pudo distinguir el contorno de su vestido contra el suelo.

—¿Qué podemos hacer mientras esperamos a que vuelva? —preguntó ella con un timbre de voz un poco más agudo de lo normal. La estaba poniendo nerviosa. No creía que eso fuera posible, siempre parecía muy segura de sí misma. Solo por eso ya se sentía muy en deuda con la señora Oliver. ¿Una oportunidad de incomodar a Diana Barton? Era un hombre con mucha suerte.

—Tengo un par de ideas.

Se rio de manera burlona.

—Para qué habré preguntado...

Eso estaba mucho mejor. Quería provocarla un poco, igual que había hecho ella. No quería asustarla. Aunque no pudiera verla, estaba seguro de que estaba erguida con la barbilla en alto. Podía recordarle que fue ella quien lo buscó y que él solo había hecho lo que le había pedido.

Pero, por alguna razón, no creyó que ese fuera el momento.

—Supongo —comentó— que uno de nosotros podría sentarse en la silla mientras esperamos. La he dejado solo unos pasos atrás.

—Gracias.

—¿Ha dado por hecho que la invitaba a sentarse?

—¿Se sentaría usted en presencia de una dama?

—En realidad, no puedo verla. Podría estar sentada.

La oyó resoplar. Él entrecerró los ojos, pero no consiguió verla.

—¿En el suelo? Por supuesto que no.

—Cuando he llegado a la oficina estaba haciendo estiramientos, supongo que porque estaba cansada de estar sentada.

—Eso es cierto.

—Así que no sería descortés que me sentara yo.

—Es todo un caballero.

—¿Alguna vez me ha visto actuar de otra manera?

Ahogó un suspiro. La imaginó rebuscando actitudes impropias de un caballero para elegir la primera de una lista.

—Se ha desvestido en mi oficina.

Una buena elección.

—¿Esa es la primera que se le ha ocurrido? ¿Que me quité mi abrigo y el pañuelo en su presencia?

—No he dicho que fuera lo primero en venirme a la mente, solo que era un ejemplo de su mal comportamiento.

Dio un paso al frente con cuidado, guiado por el borde de la falda que rozaba el suelo y se inclinó hacia delante.

—¿Qué es lo primero que se le ha venido a la mente? —Respiró hondo. Sabía lo que estaba pensando, pero no iba a mencionar el beso—. ¿Y bien?

—¿De verdad quiere saberlo? —Estaba muy cerca, probablemente inclinada hacia él.

—Sí.

Sintió cómo lo agarraba del brazo y tiraba con suavidad para que se acercase. Everton contuvo la respiración. Estaban jugando a algo muy peligroso. Le habló muy cerca del oído.

—Para ser un caballero... —Se detuvo. Se acercó más a ella y oyó otro suspiro—. Para ser un caballero, tiene una fascinación enfermiza con su nariz.

Rio mientras contenía el impulso de agarrarla por la cintura y acercarla más a él. No parecía recelosa ni inquieta por estar encerrada con él en una habitación a oscuras. Como si no conociera su reputación...

Era el vividor con peor fama de Londres.

Y un embustero despreciable.

Mantuvo las manos pegadas al cuerpo, decidido a no aprovecharse de una preciosa mujer encerrada en una habitación.

No parecía ser consciente del peligro.

—He ganado un punto.

—¿Por qué?

—Como si no lo supiera...

¿Por mantener las manos quietas?

—Por favor, ilumíneme.

—Le acabo de hacer reír. Un tanto para mí.

—Ah, ya, ¿y cómo consigo puntos yo?

Notó que ladeaba la cabeza.

—Mmm, no creo que pueda conseguirlos.

Eso pensaba él. Parecía estar jugando partidas que no podía ganar.

—Creo que no me gusta este juego.

—Oh, pues claro que le gusta. No lo conozco muy bien, pero puedo ver que le gusta.

Ella siempre se salía con la suya, siempre tenía razón.

También en esa ocasión. Era un juego en el que no podía ganar, y le gustaba.

—Supongo que, como ha ganado un punto, querrá la silla —dijo.

—Sí, eso es.

Oyó sus pasos en la oscuridad.

—¿La ha encontrado? —preguntó él.

—Sí.

—Pero todavía está de pie.

—Estoy cansada de estar sentada. Es lo único que hago todo el día, así que prefiero estar de pie.

Se rio. Diana Barton iba a acabar con él.

—Otro punto para mí —añadió.

—Creo que, tal vez, todos los tantos que se consigan en esta habitación corresponden a la señora Oliver. —De momento, le había proporcionado aquel rato con ella en la oscuridad, algo mucho más entretenido que observar una copa de brandi—. ¿Dónde ha estado esa mujer toda mi vida?

—Durante buena parte, criando niños.

—Ah, eso lo explicaría todo —respondió mientras avanzaba hacia ella, que emitió un sonido mitad risa, mitad bufido—. ¿Eso que he oído significa que gano un punto?

—Ya le he dicho que no puede ganarlos.

—He de admitir que la señora Oliver está haciendo este juego muy entretenido, pero me parece justo que yo también pueda conseguir alguno.

—Está bien. Tiene un punto. Tendré cuidado de no reírme por muy absurdo que resulte usted.

Siguió avanzando. Si no erraba en el cálculo, solo estaba a unos centímetros de distancia. Extendió la mano, pero no tocó nada.

—Nunca soy absurdo.

Tosió mientras se movía un poco a la izquierda.

—No, es el hombre más serio de todo Londres.

—Gracias. Me alegro de que por fin alguien se haya dado cuenta. Solo hay una cosa un poco absurda en mí. —Caminó dos pasos hacia el punto de donde procedía la voz.

—¿Debería preguntar? —Maldita sea, se había vuelto a mover. Debía de estar andando de puntillas por la habitación.

—Es verdad que tengo miedo a la oscuridad —mintió.

—Si está intentando hacerme reír, va por buen camino. No ha hecho nada hasta ahora para demostrar que eso sea verdad.

—Pero estoy a punto... —Entrecerró los ojos. Podía intuir la silueta de su falda contra unas cajas, lo que significaba que su mano estaba... justo... ahí. Extendió la mano y, a tientas, le agarró los dedos.

Entonces esperó.

Esperó a que ella se apartara.

Esperó a sentir lo mismo que al rozarla en su casa la noche del baile.

Pero no ocurrió nada.

Hasta que ella le entrelazó los dedos con firmeza.

—Solo lo hago porque tiene miedo.

Mantuvo la respiración y cerró los ojos poco a poco. ¿Alguna vez alguien había tomado su mano en la oscuridad? No se atrevía a hablar y romper el hechizo. Solía pensar que existían dos tipos de mujeres en el mundo: las que coqueteaban con él por su riqueza y título y aquellas que lo hacían por su aspecto. De vez en cuando conocía a una que mostraba completa indiferencia o incluso rechazo hacia él. Diana era diferente. Pensaba que era apuesto —lo había admitido—, pero no coqueteaba con él; solo lo estaba utilizando. Muchas mujeres lo habían hecho antes, algo que nunca le importó, pero ninguna se sentía cómoda con él. No lo suficiente como para tomar su mano de esa manera.

Sintió de nuevo la necesidad de acercarla a él. Quería estrecharle la cintura y percibir su particular aroma.

Se aclaró la garganta y se contuvo. No quería que dejara de sentirse cómoda.

—¿Cómo conoció a *lady* Emily? —preguntó—. ¿Sus familias eran amigas?

—No, la señora Cuthbert nos presentó.

—¿Y las cosas van bien entre ustedes?

—Bastante bien, supongo. Es tímida y no habla mucho.

—Recuerdo a la señorita Paynter en Hyde Park. También parecía un poco tímida. ¿La mayoría de las mujeres a las que... eeeh...?

—¿A las que cortejo? —Parecía incorrecto decirlo de esa manera mientras sostenía la mano de una mujer en una habitación cerrada y a oscuras.

—Sí, supongo que eso lo resume. ¿Son todas calladas y tímidas?

Ella era muchas cosas, pero callada y tímida no.

—Oh, no. No discrimino. También he pasado tiempo con alguna problemática. La señorita Witham; la señorita Thornell, esa sí que era una dama que sabía lo que quería. *Lady* Yolten... —No pudo evitar la sonrisa. La última había sido muy divertida.

—Entiendo lo que quiere decir —contestó con tono de reproche. Él contuvo la risa. Le gustaba irritarla por una vez.

—Aunque *lady* Emily es diferente. Como he dicho antes, mi relación con ella es un poco más complicada y delicada. —No estaba enamorada de nadie y no tenía propósitos en la vida. Era mucho más difícil ayudar a alguien cuando ni siquiera sabía lo que quería. Un importante reto para él.

—Bueno, me alegro de que el señor Broadcreek y yo no causáramos ningún problema.

¿Ningún problema? Una mujer que le sostenía la mano mientras le hacía preguntas personales que él contestaba de inmediato... Por supuesto que estaba causando problemas.

—Señorita Barton...

—Diana. Siempre me llama Diana.

—La verdad es que no sé cómo llamarla. La mitad del tiempo no sé lo que es real y lo que no. No hay nadie aquí para vernos y, aun así, estoy agarrado a su mano.

—Pensaba que tenía miedo.

Cerró los ojos al percibir su olor a tinta y papel.

—Así es. —Esa vez no mentía.

La puerta tras ellos hizo ruido al moverse y ambos se sobresaltaron. Diana lo agarró de la mano con más fuerza.

—He vuelto. ¿Todavía están ahí dentro? ¿Señorita Barton? Ninguno de los dos respondió.

—¿Señorita Barton? —volvió a preguntar.

Diana se inclinó hacia él.

—Le vendría bien que nos escondiéramos y le diéramos un pequeño susto.

Pero la puerta se abrió antes de que pudieran reaccionar. Probablemente no hablaba en serio, pensó el barón. Aunque con ella nunca sabía qué pensar. Le soltó la mano. En cualquier caso, era demasiado mayor para jugar al escondite con una dama y su empleada.

—Señora Oliver, ya sabía que estábamos aquí y, además, ha dejado la oficina sin supervisión. Usted, especialmente, debería saber lo importante que es firmar el pago a los trabajadores. Lord Bryant y yo no podemos estar coqueteando en el almacén. Un momento más como este y me temo que tendré que buscar otra mujer que trabaje conmigo.

La señora Oliver palideció.

—Pero pensaba...

—Sí, sé lo que pensaba, pero espero que me conozca lo suficiente como para saber que lo más importante en mi vida ahora mismo es el ferrocarril. Ni siquiera lord Bryant puede apartarme de este camino.

Una mujer que sabía lo que quería. Su tipo favorito.

—No lo pague con la señora Oliver. —Everton se volvió, tomó la silla causante de todo y la llevó hasta el escritorio de Diana. Ella ya se había sentado y miraba los papeles. Tras sentarse también, arrastró la silla hacia ella—. ¿Cómo puedo ayudar?

Arqueó una sola ceja.

—¿Quiere ayudarme?

—Sí. He hecho que se retrase, así que creo que es lo justo. —Se inclinó hacia delante, tomó el montón de documentos llenos de números y le acercó el primero—. Esto no significa que vaya a intentar que se enamore de mí.

—Pensaba que eso era lo que estaba intentando. —Agarraba con firmeza el papel, como si temiera perder el control sobre los documentos.

—Sí. —Miró a la señora Oliver. Había vuelto a su escritorio, por lo que bajó la voz—. Pero eso era parte de su juego. Quiero ayudarla, por lo menos hasta que recupere el tiempo que ha perdido mientras yo estaba aquí, pero...

Ella agachó la cabeza y se acercó a él sin dejar de mirar el documento.

—Sus intenciones conmigo no son serias.

—Claro que no. No se lo tome como algo personal.

—¿Cómo iba a hacerlo si sus intenciones no son buenas con nadie?

Por supuesto, tenía razón. ¿Pero acaso no podía estar al menos un poco agradecida? Incluso la señorita Thornell, la hija de un vizconde locamente enamorada de un granjero, se sentía un poco atraída por él. Diana alzó la barbilla y se puso a trabajar. La ayudaría, pero lo pagaría teniendo que pasar las próximas horas muy cerca de él.

Ninguna mujer debería tener el poder de hacerle sentir como se sentía cuando ella estaba cerca. Veía un rayo de esperanza, y hacía mucho tiempo que la había descartado de su vida.

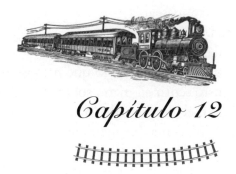

Capítulo 12

EN LOS SIGUIENTES CUATRO días al encierro en el almacén, la había visitado dos veces. La primera vez acudió para recordarle que no apareciera en la partida de cartas a la que iba a asistir aquella noche. La siguiente visita fue igual de corta, y al día siguiente no apareció.

Podía ver por la ventana cómo el crepúsculo oscurecía las calles. Parecía que tampoco iba a ir; lo que, por supuesto, no suponía ningún problema. El compromiso era de una o dos veces a la semana y ya había cumplido con creces su parte del trato.

Apiló los documentos y se levantó de la mesa.

—Señora Oliver, creo que es hora de recoger e irse a casa. Ha sido otro día productivo. —Pasó el dedo por la insignia dorada que llevaba en la solapa de su vestido violeta. Le gustaban los días en los que creía merecer ese premio y caminaba a casa con él puesto.

La señora Oliver también se incorporó.

—Pero su lord Bryant no ha venido. Estaba segura de que lo haría, teniendo en cuenta que ayer no lo vimos.

—Es un hombre ocupado. No tiene tiempo para venir todos los días.

—¿Está ocupado... haciendo qué? El Parlamento todavía no está en periodo de sesiones.

No podía contarle que estaba ocupado cortejando a *lady* Emily y, probablemente, conquistando a otras. Siempre había una mujer, si no eran dos, para coquetear.

Lady Emily era una.

Y ella era la segunda.

Negó con la cabeza. Al margen de lo que pensase sobre lord Bryant o cuánto le gustó sentir su mano sobre la suya cuando se quedaron encerrados en el almacén, debía recordar que nada de aquello era nuevo para él. Tenía que mantener su corazón protegido y sus ojos alejados de la puerta durante las horas de trabajo.

La señora Oliver vivía bastante cerca de los Richardson, por lo que la mayoría de las noches iban juntas a casa desde antes de las visitas de lord Bryant. A menudo, el señor Oliver se encontraba con ellas en casa de la señora Richardson y hacían el resto del camino juntos trás despedirse de Diana.

Después de recoger sus cosas y salir de la oficina, cerró la puerta tras ellas. Al volverse vio a un carruaje parar enfrente, un carruaje que ya conocía a la perfección. Todos los días estaba pendiente de él.

—Oh, es lord Bryant —anunció la señora Oliver—. Sabía que vendría hoy.

—No vino ayer —respondió en voz baja.

—Y por eso sabía que vendría hoy. —Estaba encantada de tener razón. Le brillaban los ojos mientras el barón bajaba del carruaje.

Llevaba el sombrero torcido y el pañuelo anudado de manera apresurada. ¿Dónde había estado?

Eso no le incumbía. Tenía todo el derecho a hacer lo que quisiera.

—¿Ya han terminado? —preguntó.

Diana le sonrió. Era difícil no hacerlo.

—Sí.

Echó un vistazo a la oficina cerrada tras ellas.

—Parece pronto para ustedes.

—Ahora tengo más tiempo para hacer todo el trabajo —repuso.

—¿Gracias a mí? —Levantó una ceja y esbozó esa sonrisa malvada que tantas veces había querido borrar de su rostro. Como si pudiera leer sus pensamientos, sonrió más—. Es gracias a mí, ¿verdad?

—Ya sabe que es así. —Se subió a la acera—. De hecho... —Le entregó su ridículo a la señora Oliver para que se lo sujetara y metió la mano en el abrigo. Con un movimiento rápido, desabrochó la insignia de su vestido—. Creo que esta noche esto le pertenece.

Dio un paso hacia lord Bryant y se acercó a su solapa. Se echó hacia atrás como si no estuviera preparado para que lo tocara.

—Es una simple insignia —se defendió—. Se le ocurrió la idea a la señora Richardson. El que trabaje más duro se lo lleva a casa a modo de premio.

—¿Trabajar? —Arqueó una ceja—. Yo no diría que lo que he estado haciendo hoy haya sido «trabajar».

Miró el pañuelo medio suelto. No, lo más probable es que no lo fuera.

—Si no lo quiere... —Se volvió hacia la señora Oliver.

—Claro que lo quiero.

Le agarró la solapa antes de que pudiera pensárselo dos veces, dando un paso hacia delante. El abrigo estaba confeccionado en lana fina. Rozó la parte trasera del cuello hasta que encontró el mejor lugar donde poner el pequeño adorno dorado. Una vez abrochado, le dio una palmadita. Había pasado demasiado tiempo desde que un hombre se había llevado la insignia a casa.

Miró cómo había quedado. Parecía diminuto en su figura alta y esbelta.

—Le queda bien.

Lord Bryant pasó el pulgar por encima del adorno, pero no respondió.

—Espero que me lo devuelva mañana —comentó. Tomó el brazo de la señora Oliver. Estaba a punto de caer la noche y tenían que ir a casa.

Lord Bryant se aclaró la garganta y dio un paso tras ellas.

—¿A dónde van?

—A casa. —La señora Oliver se rio—. ¿A dónde íbamos a ir si no?

—La noche todavía es joven.

Diana se rio.

—Puede que lo sea para un hombre ocioso, pero para la señora Oliver y para mí no; debemos llegar a casa para cenar y descansar, y así mañana estar listas para una nueva jornada.

—Trabajar, comer, dormir, después despertarse y repetirlo otra vez. Resulta monótono.

Volvió a fijarse en el dichoso pañuelo.

—No todo el mundo puede vivir una vida tan emocionante como la suya, lord Bryant.

Se miró el pañuelo y se rio entre dientes. Se lo arregló de mala gana e hizo un gesto hacia su carruaje.

—Déjenme que las lleve a casa. Les dará un par de minutos más de descanso en esta preciosa noche.

—No quisiéramos mantenerlo alejado de sus actividades nocturnas.

—No tengo ninguna prevista. Estaba en casa leyendo cuando he decidido venir corriendo y hacerles una visita.

¿En casa leyendo? Intentó imaginárselo con un libro. Si era verdad que acababa de salir de casa, ¿por qué llevaba el pañuelo mal puesto? El ayuda de cámara de un barón nunca permitiría ese descuido. Miró al sirviente del carruaje, con cara seria. Como lord Bryant ya había dicho alguna vez, si un pañuelo mal puesto angustiaba a su criado, no sería su criado; y, sin duda alguna, nunca revelaría una de sus mentiras.

La señora Oliver ya estaba caminando hacia el carruaje. Era mayor y agradecería no tener que ir caminando a casa.

—Gracias, lord Bryant —dijo—. Estaremos encantadas.

—¿Diana?

Sonrió.

—Por supuesto. —Si él podía mentir al asegurar que estaba en casa leyendo, ella también podía fingir estar encantada de aquel paseo. Decir lo contrario rompería el corazón de la señora Oliver.

Levantó una ceja, pero no dijo nada. Se limitó a indicarle con un gesto que siguiera a la señora Oliver y subiera al carruaje.

Se sentaron frente a lord Bryant. Tras decirle la dirección, avanzaron por las calles de Londres en un silencio solo roto por el traqueteo de las ruedas.

Al fin, Diana se decidió a hablar.

—¿Qué estaba leyendo, lord Bryant?

—¿Que qué estaba leyendo?

—Sí, justo ahora, cuando estaba tan distraído que casi se le olvida venir. ¿Qué libro estaba leyendo?

—Ah —respondió mientras se frotaba la rodilla con la mano. Estaba intentando pensar en un título. Seguro que no se había sentado a leer un libro en años. Ella tampoco, pero había estado muy ocupada—. Nada importante.

—Entiendo. —Pensaba que se le daría mejor mentir. Volvió a quedarse callada hasta que el carruaje dejó de moverse antes de lo esperado. Lord Bryant se bajó y las ayudó a descender.

—Ahí está el señor Oliver, que viene a buscarme. —Se inclinó ante lord Bryant y empezó a caminar. Diana entrecerró los ojos. El señor Oliver se acercaba a ellos. No había sido una estratagema de su ayudante para dejarlos de nuevo solos. La mujer se detuvo y se dio la vuelta—. Gracias, lord Bryant, por el agradable paseo. Diana, invite al hombre a tomar el té, ¿quiere? —Ya estaba a varios metros de distancia, despidiéndose—. Los veré a los dos, con suerte, mañana en la oficina.

Vieron cómo caminaba hacia su marido y aligeró el paso para encontrarse con él. El señor Oliver le dio un cordial beso en la mejilla antes de irse con los brazos entrelazados.

¿Cómo sería envejecer con alguien así? Alguien a quien se esperaba, a pesar de verse todos los días. Alguien ante quien se aligeraba el paso para encontrarse.

Reprimió un suspiro, pero lord Bryant no. Fue un suspiro sutil, pero estaban tan cerca que lo oyó. Solo por eso deseó que pudiera quedarse. Pero era un barón vividor y ella una mujer ocupada. Sin nadie delante que los obligara a fingir, no tenían ningún tipo de relación.

—Gracias por el viaje, lord Bryant. No le robaré más tiempo.

Se volvió hacia ella.

—¿No me va a invitar a tomar el té?

—Estoy segura de que tendrá cosas más importantes que hacer —respondió frotándose los dedos enguantados. Miró su desaliñado pañuelo. Nada en la casa que había tras ella tentaría a lord Bryant—. Como leer.

Él sonrió. Diana estaba empezando a cansarse de que aquella sonrisa eclipsara todo a su alrededor. Y al mismo tiempo odiaba la idea de compartir esa sonrisa con alguien más.

—Leo mucho.

Se aclaró la garganta y se obligó a pensar en otra cosa.

—Estoy segura de que sí.

Se echó hacia atrás y volvió la cabeza a un lado.

—No me cree.

—Los libros no deshacen el nudo de un pañuelo.

Lord Bryant se llevó las manos a la cadera.

—No leo con el pañuelo puesto. Tendría que saberlo.

—¿Cómo iba a saberlo?

—Me ha visto en mi casa y me he puesto cómodo en su oficina. ¿De verdad cree que me pasaría una tarde entera con el pañuelo puesto?

Ella se dio la vuelta y caminó hasta la puerta de los Richardson.

—No pienso en lo que hace por las tardes, estoy demasiado ocupada. Solo creía que un nudo recién hecho no se desharía tan rápido.

Lord Bryant se acercó y le tocó el codo con suavidad. Se quedó quieta y respiró hondo. El contacto con él era peor que su sonrisa. Se volvió para mirarlo.

—Así que piensa que estaba ocupado con actividades mucho menos confesables que leer.

—Se lo acabo de decir, no tengo tiempo de pensar en lo que estará haciendo.

Otra vez esa malvada sonrisa.

—Se cree que me paso los días persiguiendo a mujeres y jugando a las cartas.

Por supuesto que era lo que pensaba. Todo el mundo pensaba eso de él. Nunca había intentado limpiar su reputación

La observó con aquellos llamativos ojos verde esmeralda. Eran del color de las hojas nuevas de primavera que flanqueaban el camino a Baimbury Hall. ¿Cuánto tiempo pasaría hasta que volviera a ver aquellos árboles? No era de extrañar que tantas mujeres se enamoraran de esos ojos. Esbozó una pequeña sonrisa.

—Si tuviera que mentir sobre mis actividades, le prometo que se me ocurriría algo mucho más emocionante que leer.

—Pero no promete no mentirme.

—No, no prometo eso. Solo prometo que cuando lo haga, será con buenas mentiras.

¿Buenas mentiras? Como si algo así existiera. Pero viniendo de él, con esa sonrisilla... sería posible. Pasar tiempo con lord Bryant le hacía dudar de cualquier cosa.

Respiró hondo y negó con la cabeza.

—Le diré a la señora Richardson que viene a tomar el té.

Se le iluminó el rostro. Pese a la penumbra, le resplandecían los ojos.

Abrió la puerta y lord Bryant la siguió. Lo condujo hasta el salón principal y le pidió que esperase allí.

Mientras caminaba hacia las escaleras, se cruzó con la señora Jenkins bajando por ellas.

—Me había parecido oírla entrar —dijo—. He preparado el té en el cuarto infantil. La señora Richardson parece contenta.

Su amiga había mejorado de ánimo en las últimas semanas, como si el tiempo por fin empezase a curar las heridas. Pero no podían tomar el té en el cuarto infantil ese día.

—La verdad es que he venido con un invitado...

Lord Bryant asomó la cabeza por la puerta.

—¿He oído que el té se servirá en el cuarto infantil?

La señora Jenkins se agarró a la barandilla de las escaleras.

—Santo cielo. —Soltó la barandilla y se llevó ambas manos al pecho—. Ha traído a un hombre a casa.

—Señora Jenkins, este es lord Bryant. Tomará té con nosotras, así que me temo que tendremos que traer las cosas al salón principal.

Lord Bryant abrió la puerta por completo y salió al recibidor.

—Tonterías, señora Jenkins. No permitiré que haga nada de eso por mi culpa. Me encantaría tomar el té en el cuarto infantil. Creo que nunca lo he hecho.

—Por una buena razón —respondió Diana—. ¿Se da cuenta de que hay niños en el cuarto infantil?

—¿Cree que me asustan un par de niños?

—No creo que le asusten, pero estoy bastante segura de que no sería apropiado.

La señora Jenkins asintió, mostrando estar de acuerdo con Diana.

Lord Bryant inclinó la cabeza a un lado y se soltó el pañuelo.

—Si quería un invitado «apropiado», debería haber buscado a otra persona. —Apretó los labios. Eso no era justo. Para empezar, ella no lo había invitado. El barón ya estaba de camino a las escaleras—. Supongo que el cuarto infantil está arriba, ¿verdad?

Salió tras él. Lo último que quería era que se pusiera a abrir habitaciones al azar. Había estado experimentando con la acuarela y, sin ninguna duda, podría reconocer los ojos verdes que intentaba pintar. Al menos un par de esbozos se habían quedado sobre su mesita de noche.

—Yo le guío. Supongo que a Tommy y Drue les gustará tener a un hombre en casa.

Lo rodeó para adelantarlo y llegó arriba antes que él. ¿Tomar el té en el cuarto infantil? ¿Con un hombre? Y no un hombre cualquiera, sino un barón... A Charlotte le iba a dar un infarto.

—Tommy y Drue no lo han pasado bien desde que falleció su padre. Son bastante tímidos. La bebé se llama Emma y también es tímida. Pero claro, eso no es porque su padre falleciera.

Lord Bryant asintió y siguió adelante sin parar.

—Solo le digo esto para que no se preocupe si parece no entusiasmarles su presencia. Esta familia ha sufrido mucho durante meses. Les ha pasado factura a todos.

Como para desmentir sus palabras, se oyó una carcajada al otro lado de la puerta. Lord Bryant la miró con ojos entrecerrados.

¿Qué estaba pasando? Durante las últimas semanas Charlotte había llegado a sonreír, y la señora Jenkins había mencionado que tenía un buen día, pero llevaba mucho tiempo sin oír risas en la casa.

Abrió la puerta de la habitación y se encontró a la viuda en el suelo con sus dos hijos, gateando rápido junto a la mesita de té y... ¿rugiendo?

Los niños huían de su madre a cuatro patas por la alfombra. Tommy rodó hacia un lado mientras ella extendía la mano para atraparlo.

—¿Diana, eres tú? —preguntó Charlotte sin mirar—. Ven a jugar con nosotros... —Dejó de hablar cuando vio a lord Bryant detrás de Diana.

Tommy aprovechó la distracción de su madre para subirse a su espalda.

—¡Te tengo! —gritó. Movió la mano victoriosa en el aire durante unos segundos antes de que Charlotte se sentara con un movimiento rápido, haciendo que el niño se deslizara hasta el suelo. La madre se levantó de un salto y se alisó las faldas. Las pocas conversaciones que habían mantenido sobre lord Bryant no habían sido muy entusiastas, así que llevarlo a casa no había sido la mejor idea.

En cuanto Charlotte se recompuso un poco, Diana avanzó por la habitación.

—Charlotte, este es un amigo que ha querido tomar el té aquí arriba con nosotras. Lord Bryant, esta es mi querida amiga la señora Richardson.

Charlotte abrió la boca un poco al escuchar el nombre. Su casa recibía a pocos invitados y ninguno solía ser de la nobleza, ni vividores con mala reputación. Y, por supuesto, no se recibía a ninguno en el cuarto infantil.

—Bienvenido a mi hogar, lord Bryant. —Hizo un par de gestos bruscos a sus hijos para que hicieran una reverencia. Se levantaron del suelo y siguieron su ejemplo.

Lord Bryant también se inclinó.

—Vosotros debéis de ser Tommy y Drue. La señorita Barton me ha hablado mucho de vosotros.

—Están incómodos —susurró Diana—, pero solo porque llevan mucho tiempo sin tener visitas. Cuando terminemos el té le rogarán que les cuente cuentos. Por favor, que esos cuentos sean apropiados. No es conveniente que los niños conozcan las aventuras de un... —Se quedó pensando. ¿Qué era lord Bryant en realidad? ¿Un vividor? Lo miró. Seguro que sí. ¿Un sinvergüenza? Sin ninguna duda. ¿Un canalla? Tal vez no, pero había tantas palabras con las que podía terminar esa frase que no sabía cuál elegir— ...un caballero como usted.

Prefirió no utilizar los otros términos.

Lord Bryant frunció el ceño.

—¿No quiere que cuente aventuras de un caballero?

—Un caballero «como usted» —matizó.

Se llevó ambas manos al corazón como si lo hubiera ofendido, pero ella sabía que nada le hacía mella. En todo caso, parecía divertirse.

Con un adulto más, no había suficientes sillas, por lo que Charlotte sentó a Drue sobre su regazo. Tommy y Diana se acomodaron y dejaron el único sitio libre para lord Bryant. Todas las sillas de la habitación infantil eran pequeñas, pero no tanto como para resultar incómodas para las mujeres. El barón apenas consiguió meter las rodillas bajo la mesa.

La señora Jenkins llegó con otro juego de té para lord Bryant, y después se entretuvo hasta que Charlotte le dio permiso para retirarse.

Tommy y Drue no dejaban de mirar a lord Bryant, parecían fascinados por el desconocido.

Diana no los culpaba.

—¿Cómo os conocisteis lord Bryant y tú? —preguntó Charlotte.

Diana se recordó esperando en la puerta de lord Bryant. No podía contarle a su amiga que fue a su casa a última hora de la tarde, casi de noche, a reclamar su ayuda.

Él esbozó una sonrisa, como si pudiera leerle la mente. Sabía muy bien lo que estaba pensando. Se volvió hacia Charlotte, y Diana contuvo la respiración. ¿Qué iba a decirle?

—Conocí a la señorita Barton en la boda de su hermano.

Oh, era la verdad. Relajó la espalda. Puede que tal vez no estuviera de su parte, pero había demostrado ser buen estratega. No iba a revelar sus malas artes. No daría pie a que Charlotte tuviese de él peor imagen de la que ya tenía.

—¿Es amigo del señor Barton? —preguntó con toda naturalidad. Parecía que no tuviera ninguna reserva ante él, ni la hubiera advertido a ella de que era un tipo poco recomendable.

Apoyó ambas manos sobre los muslos y se irguió.

—Sí.

Una de sus «buenas mentiras». Se mordió la lengua. Nate nunca llamaría amigo a lord Bryant, era una de las pocas personas a las que odiaba.

Tommy y Drue empezaron a mostrarse confiados, incluso llegaron a contestar alguna de sus preguntas. Charlotte logró sonreír ante alguno de sus comentarios. No estaba encantada con él como tantas mujeres, era demasiado inteligente para eso, pero mantuvo la compostura.

—¿Dónde está tu hermana pequeña? —le preguntó lord Bryant a Tommy.

—Está durmiendo —respondió. Drue señaló a la habitación adyacente—. Duerme mucho.

—Ah, ojalá fuera joven otra vez —comentó.

—¿Tan joven como un bebé? —preguntó Diana. No podía imaginarlo de pequeño. Seguro que era guapísimo y revoltoso. Bueno, en realidad sí que podía imaginárselo. Un joven lord mimado al que le daban todo lo que quería y nunca castigaban. No era de extrañar que tuviera un carácter caprichoso y esperase que todo el mundo lo obedeciera.

—Puede que un bebé no, aunque envidio la manera en la que duermen. Pero si fuera más joven, hay un par de cosas que habría hecho de otra manera.

Sonrió.

—Puedo adivinarlo: Causar más problemas.

Charlotte se cubrió la boca para no reírse. Él solo se encogió de hombros.

—Puede que algunos lo vean así. En realidad, si hubiera causado más problemas cuando era niño, podría haber evitado mucho dolor a alguien. Estaba demasiado dispuesto a obedecer a mis padres.

Tommy frunció el ceño y miró a su madre.

—Pero los niños tienen que obedecer a sus padres, ¿no?

Diana asintió hacia los dos pequeños.

—Por supuesto. —Sonrió el barón—. Los chicos jóvenes como vosotros deben obedecer a su madre. Pero, cuando eres más mayor, a veces es mejor pensar por uno mismo.

Tommy apretó los labios.

—¿Así que no debería pensar por mí mismo?

Diana hizo una mueca. La conversación con los niños estaba yendo casi justo como había esperado.

Se rio.

—Claro que deberías pensar por ti mismo, pero, por ahora, también tienes que hacer caso a tu madre.

—Estoy de acuerdo. —Charlotte tomó la mano de Tommy y la apretó—. Ahora, niños, es hora de irse a la cama.

—¿Y qué pasa con nuestro cuento? —Tommy miró a Diana con gesto suplicante. En la última semana, les había leído un par de cuentos cada noche antes de dormir. Era una de las ventajas de llegar a casa temprano.

Charlotte chasqueó la lengua.

—La señorita Barton tiene un invitado esta noche.

Lord Bryant sonrió a la joven viuda y a sus hijos.

—No quiero interferir en la rutina de los niños. Por supuesto, la señorita Barton debería leerles si es lo que quieren —respondió.

Por fin, se iba a marchar. Había sido una de las noches más incómodas de su vida. Estaba acostumbrada a verlo en la oficina y sabía cómo enfrentarse a la gente allí, pero en casa no.

Lord Bryant se volvió para mirarla.

—Me encantaría oír un cuento.

Se agarró al borde de la mesa. Aquello no podía estar pasando. Lord Bryant no debería estar en la casa. No debería estar tomando el té en el cuarto infantil; y, por supuesto, no debería escuchar cómo les leía un cuento a los niños.

—¿No tiene que volver a casa? Se está haciendo tarde.

Les guiñó un ojo a los chicos.

—Para un caballero adulto como yo, la noche acaba de empezar.

Negó con la cabeza. Llevarlo al cuarto infantil había sido un error. Llevarlo a la casa había sido un error. Tenía que mantener su relación según lo acordado. Su papel consistía solo en fingir que estaba interesado en ella para espantar a los potenciales pretendientes. Así de sencillo.

Charlotte miraba a lord Bryant y a Diana. Parecía no tener ni idea de qué hacer, y no la culpaba. Lo correcto habría sido no haberlo llevado a aquella habitación, pero una vez allí, ¿cómo se libraba uno de un noble?

Un pequeño grito desde la habitación adyacente hizo que Charlotte se levantara.

—Vuelvo en un minuto. Diana, puedes acompañar a lord Bryant a la puerta. —Respiró aliviada, pero antes de tiempo—. O leerle; uy, leerles a los niños quería decir. Lo que creas que es mejor.

Salió corriendo de la habitación. Seguro que se alegraba de no tener que ofender a un barón al pedirle que se fuera. Había dejado a Diana que lo hiciera.

Lord Bryant se inclinó hacia delante y puso el codo sobre la mesa. Apoyó la cara en una mano. Sus ojos estaban tan abiertos y tan impacientes como los de un cachorro.

—¿Qué leeremos primero?

Gruñó. Le costaba decepcionarlo a propósito. Había hecho mucho por ella. Sin levantarse de la silla, tomó un libro de la estantería situada tras ella. *Cuentos de la infancia y del hogar*[2] era uno de los favoritos de los niños. Sin pensar mucho en ello, fue directa al primer relato: «Juan con suerte».

Respiró hondo y comenzó. Había leído solo hasta cuando Juan recibe el gran lingote de oro a cambio de siete años de trabajo cuando Tommy la interrumpió.

—¿Por qué no estás poniendo voces? —Hizo una pausa. Tras una mirada rápida a lord Bryant, quien estaba sentado con los brazos cruzados a la espera, respiró hondo y siguió.

La voz que usaba para Juan era chillona y la tenía bien ensayada. Nada de lo que avergonzarse demasiado; pero el primer hombre que se encuentra Juan de camino a casa de su madre era un hombre montado a caballo. Sin apartar los ojos del libro, puso una voz grave.

—¿Sabes qué? Vamos a cambiar —gruñó con el tono de voz reservado para el astuto jinete, quien cambió su caballo por el oro.

Lord Bryant arrastró los pies y tosió ligeramente. Siguió leyendo. Por suerte, la parte del jinete era corta. De pronto, interrumpió la lectura.

Debería haber escogido otro cuento.

—¿Por qué has parado? —preguntó Tommy, con los ojos muy abiertos—. Casi has llegado a lo mejor.

Se retorció en su asiento.

—¿Por qué no cuentas tú esa parte, Tommy?

—¿Yo? —Se señaló el pecho—. No sé leer.

---

2 N. de la Trad.: Libro de cuentos de hadas alemán procedentes de la tradición oral, también conocido como *Cuentos de hadas de los hermanos Grimm*, ya que fueron recopilados por los hermanos Jacob y Wilhelm Grimm.

—Pero te la sabes de memoria.

Lord Bryant se inclinó hacia delante. Era demasiado grande para una mesa tan pequeña.

—Oh, creo que debería leerla la señorita Barton.

Ella negó con la cabeza.

—Ni siquiera sabe de qué parte estamos hablando.

—Pero no quiere leerla —replicó con ojos brillantes—, lo que significa que seguro que será mucho mejor que su voz de jinete.

Si mejor significaba humillarse por completo ante él... Y eso era lo que pretendía lord Bryant. Le pasó el libro a él.

—Es el invitado. Yo les leo casi cada noche. ¿Por qué no sigue usted?

Se encogió de hombros y tomó el libro. Diana se inclinó y le indicó el párrafo. Se rozaron un instante antes de que ella apartara la mano del libro. Él volvió la cabeza para mirarla. Estaba tan cerca que ella pudo apreciar que los iris color verde brillante del barón estaban enmarcados por un aro gris más oscuro.

Un golpe suave en la mesa, causado por unas manos pequeñas y regordetas, interrumpió sus pensamientos.

—Léelo —exigió Drue.

Diana se echó hacia atrás y negó con la cabeza. Lord Bryant tosió, miró la página, se acomodó mejor en la silla demasiado pequeña y comenzó a leer. Puso una voz grave mucho más convincente y menos bochornosa.

—Si quieres que corra, no tienes más que chasquear la lengua y gritar «¡hop!».

—Así no —se quejó Tommy.

«Oh, no».

Diana se cubrió la boca con ambas manos mientras Drue chasqueaba los labios haciendo ruido y se balanceaba de lado a lado en la silla. Era increíble lo que había tenido que hacer últimamente para sacarle una sonrisa a esos niños, incluso pasearse por la habitación fingiendo ser el pobre Juan cuando perdió su caballo.

—Diana siempre lee esa parte mientras galopa.

—Ah, ¿sí? —Sonrió de forma maliciosa. Lo que fuera que estuviese a punto de hacer, no iba a ser bueno para ella.

Ella se enderezó en la silla. Intentaba parecer la viva imagen de una dama intachable.

—Yo no lo llamaría galopar.

—Sí lo haces. —Tommy juntó los labios—. Galopas por toda la habitación, juntas los labios y dices «hop» una y otra vez.

No podía negarlo, era la razón por la que ese cuento era el favorito de los niños. Había sido un gran error de leerles un cuento mientras lord Bryant estuviera en la habitación, especialmente ese.

—¿Quizá lo que hace es trotar? —preguntó lord Bryant—. Trotar es más digno que galopar.

Tommy frunció el ceño.

—Pero el libro dice que el caballo galopa.

El barón se levantó de la silla. Chasqueó de manera sonora los labios y dio un salto.

—Hop, hop —dijo antes de volver a chasquear los labios—. ¿Era algo así?

Tommy también se levantó y, para horror de Diana, chasqueó los labios antes de corretear por la habitación, moviendo las manos en el aire y gritando «hop, hop». Mantenía adelantada una pierna para imitar el galope de un caballo.

Levantó la maldita ceja y la señaló con un movimiento de cabeza.

Diana negó con un gesto.

—A decir verdad, Tommy está exagerando. No muevo los brazos en el aire así. Por lo general suelo llevar el libro en la mano.

Para colmo, Drue decidió que era el momento perfecto para ponerse también a galopar por la habitación, imitando a su hermano mayor tan bien como podía un niño de tres años. Movía los brazos con decisión en el aire.

Lord Bryant tomó el libro y agitó los brazos en el aire.

—Parece posible, incluso con el libro en la mano.

Un barón en una habitación de niños, con el pañuelo desatado, agitaba los brazos en el aire mientras sonreía como si fuera ella la que estaba haciendo el ridículo. Negó con la cabeza y sonrió también. No era la sonrisa ensayada para demostrar que mantenía el control. Ese un momento de diversión para dos niños que habían perdido a su padre y para ella. Había trabajado muy duro las últimas semanas y lo necesitaba. ¿Qué significaba para lord Bryant? ¿Diversión? ¿Entretenimiento? Prestarse a representar un cuento infantil no era algo que haría todos los días.

Por supuesto que no.

Se levantó de la silla, caminó hasta donde todavía estaba lord Bryant moviendo el libro en el aire y se lo arrebató de las manos.

—Así «no» es como se hace. —Sin pensarlo dos veces, extendió las manos, sosteniendo el libro con la derecha, y las movió de arriba a abajo como si estuviera sujetando las riendas de un caballo salvaje—. Hay que galopar.

Mantuvo el pie derecho adelantado y galopó a saltos por la habitación junto a Tommy y Drue, que intentaban hacer lo mismo, pero sin su revuelo de faldas y rizos que se le escapaban del peinado. Los tres saltaban entre relinchos. Los niños se reían como no habían hecho en mucho tiempo. Ella paró para recuperar el aliento y se volvió para ver a lord Bryant sonriendo ante los tres. Aquella sonrisa también era diferente. No estaba intentando cautivar a una mujer o demostrando malicia. Solo sonreía abiertamente, con los hombros relajados y una mano en la cadera.

Ella volvió a la mesa, se sentó y volvió a leer, sin titubear, con diferentes voces para cada personaje. El «afortunado» Juan seguía cambiando sus posesiones por cosas cada vez menos valiosas, hasta que se quedó solo con dos pesadas piedras de afilar de vuelta a su casa. No había visto a su madre en siete largos años y la carga ralentizaba su regreso. Sediento, se paró a beber en un pozo y las piedras cayeron dentro...

Dejó de leer para mirar a su público. Tommy y Drue estaban inclinados hacia delante, anticipando los pasos del personaje. Lord Bryant adoptó la misma postura de los niños. Tanto si ya conocía el cuento como si no, parecía interesado en el final.

—Juan, al ver que se hundía en el agua —continuó—, pegó un brinco de alegría y, arrodillándose, dio gracias a Dios, con lágrimas en los ojos, por haberle concedido aquella última gracia, y haberlo librado de un modo tan sencillo, sin remordimiento para él, de las dos pesadísimas piedras que tanto le estorbaban. «¡En el mundo entero no hay un hombre más afortunado que yo!», exclamó entusiasmado. Y con el corazón ligero, y libre de toda carga, reemprendió la ruta, sin parar ya hasta llegar a casa de su madre.

El silencio reinó en el cuarto por un momento. Lord Bryant suspiró y miró las caras de Tommy y Drue.

—Juan es uno de los hombres más listos de los que he oído hablar jamás.

—¿Listo? —replicó Tommy—. No es listo. Trabajó durante todo ese tiempo para nada.

—Bueno, tal vez eso no fuera inteligente —admitió—. Pero cuando se le caen las piedras en la fuente, se puso contento porque ya no tenía esa carga. No lamentó las cosas que no podía cambiar.

—No tiró las piedras. Se le cayeron por accidente. No quería perder su carga. Solo después se pone contento, porque ya no le pesa —matizó Diana, para no dar a entender a los niños que un hombre que había cambiado todas sus ganancias de siete años por nada fuera inteligente.

—Cierto. —Lord Bryant se llevó la mano a la barbilla—. Pero elegir la felicidad cuando todo el mundo te dice que tienes que ser infeliz... No puedo evitar pensar que Juan entiende mejor la vida de lo que creemos.

No sabía si el barón era la persona adecuada para darles lecciones a los niños sobre la vida, pero tenía razón. Cuando las piedras se cayeron al pozo, Juan no lamentó un hecho que ya no podía cambiar.

—Uno más —rogó Tommy, ante la mirada resignada de Diana—. Por favor —añadió—. «El pescador y su mujer».

—Creo que Drue está demasiado cansado —respondió. Después de su aventura a lomos de un caballo salvaje, había oído el resto de la historia en silencio, pero lo había visto bostezar un par de veces—. Drue, ¿quieres ir a la cama?

Negó con la cabeza.

—Uno más, por favor.

Odiaba decirles que no a los niños. Charlotte todavía estaba con Emma en la habitación contigua. Se oía su suave y dulce canturreo.

—Uno más —accedió al final—, si a lord Bryant le parece bien.

Él respondió con una sonrisa y acomodándose, en la medida de lo posible, en una silla demasiado pequeña.

—Podría escuchar cuentos durante horas. Sobre todo, cuando pone voces.

Minutos antes se hubiera ruborizado, pero después de haber galopado por la habitación no había mucho más que pudiera avergonzarla. Se lo tomó como un cumplido de verdad y le sonrió para darle las gracias. Pasó las hojas hasta que llegó a «El pescador y su mujer» y comenzó a leer. Lord Bryant parecía diferente esa noche. Siempre se había imaginado que pasaba las noches seduciendo a mujeres mientras bailaban. O quizá jugando a las cartas y pergeñando estrategias para conquistar a una dama. Estaba segura de que ninguna le había leído un cuento jamás. Pero sí las miraría de la manera en la que acababa de mirarla a ella: con una sonrisa y, tal vez, el deseo de parar el tiempo.

Ojalá lo supiera.

Cuando solo había leído un párrafo, Drue dio una cabezada. Se frotó los ojos para intentar mantenerse despierto, pero un momento después volvió a inclinar la cabeza, rendido. Lord Bryant lo sujetó para que no se diera contra la mesa. El niño, medio dormido, gateó hasta su regazo. Diana siguió leyendo lo mejor que pudo. Drue se acomodó contra el pecho del barón.

—Puede llevarlo a la silla de mamá —dijo Tommy señalando la mecedora.

—No pasa nada. Ya casi hemos acabado con el cuento. —Debería leer más rápido. Lord Bryant tendría cosas más importantes que hacer que servir a un niño de almohada.

—Acabas de empezar —añadió—. Drue duerme mejor en la mecedora.

El barón pasó una mano por debajo de las piernas del pequeño, que quedó acurrucado entre sus brazos. Caminó con cuidado de no despertarlo. Diana sintió un nudo en la garganta al verlo mecer al pequeño. Se sentó con él en brazos en la mecedora. Drue se revolvió, pero él balanceó la silla hasta que el crío cayó en un profundo sueño.

¿Cómo era posible que ese fuera el mismo hombre que provocaba escándalos por todo Londres?

—Continúe con el cuento —pidió con un susurro—. Drue y yo estaremos cómodos aquí.

Diana se ruborizó. Había estado mirándolos durante demasiado tiempo. Prefería que la viera galopar por la habitación otra vez antes que se diera cuenta de que la había conmovido. Volvió la vista hacia el libro y hacia Tommy y, tras bajar la voz para no despertar a Drue, continuó. Cuando por fin terminó, Tommy la miró pensativo.

—Creo que lord Bryant tenía razón.

—¿A qué te refieres?

—Bueno, el pescador y su mujer cambiaron sus cosas por más y más cosas, cosas más grandes, pero nunca fueron felices. Como Juan, no tenían nada, pero no creo que estuvieran contentos con eso. Es mejor estar contentos con lo que se tiene, aunque sea poco.

Palabras sabias de un niño de cinco años. Miró a lord Bryant, intrigada por su opinión sobre la moraleja del cuento. Tenía la cabeza inclinada hacia un lado y a Drue tumbado sobre su pecho. Ambos estaban sumidos en un profundo sueño.

—Se ha quedado dormido —observó Tommy.

—Supongo que mi lectura no ha sido muy entretenida para él.

Lord Bryant estaba muy quieto y, por una vez, podía mirarlo sin reparos. Se había sentido inusualmente cómoda con él esa noche. Quiso memorizar sus rasgos para dibujarlo otra vez, ya sin errores.

—O igual estaba demasiado cansado, como Drue.

—Puede ser. —Se levantó de la mesa y devolvió el libro a la estantería—. ¿Por qué no te vas a la cama? Ahora llevo a Drue.

Asintió.

—Gracias, Diana. Me gusta cuando vienen hombres. A mamá le pone contenta.

Diana asintió extrañada. La visita de lord Bryant no había hecho feliz a Charlotte; ya estaba feliz antes de que llegaran. ¿A qué se refería Tommy?

—¿Han venido otros hombres a casa?

El niño abrió mucho los ojos y se cubrió la boca con la mano. Miró hacia la pared que dejaba pasar el canturreo de su madre, más alegre que nunca.

—¿Ha venido un hombre a visitar a tu mamá?

Tommy respiró hondo.

—No lo puedo decir. —Frunció el ceño y se mordió un dedo.

No podía obligarlo a hablar. Su madre le había pedido que mantuviera el secreto. Pero si Charlotte estaba viendo a alguien, ¿por qué no se lo había contado?

—Si se supone que no debes decirlo, no lo hagas. A pesar de lo que lord Bryant haya dicho, debes obedecer a tu mamá. Fue ella, y no el hombre, quien te dijo que no contaras nada, ¿verdad?

Asintió con la cabeza muy serio.

—Bueno, entonces has hecho lo correcto al no contármelo. Estoy orgullosa de ti.

A Tommy se le iluminó un poco el semblante al oír eso. Lo acompañó a la habitación donde Charlotte todavía canturreaba. El tono parecía diferente... aquello significaba algo. No estaba recuperándose sola; alguien la estaba ayudando. Y ese alguien era un hombre. Ella ya no recibía tantas visitas masculinas en la oficina. Pero, si alguien conocía su acuerdo con Charlotte, no podía descartar que algún interesado viese en su amiga un buen partido. Tendría que hablar con ella lo antes posible.

Tras echar un vistazo para asegurarse de que Tommy había llegado hasta su madre, se alejó de la puerta y volvió al cuarto.

Lord Bryant parecía diferente cuando dormía: más joven, como cuando le había sonreído antes mientras galopaba por la habitación. Era como si se hubiera quitado la máscara y fuera él de verdad. No lord Bryant, sino Everton. Una persona, no un título. Un título no podría dormir en una mecedora con un niño de tres años roncando plácidamente en sus brazos.

Pero un hombre sí podía.

Tenía el pelo un poco alborotado, como otras veces que lo había visto. En el baile estaba perfectamente peinado, como si su fortuna dependiera de eso. Ansiaba apartar de sus ojos el mechón que le caía en la frente. Pero no le parecía apropiado tocarle el cabello a un hombre dormido. Sería extralimitarse, cuando menos. Y ya se había extralimitado con lord Bryant lo suficiente.

¿Qué podía hacer? No quería molestar a ninguno de los dos, pero Drue tenía que meterse en la cama, y lord Bryant no podía quedarse.

Al final decidió no hacer nada, por lo menos durante un rato.

Pasaban los minutos y ella los observaba. Las velas titilantes proyectaban sombras en el rostro del barón. ¿Quién era en realidad? Pese al tiempo que había pasado con él —más que con ningún otro hombre, salvo Nate o el señor Richardson—, todavía seguía siendo un misterio para ella.

Un misterio cuyo rostro era capaz de dibujar en sueños. Conocía cada curva de su mejilla, sus ojos resplandecientes y sus cejas, que parecían relajarse solo cuando dormía, como en ese momento.

Con un suspiro, dio un paso al frente. Tenía que meter a Drue en la cama. Se agachó para tomar al niño de los brazos de lord Bryant, pero antes no pudo evitar apartar un mechón de pelo que le caía al barón sobre la frente. Retiró la mano de inmediato. ¿En qué estaba pensando? El cabello, tan suave como el de Drue, volvió a caer; parecía retarla.

Negó con la cabeza. Con cuidado tomó al pequeño por las piernas y, al pasar el brazo entre los hombros del niño y el pecho de lord Bryant, el barón abrió los ojos y la agarró de la muñeca,

A solo unos centímetros de distancia, vio los ojos del hombre empañados y confundidos.

—¿Qué ha pasado? —preguntó, en voz baja y grave. Algo se removió en su pecho. Estaba muy juntos, con un niño en medio. La asaltaron deseos y sueños juveniles aún sin cumplir.

Estúpido corazón.

—Se ha quedado dormido. Toda esa lectura ha debido de agotarlo. —Sonrió como si despertar a un caballero fuera algo que hiciera todos los días.

—Lo dudo. Procuro leer para conciliar el sueño, pero no lo consigo.

Ella lo miró para intentar adivinar si mentía, pero, si era así, lo disimulaba bien. ¿Sería cierto que estaba en casa leyendo antes de la visita de esa tarde, a pesar de llevar el pañuelo mal puesto? Apenas sentía el peso de Drue en los brazos.

—¿De verdad estaba leyendo antes de venir?

—Sí.

Intentó imaginarse a lord Bryant sentado en su estudio con un libro abierto ante él y algunos mechones sueltos sobre la frente, como un momento antes. Con aquellos penetrantes ojos verdes puestos únicamente en la historia que leía, como si el relato se desarrollase ante a él. Cerró los ojos para intentar quitarse esa imagen de la cabeza. Quería que fuera ese hombre, capaz de estar solo y pensar.

Pensar en una sola mujer.

—¿Qué libro?

Se encogió de hombros como si el título no fuera importante.

—Libros —le corrigió—. Estaba hojeando unos veinte. Intentaba encontrar uno que me hiciera... olvidar.

Acomodó a Drue mejor y se alejó de lord Bryant. Ni siquiera en sus lecturas podía ser constante.

—Espero que un día encuentre el libro que está buscando.

Caminó hacia la habitación donde Charlotte todavía canturreaba para sus hijos.

Capítulo 13

EL SUEÑO TODAVÍA NUBLABA la vista de Everton, pero parpadeó varias veces para aclararse los ojos y ver a la señorita Barton alejarse. Lo último que recordaba antes de quedarse dormido era su voz. Todavía sentía el calor del niño al que había mecido en el pecho.

Drue.

En otra vida, aquel podría haber sido su mundo. Cerró los ojos, todavía somnoliento. Se podría quedar dormido incluso sentado en una silla de madera. Algo en aquella habitación lo calmaba.

—¿Lord Bryant? —La voz de la señorita Barton lo obligó a abrir los ojos de nuevo.

Estaba inclinada sobre él, mirándolo.

—¿Se encuentra bien? —Acercó la mano a su frente, pero la apartó antes de llegar a tocarlo.

Sin pensar en lo que estaba haciendo, él le tomó la mano y completó el gesto. Diana presionó la palma con suavidad contra su frente y se mordió el labio inferior.

—No parece tener fiebre. —Le apartó el cabello para comprobar mejor la temperatura. Se le cortó la respiración. ¿Cuándo había sido la última vez que alguien se había preocupado por él de esa manera?

Cuando era un niño.

No estaba enfermo, pero si lo estuviera, ¿cuidaría de él? ¿Lo arroparía con las mantas como hacía su madre cuando era pequeño?

Everton la agarró del codo y luego deslizó los dedos por su brazo y hasta tomarle la mano. No debía jugar a ser una enfermera con él. La única persona que lo cuidaría si de verdad estuviera enfermo sería Nelson, y eso no tendría nunca el mismo efecto. Sus dedos no eran tan delicados. La mirada de su mayordomo, aunque la había visto llena de preocupación, no le hacía sentirse tan protegido y reconfortado.

Todo eso resultaba ridículo. No necesitaba a nadie que lo protegiera. Y menos una joven muchacha. Se levantó rápidamente y dejó la silla meciéndose sola tras él. Todavía no estaba despejado y le pareció que el suelo del cuarto se movía bajo sus pies. No había soltado a la señorita Barton y le apretó la mano. Ella estrechó la suya y le tocó el hombro con la mano libre.

—¿Está seguro de que está bien?

No lo estaba. Aquella habitación, los niños, la señorita Barton... Todo eso lo llevaba a fantasear con un imposible. Le asaltó el recuerdo de las aspiraciones enterradas desde su tercer mes de matrimonio. Quería eso. Quería todo eso: los niños, la risa, leer cuentos... Pero no había salido nada bien. Si la señorita Barton supiera lo que un simple roce le hacía sentir, el anhelo y el deseo que le despertaba, se apartaría. Una cosa era perder el tiempo en juegos con un barón como él y otra muy distinta tomárselo en serio. Y la atracción que sentía hacia ella en aquel momento no era un juego. Y le aterraba.

Le soltó la mano que nunca debía haber tomado.

—He de irme. —Ella dejó caer la mano del hombro. Él se alejó y sintió que por fin recuperaba la respiración. Esbozó una sonrisa ensayada, la misma que conseguía que las mujeres se derritieran—. Ya me conoce, partidas de cartas a las que jugar, mujeres a las que halagar y todo eso. —Con una sombra en la mirada, dejó de sonreír—. Salvo, por supuesto, que crea que estoy enfermo; en ese caso, debería irme a mi cuarto a leer.

—Hojear libros, querrá decir —replicó. A él le pareció percibir un tono de decepción en su voz. ¿Qué haría si ella le sugiriera que se quedase? ¿Qué significaría?

—Sí, a pesar de todas las horas que le dedico, no soy muy lector.

—Quizá debería leer más cuentos alemanes para niños.

Sonrió, esa vez con franqueza.

—Quizá debería, sí. Ha sido una tarde de lo más agradable. —No podía alejarse de ella—. ¿Qué opina, señorita Barton? ¿Estoy bien como para socializar?

Levantó la mano y, por un instante, Everton mantuvo la respiración mientras esperaba que le rozara la frente otra vez con sus dedos. Se balanceó hacia delante, acercándose a ella.

Pero Diana dejó caer la mano y él volvió hacia atrás.

—No le pasa nada —respondió en voz baja, pero con tono firme

Nunca antes se había sentido tan decepcionado porque le dijeran que estaba bien. Dio un paso atrás y esbozó una sonrisa.

—Eso no es lo que la mayoría de Londres piensa.

—Lo sé —contestó negando con la cabeza—. Y sospecho que le gusta que lo piensen.

—Por supuesto que me gusta. —Tiró de las solapas del entallado abrigo, lo que hizo que la insignia brillara en la penumbra—. He trabajado duro para ganarme esa reputación. No me puedo permitir perderla ahora. —Ella volvió a negar con la cabeza. Por lo general le gustaba provocar esa reacción. Decepcionar a la gente era uno de sus pasatiempos favoritos. Pero, si no se iba, terminaría disculpándose ante ella por esconderse tras esa fachada antes de darse cuenta—. No hace falta que me acompañe a la puerta.

Sin esperar una respuesta, salió del cuarto. Lo mejor sería pasar varios días sin verla. Su cordura parecía resquebrajarse un poco más cada vez que se acercaba a ella.

Capítulo 14

EVERTON NO JUGÓ A LAS cartas tras su visita a la señorita Barton. Se fue a casa, buscó un ejemplar de *Cuentos de la infancia y del hogar* y leyó la mitad del libro. No lo ayudó a dormir, solo oía las voces impostadas de la señorita Barton. Cuando por fin cayó rendido, soñó hasta por la mañana con la cara de horror de Rachel cuando la tocaba. Su cabello pasaba de claro a oscuro; sus ojos, de azul a color caramelo. Pero la repulsión era siempre la misma. Se despertó más cansado que cuando se había dormido.

Retiró la manta y se deslizó hasta sentarse en la cama. No podía seguir viviendo así. Ni siquiera estaba viviendo. De vez en cuando se entretenía con algunas mujeres, pero se pasaba el resto del tiempo intentando olvidar el pasado y conciliar el sueño.

Tenía que hablar con alguien.

Había marcado bien las distancias en los últimos años. No tenía amigos íntimos y Nelson era lo más parecido a un confidente. Bueno, él y la señora Cuthbert, más cómplice que amiga. Si le contase su reacción ante la señorita Barton de la noche anterior, maquinaría para llevarlo ante un sacerdote otra vez. Esa mujer mediaba para que ayudara a determinadas damas, pero en el fondo soñaba con verlo casado por amor algún día.

Necesitaba hablar con alguien que no se tomase la vida tan en serio. Alguna de las protagonistas de sus viejos escándalos. *Lady* Yolten. Se había divertido con ella, pero a su marido, lord Yolten no le iba a gustar que la visitara, aunque fuese un hombre comprensivo. No querría que se corriera la voz de que lord Bryant se veía con su esposa.

Así que... damas casadas no, y caballeros tampoco. No era amigo de hombres, siempre en competición entre ellos. No quería relacionarse con tipos que se pavoneaban por todo Londres.

Solo había una mujer en la ciudad a la que podía considerar su amiga y, aunque estaba seguro de que se sorprendería al verlo, se sentaría feliz a hablar con él.

La duquesa de Harrington.

La duquesa de Harrington había visitado su casa de campo con su esposo —el duque— y sus dos hijos. Parecía que hubieran pasado mil años. Entonces Rachel estaba viva y había tenido la esperanza de impresionar a su joven esposa con amigos tan nobles. Su presencia había sido un gran respiro cuando casi no se atrevía ni a recorrer los pasillos de su propia casa.

Un día, dos meses después de la boda, dio la vuelta a una esquina y se chocó con Rachel. Su grito resonó por el pasillo y varios empleados acudieron corriendo alarmados. Intentó quitarle hierro al asunto, pero todavía le temblaban las manos después de contarles al mayordomo y a la criada lo que había ocurrido. Siempre silbaba o tarareaba cuando llegaba casa después de aquello.

La visita de la familia Harrington fue uno de los mejores momentos del matrimonio. Pero, una vez solos, Rachel se encerró más en sí misma y apenas salía de su habitación, como si la tarea de entretenerlos le hubiera agotado.

La duquesa había hecho sonreír a Rachel más que nunca durante su matrimonio. También fue una excelente compañía para Everton.

Él conocía los trapos sucios de su hija. Sonrió al recordarlo. La tonta jovencita había huido de casa para convertirse en una criada y después tuvo el descaro de casarse con el hombre para el que trabajaba.

Una historia ridícula.

Le entregó la carta a Nelson y le hizo asegurarse de que la enviasen a la casa de campo de los Harrington.

Tres horas más tarde, estaba acicalado, presentable y esperando en la puerta de la mansión del duque de Harrington. Dudó. Podría volver al carruaje y regresar a casa. Respiró hondo y negó con la cabeza. No lo haría.

La gente tenía amigos con los que hablar.

Él nunca había sentido esa necesidad.

Tras llamar a la puerta, el mayordomo lo acompañó hasta el salón principal. No parecía impresionado o sorprendido ante la visita de un barón; el difunto marido de su alteza había sido un duque y su hijo había heredado el título. Era él quien lo esperaba para recibirlo.

—Harrington —lo saludó con un breve asentimiento. No lo había visto desde la boda de su impulsiva hermana pequeña. Parecía mucho más feliz entonces, al menos no fruncía el ceño.

—Lord Bryant —respondió muy erguido y con una mirada de desaprobación—. ¿Puedo preguntar el motivo de su visita?

Una mirada de desaprobación era siempre un estímulo para él. La actitud de Harrington era más propia de un soldado que de un noble arrogante. Aquella visita podría llegar a ser más divertida de lo que había pensado. La idea de hablar con la duquesa no era tan mala, le daría la oportunidad de interpretar su mejor papel. Inclinó la cabeza hacia un lado y le ofreció media sonrisa al duque.

—He venido a ver a su madre.

Harrington entrecerró los ojos.

—¿Qué negocios se trae con ella?

—Bueno, nada de negocios. ¿Acaso un hombre necesita una razón para querer ver a una encantadora joven viuda?

El joven duque apretó la mandíbula.

—Bryant, espero que entienda que apreciamos su ayuda con Patience el año pasado, pero no vemos motivo para estar en deuda con usted.

—¿Ningún motivo?

—Ninguno. Patience estaría encantada de contarle a todos lo que ocurrió. No intentamos ocultarlo.

—Eso es interesante, pues no he escuchado ningún rumor sobre ella haciendo alarde de ser una sirvienta. Me parece que alguien ha debido de silenciar el asunto.

Aunque parecía imposible, el duque se irguió aún más. Por supuesto que Harrington iba a hacer lo posible por acallar cualquier rumor sobre su frívola hermana. Debía de haber hablado con todo el mundo que estuviera al tanto; todo el mundo menos Everton. Reprimió una risa. Tal vez se sintiera intimidado por él o, lo que era mucho más interesante, quizá confiase en él.

La puerta se volvió a abrir y su excelencia entró en la habitación; parecía mucho más una joven tía que la madre de un duque estirado. Era increíble lo que una sonrisa y un paso ligero hacían para mantener a alguien lleno de vida, lo que seguro que significaba que Everton parecería tan avejentado como para preocupar a Harrington. La duquesa solo tendría unos doce años más que Everton.

—Su excelencia. —Rodeó al hijo y, con un ademán ostentoso, besó la mano de su madre—. Ha pasado demasiado tiempo.

La duquesa se rio con suavidad y le acarició el hombro.

—Bailé con usted en el baile que organizó hace poco. Se le olvidó mandarme flores, pero una visita es mucho mejor. Le perdonaré. —Sonrió abiertamente.

Perfecto.

Oyó el gruñido de Harrington. Se recreó en la expresión contrariada del joven duque. Debería hacer visitas a domicilio más a menudo, en especial a viudas con hijos mayores.

Harrington caminó hacia él, lo agarró por el codo y lo empujó con fuerza hacia la puerta del salón principal. Everton se encogió de hombros al mirar a su excelencia cuando pasó por su lado. Lo llevó hasta la salida, cerró la puerta y lo volvió a empujar.

—Mi madre es joven, pero no lo suficiente como para seducirla. ¿A qué viene esto, Bryant? ¿Ha venido a chantajearnos por lo de Patience? Creía que era mejor que eso. No mucho mejor, pero menos miserable.

—No necesito dinero.

—Muchos hombres que no necesitan dinero quieren más dinero.

—Eso no es lo que quiero. La verdad es que me gustaría hablar con su madre.

Harrington frunció el ceño.

—Entonces no le importará si me uno.

—Esta es su casa y no podré evitar que se una, pero lo que tengo que decirle a su madre lo haré en privado, así que me veré obligado a volver cuando no esté en casa.

El duque agachó la cabeza y se frotó la nuca. Lo estaba poniendo de los nervios. El día estaba mejorando.

—Está bien. —Se dio la vuelta y avanzó por el pasillo.

—Gracias, su excelencia. Le aseguro que mis intenciones son honorables. —Harrington se detuvo un momento antes de negar con la cabeza y continuar.

Podría haber sido un buen amigo de Harrington si no se hubiera marchado y unido al ejército durante dos años, y si él no se hubiera convertido en... bueno, en lo que quiera que fuese.

Volvió al salón principal. La duquesa de Harrington estaba todavía de pie. La luz que entraba por la ventana situada tras ella realzaba su estilizada silueta y su cabello oscuro.

—No me disculparé por mi hijo. Creo que es un joven bueno y honorable.

—No esperaría que lo hiciera. Resulta que estoy de acuerdo —respondió—. Pero es bastante fácil ponerlo nervioso.

—¿Cree que eso era ponerse nervioso? —Señaló hacia la puerta con la cabeza—. Debería verlo cuando canto canciones de baile francesas. Se tiene que marchar de casa.

Everton se sintió aliviado. Había ido al lugar adecuado.

—Me gustaría verlo.

—¿Cómo ha estado estos últimos años? Solo lo he visto en algún baile y, por supuesto, en la boda de Patience, pero parece que nunca tenemos una oportunidad para hablar con tranquilidad.

Eso era cierto. Apenas habían pasado de expresarse mutuamente las condolencias por sus respectivos cónyuges.

—He estado... sobreviviendo.

—Ah, sí, conozco ese estado. Demasiado bien, además. —Dio un paso al frente y lo agarró del codo. Lo miró fijamente a la cara—. ¿Está durmiendo?

Everton parpadeó. Recordó los sueños, más bien pesadillas, que se repetían cada noche. Desde luego, estaba en el lugar adecuado. Tan adecuado que sintió la necesidad de salir corriendo por la puerta. La última vez que se había quedado dormido con facilidad fue con el pequeño Drue acurrucado sobre su pecho. Se aclaró la garganta, pero no pudo responder. La duquesa lo agarró con más fuerza.

—No tenemos que hablar de eso todavía. —Lo soltó y se sentó en un sillón tapizado de respaldo alto. Señaló a un sofá enfrente de ella. Se alisó el vestido y le dio un momento para que se recompusiera—. Ahora, asumiendo que no está aquí para cortejarme, ya que sé de primera mano que en realidad no corteja a mujeres, ¿a qué debo el placer de su visita?

Se sentó donde le había señalado.

—¿A qué se refiere con que no cortejo a mujeres? Cortejo a muchas mujeres.

—Cortejar a muchas mujeres, por definición, no es cortejar. Touché.

—¿Qué tal le va a su desastrosa hija? —Un cambio de asunto parecía la mejor salida.

—Está tan feliz como siempre. Nicholas y yo echamos de menos tenerla por aquí.

—Pero vendrá a visitarles.

—Sí, pero ya sabe cómo es eso. No lleva mucho tiempo casada y lo último que quiere es pasar tiempo aquí.

No, no sabía cómo era. Su primer y único año de matrimonio había sido... incómodo cuando menos.

—Sí, bueno..., me temo que mi matrimonio no era de esos que mantienen a los casados felizmente solos en casa.

La duquesa volvió la cabeza a un lado y arqueó las cejas. Nunca había hablado con nadie sobre su vida matrimonial, ni siquiera la señora Cuthbert comprendía por completo cuáles eran sus motivos para participar en sus tejemanejes.

—¿No amaba a su mujer?

Everton respiró hondo. Cerró los ojos para obligarse a mantener la calma. Podía hacerlo.

—Apenas la conocía, pero sí la amaba. —Recordó la imagen de Rachel sentada en su jardín, tomando una manzana de uno de sus muchos árboles frutales. Su cabello era tan claro que destellaba a la luz del sol—. Mucho.

—Entonces, ¿eran incompatibles? Querer cosas distintas no tiene por qué arruinar un matrimonio. He visto a gente tener una gran discusión un día y al siguiente ser feliz.

—No, no queríamos cosas distintas. Rachel hacía lo que le pedía. —Se llevó la mano al anillo que llevaba en el meñique y jugueteó con él—. Siempre lo hacía.

La mujer se quedó esperando, como si supiera que tenía mucho más que contar, pero ya se había sincerado más que con nadie antes. ¿Qué más quería de él?

Ah, sí. Él era quien había ido a visitarla. El brandi no había funcionado, y sus escándalos con mujeres habían ayudado un poco, pero todavía no conseguía dormir por la noche y sufría secuelas graves. Como sentir extrañas sensaciones por el leve roce de una mano o fantasear con que Diana Barton lo cuidaría si estaba enfermo. Dejó de girar el anillo frenéticamente y lo sujetó con firmeza entre los dedos hasta que le dejó la marca en las yemas.

—Amaba a mi esposa.

Nunca antes lo había dicho en voz alta, ni siquiera a Rachel. Decirlo en ese momento lo rompía por dentro. Le hizo sentirse débil, y odiaba la debilidad.

La duquesa observó su rostro con atención, y después la mano que todavía apretaba con firmeza el anillo. El barón dejó caer los hombros.

—Ah —suspiró la duquesa, con el ceño fruncido—. Ella no lo amaba a usted.

Bryant dejó caer las manos sobre el regazo mientras un aluvión de recuerdos lo invadía: despertar a su esposa la mañana siguiente a la boda y ver que se encogía de miedo intentando forzar una sonrisa; meses después de la boda, encontrarse la almohada empapada de lágrimas; llevarle platos de comida que recibía con resignación... Nunca cerraba la puerta entre ellos y, sin embargo, no le abría su corazón.

Era una joven tímida bajo el completo control de sus padres, y él no se dio cuenta de que no quería casarse hasta que ya era demasiado tarde.

Había arruinado su vida y cualquier oportunidad de felicidad. Y la desdicha la fue devorando hasta que al final huyó en pleno invierno.

Consiguió esbozar una sonrisa demasiado forzada.

—No, no me amaba.

—Lo siento mucho, lord Bryant. No lo sabía.

—¿Cómo iba a saberlo? ¿Cómo podía sospecharlo nadie? Tampoco es que se hable de estas cosas. ¿Cuánto conocía a su marido antes de casarse con él?

—No mucho —respondió en voz baja.

—¿Lo escogió usted?

—Mis padres organizaron el matrimonio, pero tuve algo que decir. Por lo menos estaba emocionada con el hecho de convertirme en duquesa. Era tan joven y él estaba tan lleno de vida que el resto llegó con el tiempo.

Tan lleno de vida. El duque había conseguido que su joven esposa se enamorara de él. Un hombre con suerte.

—Por desgracia, eso no ocurrió en mi caso —dijo con evidente disgusto. Era una historia bastante común. Sus padres y los de Rachel tuvieron matrimonios concertados. Si hubiese sospechado que había algo en Rachel que no pudiera amar, habría parado el proceso a tiempo. Pero era preciosa, tímida, con una voz dulce... Estaba seguro de que su matrimonio funcionaría. La emocionante estupidez de la juventud.

—Lo...

—No, ya ha dicho que lo siente. No he venido aquí en busca de compasión. Quería un matrimonio que fuera distinto al de mis padres. Con amor, sin hacernos daño el uno al otro. —Se quedó callado. Quería desahogarse, pero no hablar mal de su familia. Sus padres rara vez hablaban entre ellos y, cuando lo hacían, solo era para organizar su vida social. Un verano sorprendió a su madre gritando por la ventana. No esperaba que nadie la escuchara. Se sintió culpable al verlo entrar en su pequeña sala de estar.

Le mintió, diciendo que estaba asustando a unos cuervos de un árbol. Pero no gritaba por ningún motivo ajeno a aquellos muros; era el silencio entre sus paredes lo que la martirizaba.

En aquel momento juró que su esposa nunca tendría la necesidad de gritar por la ventana. Su matrimonio se nutriría con amor y respeto. No se rompería como el de sus padres.

En aquel momento no imaginó que el suyo pudiera ser peor.

Everton parpadeó, como si con solo cerrar los ojos pudiera evitar esos pensamientos. Pertenecía a una saga de gente infeliz y no podía escapar a eso. Volvió a fijar su mirada en la duquesa. ¿Sabía lo afortunada que había sido al tener amor en su hogar, a pesar del vacío dejado por el duque?

—He venido con la esperanza de que tenga alguna sugerencia.

—¿Sobre qué?

—Tiene razón; no estoy durmiendo bien. No he dormido bien en años. Durante un tiempo, lo intenté con alcohol, pero el maldito dolor de cabeza..., no merecía la pena y empecé a sentir que no estaba viviendo. No de verdad. Mis escándalos con mujeres ayudan.

—¿Los escándalos con mujeres le ayudan a dormir? —Se echó hacia atrás en la silla y se llevó la mano a la nuca, justo como su hijo poco antes. Eran muy diferentes, pero en pequeños detalles, podía ver el parecido.

—Cuando acaban, sí.

Asintió como si eso tuviera algo de sentido. Pero ya no era suficiente para él, un escándalo exitoso suponía invertir demasiado tiempo para conseguir dormir una noche.

—Lord Bryant, me temo que por mucho que quiera ayudarlo, no tengo respuestas. Como ya le he dicho, tampoco consigo dormir bien todavía. Patience no puede venir a casa a dormir conmigo todas las noches.

Se apoyó en el borde del asiento. En realidad, ni siquiera sabía qué pretendía con aquella conversación, pero no parecía que fuera a conseguir nada.

—¿Ha pensado en... quizá...? —No terminó la pregunta, pero sabía muy bien qué iba a decir, así que se armó de valor para escucharlo.

—¿En qué? —preguntó—. ¿En casarme otra vez, ahora que soy mayor, para que una joven se asuste todavía más de mí? —Rachel no solo no lo había amado, lo temía. El más mínimo contacto entre sus manos hacía que se llevara las suyas a la espalda—. ¿Ha visto las mujeres que se han casado esta última temporada? Apenas han salido de la guardería.

—No todos los hombres se casan con muchachas de dieciséis o diecisiete años.

—No, pero si se corre la voz de que estoy abierto a la idea, algunas se lanzarán sobre mí. De eso estoy seguro.

—Entonces haga que no se entere nadie y busque a alguien menos joven y más fuerte esta vez. No todas las mujeres son como *lady* Bryant.

Se calló una respuesta grosera. Su matrimonio había sido un desastre. ¿Por qué no lo entendía la duquesa? No haría pasar a otra mujer por lo mismo. Respiró hondo y cerró los ojos. Él había sido quien había acudido en busca de ayuda. Ella no le había ofrecido consejos sin solicitarlos. Incluso así, esperaba una recomendación mejor que el matrimonio. Ir allí había sido un error, así que era el momento de irse. Hablar con alguien tampoco parecía la solución.

Respiró hondo y, con una media sonrisa en el rostro, recurrió a su mejor arma. La zalamería.

—¿Menos joven y más fuerte, dice? Solo se me ocurre una mujer que coincida con esa descripción, y me temo que su hijo no lo aprobará.

La duquesa rio de un modo que le recordó la algarabía de las campanas de un pueblo.

—Ay, lord Bryant —comentó después de calmarse y secarse los ojos—. Puede que sea mayor, pero no creo que sea fuerte. No me extraña que todas las mujeres de la ciudad hablen de usted. No sé cómo ha podido evitar el matrimonio todos estos años.

—A veces ha sido todo un esfuerzo —admitió. Una vez casi terminé en un duelo. Qué ridículo que alguien me rete, como si fuera a aparecer... Se puso de pie. Había hablado sobre Rachel por primera vez desde que sus padres le comunicaron su muerte. Algo había avanzado.

La viuda se levantó inmediatamente después que él, lo que hizo menos grave su falta de cortesía.

—¿Ya se va? Estoy bastante segura de que nada de lo que he dicho le haya ayudado en algo.

Ahí tenía razón.

—No creo estar preparado para que me ayuden.

Lo más probable era que no lo dejara marchar después de haber admitido eso. Ninguna mujer de su edad se resistía a un joven rico en apuros. Pero, para su sorpresa, asintió y lo acompañó a la puerta.

—Si no quiere casarse, siempre puede probar a cantar. Eso es lo que hago a menudo.

—¿Y la ayuda a dormir bien?

—No. La verdad es que no. Pero a veces me relaja tanto como para caer rendida por un tiempo, así que sigo haciéndolo. Lo único que me ha ayudado alguna vez es mi familia: Patience acurrucándose conmigo en la cama y Nicholas hablándome por fin después de años de silencio. Mi familia me ha curado más de lo que esperaba.

Everton apretó los dientes.

—Yo no tengo familia.

—Y eso, querido muchacho, es por lo que le he sugerido el matrimonio. Es una de las pocas maneras de formar una. Pero si no está preparado para la felicidad, no hay nada que hacer. Yo, por mi parte, lo puedo entender. Nadie puede obligarlo a abrir los ojos y convencerse de que su futuro todavía puede ser prometedor.

Su futuro no era prometedor y por más que abriera los ojos eso no iba a cambiar. Tampoco creía que una esposa fuera a ayudar en su situación. Una esposa había sido el origen de todos sus problemas.

—El matrimonio es «una» de las maneras de crear una familia, dice. —Una en la que no estaba interesado—. Quizá pueda iluminarme revelándome algunas de las otras.

La duquesa le apoyó una mano sobre el hombro.

—Siempre será bienvenido en la nuestra. Venga cuando quiera.

—A Harrington le encantará.

—Oh, no haga el menor caso a Nicholas. En el fondo, le encanta que revolucionen su mundo perfecto y ordenado. Es lo que quiere o, por lo menos, eso es lo que me digo a mí misma todos los días.

Se paró a pensar un momento. Algo en las palabras desenfadadas de la duquesa y en su visión sobre los gustos de su estirado hijo, lo había tranquilizado, por lo menos un poco. El mayordomo le entregó el abrigo y el sombrero. Los tomó y le hizo una profunda reverencia a la duquesa. Caminó hasta el carruaje mientras reflexionaba sobre las dos sugerencias de la duquesa le había hecho. Considerar a los Harrington como su familia o encontrar a una mujer más fuerte y más madura que Rachel y formar una propia.

Su único año de matrimonio, en el que ni siquiera habían convivido todo el tiempo, había sido el peor de su vida. Y terminó de la manera más horrible posible.

Subió las escaleras del carruaje. Con suerte, Harrington se acostumbraría a tenerlo cerca.

Capítulo 15

DIANA SE HABÍA PASADO UNA semana sin su insignia dorada. La señora Oliver estaba garabateando un documento y su pluma rechinaba en el silencio. Mantuvo la vista fija sobre un papel. Se había prohibido mirar por la ventana desde el miércoles anterior.

Dejó de oír la pluma de su ayudante.

—Tal vez hoy...

Se levantó de golpe, arrastrando la silla, y la señora Oliver no terminó la frase. Puede que lord Bryant fuera al despacho, pero no era lo que sugería la tónica de los últimos días; y no quería hablar más del asunto. Ella fue quien los encerró en la trastienda y después provocó la invitación a tomar el té en casa de Charlotte. Diana tenía la sensación de que habían compartido algo en el cuarto infantil aquella noche, cuando habían dejado de lado el orgullo y la falsa indiferencia. Pero lord Bryant no debía de pensar lo mismo.

Cada día que la campanilla no sonaba para anunciar su llegada se avergonzaba más de su actitud aquel día. Galopar por la habitación... Poner voces ridículas... Apartarle el cabello de la frente... No podía pensar en eso sin abochornarse. Había dejado caer muchos muros aquella noche y había tratado a lord Bryant como a un amigo. O tal vez había actuado como una mujer rendida ante el barón.

No era de extrañar que no hubiera vuelto.

Aquello nunca había sido parte del acuerdo. Dirigió la mirada a la ventana y apretó la pluma en la mano hasta que la rompió. Necesitaba salir de la oficina.

—Me acabo de acordar de que he de comprar otra copia de *Bradshaw's Railway Timetables*[3].

La señora Oliver frunció el ceño.

—Pero...

Se movió a un lado para que la empleada no mirara la estantería de libros detrás de su escritorio. El ejemplar que tenía Nate de la guía estaba ahí sano y salvo.

—Quiero una para mí. No debería tener que utilizar siempre la de Nate.

Rodeó el escritorio. La señora Oliver se levantó de la silla.

—¿Qué librería le gustaría visitar?

Maldito decoro... Tenía que depender de la señora Oliver para que la acompañara a todas partes. Quería alejarse de ella tanto como de la oficina. ¿Por qué no había hecho más amigas mientras estaba en Londres? Podría preguntar a Charlotte si podía unirse a ella, pero entre que recibiera el aviso, se preparase para salir de casa y llegara a la oficina, pasaría otra hora. No podía esperar.

—Hartform's.

—¿Hartform's? Pero está al otro lado de la ciudad.

Precisamente por eso. Lo último que quería era pasar el día en el despacho. Así no vería a lord Bryant si al final se decidía a aparecer; y tal vez «él» fuera el desilusionado por no verla a «ella». Estaba cansada de ser siempre la que esperaba. Se ató el nudo de la capota bajo la barbilla.

---

3   N. de la Trad.: Guías de viaje que incluían líneas y horarios del ferrocarril, editadas a partir de 1839 por George Bradshaw.

—Sé que está al otro lado de la ciudad, pero estoy segura de que la tienen. No quiero perder el tiempo en una de esas librerías pequeñas que hay cerca de aquí.

La señora Oliver frunció el ceño, pero no la contradijo. Hartform's era una librería grande, pero no mucho más grande que la situada en la misma calle de la oficina.

Cuando el carruaje paró en Hartford's, ya se había arrepentido de cruzar la ciudad. La señora Oliver no paraba de hablar cuando estaba atrapada en un espacio reducido. Por lo menos en el despacho tenía trabajo para entretenerse. Salió del carruaje tan pronto como el conductor abrió la puerta.

Algo había cambiado en la tienda.

A menudo iba a Hartford's y, aunque por lo general solía ver a mujeres, nunca eran tantas, ni estaban todas juntas quitándose la palabra unas a otras. Unos pocos clientes miraban libros en silencio, pero la mayoría formaba un amasijo de sedas y algodones junto a la sección de geología.

—¿Qué demonios...? —La señora Oliver había entrado detrás de ella. Se volvió para encogerse de hombros cuando se abrió un hueco en el grupo de mujeres y vio un perfil familiar. Su empleada esbozó una sonrisa—. ¿Es ese lord Bryant?

Diana estiró la mano para tomar de la su acompañante. Tenían que salir de la librería antes de que el barón las viera. Aquello no era un baile, pero seguía siendo un incumplimiento de su promesa de no acercarse a él en público. Nunca habría considerado Hartford's un club social; pero, al parecer, lord Bryant tenía la capacidad de convertir cualquier establecimiento en el lugar de moda. La señora Oliver se le escapó y se dirigió hacia el caballero —por supuesto, con el pañuelo y el cabello impecables— rodeado de mujeres.

Alcanzó a su ayudante y la hizo retroceder un par de filas de estanterías justo antes de llegar a la multitud. Tenía que lograr que se mantuviera callada. Todavía pensaba en él como un pretendiente leal y galante.

—Será mejor que no molestemos a lord Bryant mientras se ocupa de sus asuntos.

—Lord Bryant siempre está encantado con nosotras, estoy segura de que no lo molestaremos.

—Pero a esas señoritas puede que sí.

—Esas señoritas deberían saber a lo que se enfrentan. Es obvio que van tras su título. En cuanto vean cómo la mira a usted lord Bryant todas sabrán que han perdido. Parece bastante incómodo, así que igual debería acabar con su sufrimiento. ¿Qué tipo de hombre quiere un montón de mujeres entreteniéndolo cuando intenta comprar un libro?

¿Que qué tipo de hombre? Lord Bryant, justo ese tipo de hombre. Estaba segura de que se estaría divirtiendo. Se asomó desde detrás de la estantería de madera oscura para confirmar sus pensamientos.

Sonreía a una bella dama de cabello color caoba, pero no era la sonrisa encantadora de siempre. Las mujeres que lo rodeaban no parecían divertirse, pero tampoco iban a interrumpir.

Justo en ese momento, lord Bryant miró hacia su escondite. Se ocultó mejor, pero ya era demasiado tarde. La había visto. Diana tomó la mano de la señora Oliver.

—Me ha visto.

—Bueno, entonces tendrá que acercarse a él. No puede hacer como que no ha visto al hombre que es casi su prometido. —Le dio un empujoncito hacia donde estaba el barón, pero ella se mantuvo firme. No podían verlos juntos. Desde luego no podían verla allí con él; tenía tantas posibilidades de que la señora Oliver dijera algo sobre ellos como de que lord Bryant lo negara.

—Nunca pensé que fuera tímida. Sí, esas mujeres están mejor vestidas que usted; y sí, la mayoría puede que estén más preparadas para las relaciones sociales que usted. ¿Cuándo iba a tener tiempo para cultivar sus talentos? Además, todas ellas, incluidas las madres, son más jóvenes y con cara de niña. No es culpa suya que tenga que pasarse todo el día en una oficina rodeada de números mientras ellas se quedan tranquilamente en casa. —Sonrió como si estuviera elogiando a Diana de la mejor manera—. Aunque su rostro no sea tan simétrico, él la ha elegido a usted. No se preocupe por ellas y vaya a hablar con lord Bryant.

¿No era tan simétrico? ¿Qué demonios había querido decir la señora Oliver...?

Volvió a empujarla. Esa vez estaba desprevenida y avanzó hacia el espacio abierto de la librería. Al desequilibrarse, intentó agarrarse a cualquier cosa para no caerse al suelo delante de todos. El único asidero posible era un gran globo terráqueo justo al lado de la estantería de libros donde se había escondido. Se aferró a la peana, que terminó por los suelos.

La esfera rodó hacia lord Bryant y el cúmulo de muselina y seda que lo rodeaba.

En la tienda solo se oía el tintineo del eje que sujetaba el globo terráqueo cada vez que el metal golpeaba el suelo y que cambiaba constantemente la dirección de la esfera.

Todas las miradas estaban fijas en Diana.

Solo una joven al lado de un dependiente permanecía ajena a todo.

—Necesito más información sobre coprolitos. —Su voz resonó por toda la tienda—. ¿Está seguro de que no tiene la obra *Geología y mineralogía* de Buckland...? —Paró de hablar cuando al fin se dio cuenta de lo que ocurría a su alrededor. El globo se detuvo a medio camino entre Diana y la multitud.

La señorita Barton miró a los ojos al dependiente.

—Lo siento mucho —gesticuló con la boca y, sin mirar hacia lord Bryant para ver si la estaba viendo (y así era), caminó sin hacer ruido hasta el globo y se agachó para recogerlo. Lo levantó ayudada por un par de fuertes brazos.

—Puedo yo sola —musitó sin mirar arriba. Solo podía haber un hombre en Londres con unas manos que parecían esculpidas por Miguel Ángel. ¿Dónde estaban sus guantes?

—Ah, ¿sí? —Había cierto tono de humor en su voz.

—Por supuesto que puedo. No es difícil volver a colocar un globo en su peana. —Se le resbaló y lord Bryant lo sujetó rápidamente para evitar una segunda caída.

—¿Por qué no lo llevo yo?

Ella cedió. Se miraron un breve instante y ella se quedó sin aliento. En una semana había olvidado la intensidad de aquella mirada. Le tembló un poco la mano al retirarla.

—Sí, será mejor. —Necesitaba alejarse de él. ¿Por qué demonios tenía que estar en esa tienda en ese preciso momento?—. Iré a disculparme ante el dependiente otra vez y ver si he de pagar por los daños.

El barón miró el globo.

—No ha sufrido ningún daño. —Volvieron a cruzar la mirada y, esa vez, él fue el primero en apartarla—. Yo me ocuparé del globo, pero usted debe irse. *Lady* Emily está aquí y preferiría que no se conocieran. —¿*Lady* Emily? ¿Allí? Diana torció la cabeza hacia un lado mientras observaba el grupo de mujeres que los miraba a los dos. ¿Cuál de ellas sería?

—Debo advertirle que la señora Oliver está detrás de aquella estantería.

Apretó los labios y ella apartó la mirada. Ver los labios de lord Bryant era incluso peor que enfrentarse a sus ojos. Se pasó el globo de una mano a otra. No llevaba la insignia en el pecho. ¿Se había olvidado de ella? ¿Acaso trataba las cosas de valor con tan poco cuidado como a las mujeres?

—Puedo manejar a la señora Oliver, pero usted tiene que marcharse lo antes posible.

Dio un pequeño paso para alejarse de él, pero pisó mal. Si no tenía cuidado, daría otro espectáculo. Diana asintió, nada quería más que irse de la tienda. Los pasos medidos de lord Bryant resonaron por el suelo mientras devolvía a la peana el globo.

Miró hacia la puerta. Podría salir corriendo y dejar que el barón hablara con el dependiente, pero eso sería una cobardía por su parte. No tenía una relación con él, no debería esperar que solucionara sus problemas. No quería comprometerlo. Ya se había apresurado para ayudarla con la esfera. En realidad, ella no había hecho nada mal.

Bueno, por lo menos a propósito.

Aspiró profundamente. Por suerte, el dependiente no estaba entre la multitud de admiradoras del barón; seguía hablando con la misma joven. Dio un rodeo para evitar el corrillo de mujeres y llegó al lado del librero.

El hombre se subió los anteojos y asintió.

—Puedo pedirle el libro.

La señorita sonrió.

—Sí, por favor, pídalo. Me fascinan estos coprolitos. Se pensaba que eran piedras bezoares, ya sabe, pero Mary Anning[4] los estudió y he oído que hablan de ello en el libro de Buckland.

El dependiente asentía, pero miraba a lord Bryant, que ya debía de haber colocado el globo terráqueo en su lugar. Esperó un momento para no interrumpir a la clienta. Parecía muy decidida a encontrar el libro y leer sobre coprolitos, fuera lo que fuese aquello.

Dio un paso al frente.

—Debo disculparme por el incidente de hace un momento. —Habló en voz baja; pero, aun así, algunas mujeres se acercaron. ¿Por qué no habían vuelto con lord Bryant? Él debía de ser la razón por la que estaban allí. Parecía que la única que no estaba interesada en el barón era a la que estaba interrumpiendo—. No me ha parecido ver ningún daño en el globo, pero me gustaría dejar mi nombre para poder repararlo en caso de que usted aprecie alguno.

El hombre se quitó los anteojos.

—Señorita Diana Barton, ¿no es así? Ha estado aquí antes. Si dice que no tiene daños, estoy seguro de que así será. Enviaré a un mensajero en caso de que hubiese algún problema.

---

4   N. de la Trad.: Mary Anning (1799-1847), considerada la primera mujer paleontóloga, fue reconocida por importantes hallazgos para el conocimiento científico del período Jurásico.

—Gracias. —Hizo un gesto de disculpa con la cabeza tanto a la señorita como al dependiente antes de volverse para salir. La señora Oliver todavía estaba hablando con lord Bryant, pero la esperaría fuera.

—Bien, *lady* Emily —continuó el dependiente—. Estaba un poco distraído. ¿Qué era exactamente lo que le interesaba? ¿Piedras bezoares?

¿«*Lady* Emily»? Se paró en seco y se dio la vuelta. ¿Esa joven rubia era *lady* Emily? Era solo una muchacha. Llevaba un atuendo elegante y un peinado impecable, pero su rostro era el de una niña. ¿Esa era la mujer a la que lord Bryant pretendía? ¿La razón por la que al principio se negó a ayudarla? ¿Y la razón por la que ella tenía que evitar cualquier aparición en actos sociales? ¿Cómo había descrito su situación con *lady* Emily?

Delicada.

Estaba de acuerdo con eso. Sin duda alguna, *lady* Emily era delicada.

Lord Bryant todavía estaba detrás de la estantería. Algunas de las mujeres se habían reunido de nuevo con él y, en ese momento, también con la señora Oliver. Eso podía acabar en desastre. Se le revolvió el estómago al imaginarse a la joven que tenía ante ella intentando mantenerse inmune a los encantos del barón. Diana sabía lo que era eso. Cuando apenas era una niña ese hombre la había encandilado por completo. ¿Sería consciente lady Emily del lío en el que se estaba metiendo?

Se dirigió de nuevo hacia ella y el dependiente.

—No ha dicho piedras bezoares. De hecho, ha dicho alto y claro que eran diferentes de las piedras bezoares.

Lady Emily se volvió hacia ella y la miró. Tenía los ojos de color azul claro.

—¿Le gusta la geología? ¿Ha oído hablar de los hallazgos de Mary Anning?

Era una fascinante cazadora de fósiles.

—Sí, he oído hablar de ella.

—Entonces conoce su hallazgo. ¿Cómo es posible? Coprolitos. Ahora que se sabe lo que son en realidad, se va a poder obtener mucha información de esas piedras.

Diana no sabía esos detalles. Y lo que era más importante: no sabía cómo convencer a esa joven de que se protegiera el corazón de lord Bryant. Era un sinvergüenza y un canalla, aunque también fuera encantador.

Tal vez el peor de los sinvergüenzas.

Y de repente apareció junto a ella.

—Su amiga, la señora Oliver, ha dicho que la esperaría fuera.

—Ah.

Se quedó en blanco y sin saber qué hacer. No había advertido a *lady* Emily, había provocado una escena y no era capaz de quitarse de la cabeza la imagen de los dos, lord Bryant y *lady* Emily, bailando. Estar sentados en su oficina, incluso a solas con él, no era lo mismo que bailar. No era lo mismo que susurrar al oído en un salón de baile. Solo pudo parpadear y darse la vuelta para marcharse. De repente el aire de la librería parecía sofocante, denso y brumoso, y sintió como si estuviera invadiendo una tierra prohibida.

Una pequeña mano se posó sobre su antebrazo.

—Espere. —*Lady* Emily había dado un paso al frente—. No hemos terminado nuestra conversación sobre coprolitos.

Lord Bryant abrió los ojos.

—¿Estaban hablando sobre coprolitos?

—Sí, por fin he encontrado a otra mujer interesada en la geología y la paleontología.

Arqueó una ceja por encima de su perfecta nariz.

—¿En serio?

—¿Qué son los coprolitos? —preguntó una joven que había seguido al barón.

—Sí, señorita Barton —intervino él—. Por favor, cuéntenos lo que son los coprolitos.

Ay, Dios. En ningún momento había llegado a decir que supiera qué eran los coprolitos.

—Es un tipo de piedra muy interesante... —Jugueteó con el cinturón y miró a *lady* Emily pidiendo ayuda, pero se había escondido un poco detrás del dependiente en cuanto la otra mujer comenzó a hablar. La sonrisa de lord Bryant se agrandaba cada segundo y podía ver la blancura de sus dientes.

Ladeó la cabeza.

—¿Pero se consideran piedras?

Lady Emily lo había llamado piedra. ¿Qué iba a ser si no?

—Mary Anning ha dicho algo fascinante sobre ellos. ¿No es así, *lady* Emily?

La aludida dio un pequeño paso adelante. Observó el grupo de cuatro o cinco mujeres que se habían reunido alrededor de Diana y lord Bryant y luego al librero. Al parecer, le incomodaba hablar delante de tanta gente.

—Bueno... —dijo con timidez y con la mirada en el suelo. Lord Bryant sacudió la cabeza con un gesto elocuente. No quería que *lady* Emily siguiera—. La verdad es que es extraordinario. Gracias a estos fósiles se podrá entender mucho más sobre qué comían las antiguas criaturas, extrañas y maravillosas. Al principio, los científicos pensaron que eran piedras bezoares, porque solían encontrarlos en el abdomen. Pero no eran piedras que los animales se hubieran tragado. —Al fin reunió valor para levantar la vista y fijó los ojos en los de Diana.

Lord Bryant caminó hacia *lady* Emily con la mano extendida. Diana podía ver el entusiasmo en el semblante de la joven. Vencía la timidez solo al poder hablar de un asunto que le interesaba.

Lord Bryant la tomó por el codo.

—*Lady* Em...

Ella miró al resto de mujeres y continuó:

—Son materia fecal fosilizada, por supuesto. Es increíble que nadie se hubiera dado cuenta antes.

Una dama mayor tosió detrás de Diana.

—¿Materia fe... fecal? —Se oían más toses por toda la librería. Lord Bryant se tocó la frente con un breve movimiento, después cuadró los hombros y se acercó a *lady* Emily.

—Es fascinante, ¿verdad?

Asintió entusiasmada. El barón le dirigió a Diana una mirada que encerraba una llamada de ayuda.

¿Quería que ayudara a *lady* Emily? ¿Su última conquista? Respiró hondo.

—He de admitir que me sorprendió cuando lo oí. —Hacía unos minutos—. Pero sí, creo que son, como usted dice, fascinantes.

—Los coprolitos revolucionarán nuestro conocimiento sobre la dieta, la vegetación y el sistema digestivo. Las heces pasan...

Lord Bryant se puso delante de *lady* Emily y se dirigió al resto de oyentes:

—He oído que los coprolitos pulidos se van a convertir en piezas codiciadas. Mucho más extravagantes y caros que las piedras bezoares y más interesantes que el ámbar. —Se sopló las uñas y las frotó contra su chaleco—. Por eso, después de haber oído hablar de ello a *lady* Emily, yo mismo he pedido un anillo con un coprolito engastado.

No podía ser cierto. Nadie se movió, pero todas las mujeres miraban a *lady* Emily y a lord Bryant. Aquel escrutinio borró todo el rastro de entusiasmo que la joven había mostrado al hablar de los fósiles. Se sobresaltó con una tos procedente del fondo de la librería y no dejaba de mirar la puerta. Necesitaba salir de allí.

Diana negó con la cabeza. No podía sino ayudar a la pobre mujer. Si se hubiera marchado tan pronto como vio a lord Bryant, aquello no habría pasado.

—Me encantaría saber dónde ha pedido ese anillo, lord Bryant. Estaba pensando en encargar un broche para mí y me gustaría hacerlo antes de que los coprolitos estén demasiado solicitados y resulte difícil encontrarlos.

Las mujeres comenzaron a susurrar entre ellas.

—Sí, lord Bryant, por favor, díganos qué joyero los está vendiendo —dijo una.

Lord Bryant sonrió de forma poco convincente. Estaba mintiendo sobre todo el asunto para apartar la atención de *lady* Emily.

—Si se lo digo ahora, ¿cómo me aseguraré de conseguir todas las piezas que necesito? No, me temo que tendrán que hablar con sus propios joyeros para ver si disponen de esas piezas.

Diana aprovechó las protestas de las presentes para acompañar a *lady* Emily hacia la puerta.

—¿Quién es su carabina? —le preguntó en voz baja.

—Mi madre, pero se ha ido a la tienda de encajes un momento. No le gustará enterarse de que he estado otra vez hablando sobre Mary Anning. Odia cuando hablo de ella.

—¿La ha dejado aquí sola?

—La señora Nixon está aquí y ha dicho que iba a cuidar de mí.

No tenía ni idea de quién era la señora Nixon, pero no importaba. Mientras se quedasen en alguna parte de la tienda, su reputación estaría a salvo.

—Veamos qué otros libros sobre geología tienen aquí. Sé que no tenían el que estaba buscando, pero quizá dispongan de otros que le puedan interesar.

—Ya los he leído.

Lady Emily no había captado la intención de Diana. Bajó la voz.

—Incluso si ya lo ha hecho, ¿preferiría quedarse aquí teniendo que seguir con esa conversación?

La joven abrió la boca con gesto de sorpresa al darse cuenta de la maniobra.

—No —susurró.

Las dos se alejaron en silencio, otra vez más dejando a lord Bryant atrás para resolver el desastre que había causado. *Lady* Emily pasó un dedo por los libros.

—¿Estará bien?

—¿Con todas esas mujeres? —Echó un vistazo. No podía oír lo que estaba diciendo, pero la manera en la que movía los brazos parecía indicar que se estaba divirtiendo—. Estará bien.

Lady Emily dejó de caminar y se dio la vuelta.

—¿Quién es usted?

—Soy la señorita Diana Barton.

—Eso la he oído decir antes. —Fijó la mirada en el centro de la tienda—. Pero ¿quién es para él?

No hacía falta preguntar de quién estaba hablando. Esa era justo la razón por la que no debía estar en la misma habitación que ella. Sospechaba de la relación de Diana con su potencial pretendiente. La señorita Barton sintió una enorme empatía por aquella joven de voz suave fascinada por los fósiles. *Lady* Emily no era como había imaginado. ¿Sabía qué tipo de hombre era el que la pretendía? ¿Sabía a cuántas otras mujeres había cortejado solo aquel año? ¿Debería advertirle de ello?

Diana deslizó un dedo por una balda de madera. Por lo menos podría darle alguna pequeña pista. La reputación de lord Bryant no era ningún secreto.

—Como muchas otras mujeres, en realidad no soy nada para él. Ya sabe cómo es.

Esa declaración no pareció preocupar a *lady* Emily, ni siquiera parpadeó.

—Pero la mira —repuso *lady* Emily—. Y no lo hace como a otras mujeres. A veces me observa a mí cuando digo algo inesperado, pero hoy no ha dejado de fijarse en usted ni un momento. Lleva haciéndolo desde que ha entrado en la tienda.

¿La había visto cuando entró?

—Seguro que es porque soy una molestia para él.

—Entonces supongo que eso es lo que está buscando.

No tenía ni idea de a qué se refería, pero le ponía nerviosa la sola idea de lord Bryant mirándola. No podía verlas —la estantería las tapaba a las dos—, pero debía de estar preguntándose de qué hablaban entre ellas. Intentó librarse de un repentino sentimiento de culpa. No había dicho nada malo. En realidad, no.

Diana sopló el dedo enguantado que se había manchado con el polvo de la estantería.

—Mi carabina está esperándome fuera. Debería irme.

—Me ha gustado hablar con usted. No es muy frecuente que me encuentre con alguien tan fascinado por los fósiles y las piedras como yo.

Sonrió e hizo una pequeña reverencia.

Debería leer un par de libros más por si acaso volvía a encontrarse con *lady* Emily. Coprolito era el único término paleontológico que conocía, y seguramente no volvería a pronunciarlo nunca.

No buscó la mirada de lord Bryant cuando pasó a su lado. Hizo un gesto al dependiente para despedirse y salió a la calle.

❦❦❦

Everton se aseguró de que la puerta se cerraba tras la señorita Barton. Se tenía que haber ido cuando se lo pidió. Aunque, pensándolo bien, debía haber sabido que no lo haría.

La visita a la librería había sido un desastre.

La señorita Barton y *lady* Emily habían hablado; varias chismosas de la alta sociedad lo habían visto junto a Diana, y los hombres pretenciosos de todo Londres iban a tener que averiguar cómo pulir los coprolitos.

Todo porque pensó que una salida a la librería resultaría una actividad más estimulante para *lady* Emily que una cena o un baile. Y la verdad es que se había sentido más cómoda allí, quizá demasiado cómoda, pero los coprolitos y Mary Anning no iban a mejorar su situación social.

Se dio la vuelta y vio que *lady* Emily, una vez más, se había escondido detrás de una estantería. Para acercarse tendría que esquivar a aquellas mujeres. No podía marcharse sin despedirse. La mayoría de las damas de la tienda eran agradables cuando estaban solas, pero allí había más de media docena. Incluso para él, era demasiado.

Le costó más de media hora salir de la librería, pero, al final, lo logró. Caminó por la calle llena de tiendas. Estaba lejos de Rochester y de la oficina de Ferrocarriles Richardson. La señorita Barton habría alquilado un carruaje, así que no había ninguna oportunidad de que la alcanzara si salía a buscarla. Tampoco sabía qué le diría si lo hiciera.

Se había vestido para ir a verla dos veces aquella semana, pero después de la visita a la duquesa de Harrington no tenía ánimo para acercarse a su despacho. Cada día miraba la pequeña insignia dorada sobre la cómoda. Cada vez que su ayuda de cámara le ataba el pañuelo, recordaba las palabras «alguien más fuerte y más madura». En dos ocasiones había tomado las manos de John mientras le hacía el nudo y le había hecho parar.

No quería pensar que la señorita Barton cumplía los requisitos de «más fuerte y más madura». Lo era más que Rachel, pero seguía siendo muy joven. Poseía aún una luz demasiado resplandeciente como para apagarla. Si seguía el consejo de la duquesa, necesitaría a alguien que hubiera visto más crueldad, alguien tan insensibilizado como él; alguien sin todo un futuro prometedor por delante. Juntos, él y la desengañada mujer «más fuerte y más madura» tal vez podrían salir adelante y compartir una vida. Tal vez sería mejor que continuar solo.

No estaba, de ninguna manera, listo para dar ese paso. Pero por primera vez desde la muerte de Rachel, admitía que el matrimonio era una posibilidad de futuro. Todavía dudaba, pero la duquesa le había abierto los ojos. No todas las mujeres tenían un futuro esperanzador ni iluminaban una habitación en cuanto entraban.

Sin embargo, la señorita Barton sí.

Así que se mantuvo alejado.

Y continuaría manteniéndose alejado mientras tuviera la visión de sus ojos de color cobre cada noche cuando apoyaba la cabeza sobre la almohada. Cuando pudiera mostrarse indiferente e irónico ante ella, volvería a visitar su oficina.

Otra semana sería suficiente.

Dejó de caminar y miró a su alrededor. Estaba a tres manzanas de la calle Rochester y su casa quedaba en dirección contraria. Se dio la vuelta.

Una semana quizá no fuese suficiente.

Capítulo 16

DIANA CERRÓ LA SECCIÓN DE sociedad y dejó el periódico sobre la mesa. Lord Bryant había ido a jugar a las cartas y a la ópera, así que no estaba enfermo ni indispuesto. Había pasado una semana desde que se encontró con él en la librería y dos desde que había hablado con él a solas.

Desde el principio supo que ese momento llegaría.

El aliciente de la novedad había desaparecido.

O tal vez estuviera enfadado con ella. Había hablado con *lady* Emily después de haberle pedido claramente que no lo hiciera.

Cualquiera que fuera la razón, no admitiría que lo echaba de menos. Ni siquiera cuando le daba sus excusas a la señora Oliver todos los días.

La campanilla sonó y Diana dirigió la mirada a la puerta.

Ahí estaba. Mirándola con aquellos ojos verdes penetrantes.

La señora Oliver dio unas palmadas. La joven agarró la pluma con más fuerza para evitar hacer lo mismo y reprimió una sonrisa. Lord Bryant era un accionista de la empresa y le sonreía de la misma manera que al resto de inversores de la empresa.

Tenía las ojeras más pronunciadas que la última vez que lo había visto y, como siempre, el pañuelo torcido.

—Buenos días, señorita Barton.

—Buenos días —contestó. Ninguno de los dos mencionó el tiempo transcurrido desde su último encuentro y apenas se cruzaron la mirada un instante. Después él observó su escritorio.

—¿Puedo? —señaló el periódico.

—Por supuesto.

Alcanzó el periódico, luego tomó su silla y la llevó al otro lado de la estancia, junto a la señora Oliver. Nada fuera de lo normal. En otras ocasiones también alternaba entre el escritorio de Diana y el de su ayudante.

Ella prefería que se sentase junto a la señora Oliver. Tener a alguien mirando por encima del hombro mientras trabajaba era, cuando menos, molesto. Pero incluso sentado lejos la distraía.

Diana ordenó los papeles del escritorio. Con los documentos ya entregados en el Parlamento, todavía tenía mucho trabajo por hacer. No tenía tiempo para coqueteos. Él abrió el periódico y comenzó a leer. No aludió a su ausencia y actuó como si nunca hubiese dejado de visitarlas.

—¿Sabía que *lady* Baldwin se ha retirado al campo? —Lord Bryant inclinó el periódico hacia delante para mirar a Diana.

Fingió que hacía un alto en su tarea, aunque llevaba mirándolo por lo menos un par de minutos.

—No he tenido trato con ella. No, no lo sabía. ¿Debería conocerla?

—No, supongo que no —admitió el barón, antes de mirar de nuevo el periódico. No podía seguir mirándolo, así que volvió a tomar la pluma. Siempre sentía que la oficina estaba vacía tras la marcha de Nate y el señor Richardson, y lord Bryant parecía llenarla otra vez, aunque lo único que hacía era perder el tiempo. Tal vez fuera por eso que lo echaba de menos cuando no estaba.

—Lord Bryant, ¿qué es en realidad lo que hace todos los días? —Quería oír alguna excusa. Estaba segura de que tenían algo más que decirse el uno al otro que «buenos días»—. Aparte de pasar tiempo en mi oficina, claro.

Volvió a doblar el periódico y arqueó una ceja.

—¿Que qué hago?

—Sí, ¿qué hace?

Miró por toda la habitación.

—Supongo que hago esto.

—He dicho «aparte» de estar sentado en mi oficina.

—Sí lo ha dicho, pero no estoy solo sentado en su oficina, ¿no?

—No, no lo está —intervino la señora Oliver—. También está leyendo un periódico.

—No estoy segura de que lord Bryant se refiriera a eso. —Lo había visto mirar por encima del periódico hacia ella, no estaba leyendo. Solo buscaba un pasatiempo pasando páginas.

—Vamos, Diana, los dos sabemos por qué estoy aquí, y no es porque necesite un lugar para leer el periódico.

Estaba allí porque ella le había pedido que fuera. Él la estaba ayudando. ¿Acaso le estaba sugiriendo que se pasaba los días ayudando a mujeres? Eso era absurdo. Tenía que referirse a otra cosa, pero ¿a qué?

Recordó la espantosa noche en que lo había visitado. No le había pedido que la ayudara, le había pedido que arruinara su reputación. Lord Bryant no pasaba el tiempo protegiendo a mujeres: las arruinaba. Al parecer, era su objetivo en la vida. Se le revolvió el estómago y sintió un sabor desagradable en la boca. Lord Bryant se dio cuenta del cambio en su expresión y asintió como si no hubiera nada malo en su entretenimiento.

Ella entrecerró los ojos.

—Podría encontrar algo más interesante que hacer con su talento.

—¿Quién ha dicho que tenga talento?

—Veo cómo supervisa mis cuentas. A veces, incluso ha señalado orgulloso algún que otro error. Esas son cosas que a mí me llevó semanas aprender y usted las hace sin esfuerzo.

Lord Bryant chasqueó la lengua.

—Querida, eso podría ser un comentario sobre su talento, no el mío.

Bufó.

—Podría ser, pero no lo es.

Él le guiñó un ojo.

—No, no lo es.

—¿Entonces? ¿Qué hace para ejercitar su intelecto y...? —No terminó la pregunta, pero lord Bryant se dio cuenta de que Diana miró las mangas de su abrigo ajustado. La mayoría de lores no tenía una figura atlética como la suya, sobre todo aquellos que pasaban el tiempo sin hacer nada.

Arqueó una ceja y soltó una risita, pero no de las que le fueran a dar puntos a ella en su competición. En todo caso, la evaluación detenida de su físico debería haberle hecho perder uno o dos puntos a ella.

—Practico esgrima, tengo un par de negocios propios y, en general, tengo la cabeza ocupada, además de leer, como ya le he comentado.

Dobló el periódico y se levantó. Caminó lentamente hacia el escritorio y Diana no pudo evitar fijarse en que sus piernas parecían tan en forma como sus brazos. Esgrima. Quizá debería probarlo ella también. Lord Bryant apoyó ambas manos sobre la mesa y se inclinó hacia delante. Solía hacer eso cuando quería decir algo para que solo lo oyera ella.

—No digo que sea un genio ni mucho más inteligente que un académico mediocre, pero sí es verdad que tengo una mente inquieta. —La señora Oliver estaba muy entretenida mirándolos. Después del incidente del almacén, Diana le hizo prometer que no volvería a dejarla a solas con ningún hombre en el despacho, ni siquiera con lord Bryant—. Salvo cuando vengo aquí.

Diana apartó la vista de golpe de su ayudante y la fijó en la mirada penetrante de lord Bryant.

—¿Perdón?

—¿No se ha dado cuenta?

La cercanía de lord Bryant encendió todas las alarmas. Sin poder articular palabra, sacudió la cabeza. Nunca sabía exactamente a qué jugaba lord Bryant, pero ese era juego era peligroso.

—Aquí consigo cierta calma. Mi único objetivo es ayudarla, y puedo hacerlo la mayoría de veces con solo quedarme sentado en una silla. Esta oficina es un refugio y he llegado a apreciar las horas que paso aquí, con su pluma garabateando en un papel mientras la señora Oliver nos mira a los dos.

—Oh.

Lord Bryant sonrió. Esa sonrisa valía cientos de puntos. Estaba ganando esa mañana, y él lo sabía. Se le tenía que ocurrir algo más ingenioso que decir «oh».

—Entonces, ¿por qué no le hemos visto por aquí en dos semanas?

Apretó los labios.

—No estaba seguro de si su oficina seguía teniendo el mismo encanto.

¿Por qué? ¿Qué había cambiado en su despacho?

—¿Y lo sigue teniendo?

—Sigo sin estar seguro.

Volvió a la silla, abrió el periódico y se puso a leer.

Ella inclinó la cabeza otra vez sobre los documentos. Oía cada vez que él pasaba una página. Se preguntaba qué le hacía reír de vez en cuando. La desgracia de algún pobre tipo, sin duda.

Tras una sonrisa encantadora y una figura imponente se escondía ese tipo de hombre. Uno que seguro que se estaba riendo ante las desgracias de otros. Le precedía la fama de jugador y libertino.

Diana murmuró una maldición tras comprobar que se le había secado la tinta de la pluma. Lord Bryant se volvió a reír y, esa vez, estaba casi segura de que no era por algo que hubiera leído. La aparente tranquilidad del barón contrastaba con su inquietud, incapaz de relajarse en su presencia.

—Se acaba de parar un caballo en frente de la oficina —anunció lord Bryant—. ¿Qué debería hacer para ahuyentar a ese joven?

Lo más seguro es que no tuviera que hacer nada, en las últimas semanas no había recibido ninguna visita indeseada. Vio un precioso frisón negro por la ventana. Golpeó el escritorio con ambas manos. El jinete se había bajado por el otro lado, así que no podía verlo con claridad, pero no lo necesitaba. Reconocería a ese caballo en cualquier parte.

—Everton, tiene que irse.

—Me ha llamado Everton —dijo con su habitual sonrisa burlona, sin asomo de preocupación.

—Aproveche para irse ahora que está detrás del caballo...

De repente mostró un interés especial en el hombre que estaba fuera.

—¿Quién es?

—Solo hay un frisón que pare frente a esta oficina. Es *Bardo*.

—Y *Bardo* es...

Ella se levantó del escritorio.

—El caballo de Nate. —¿Por qué no estaba saliendo ya por la puerta?—. Mi hermano.

—¿El señor Barton ha vuelto? —La señora Oliver se levantó de golpe—. ¡Qué noticia tan maravillosa!

Lord Bryant volvió a sonreír, abrió el periódico y se acomodó en la silla.

—¿Y cómo le gustaría que me comportara con su hermano? ¿Como con el señor Broadcreek?

Diana extendió los brazos, pidiéndole contención.

—No. Ni se le ocurra hacer nada de lo que hicimos con el señor Broadcreek.

—Estoy de acuerdo con la señora Oliver; es una noticia maravillosa. No he visto a su hermano desde su boda. Es un tipo tan serio que me encanta sacarlo de quicio.

Diana corrió hacia el perchero y alcanzó su sombrero.

—Por favor, tiene que irse.

Él dobló el periódico.

—¿Y perderme la oportunidad de verla tan nerviosa? De ninguna manera.

Ella cruzó la habitación con paso firme y llegó al lado del barón justo cuando la campanilla sonó detrás de ella. Se quedó como petrificada.

—Diana. —La voz de Nate era grave; su tono, cauteloso. Sin saber qué más hacer, cerró los ojos y se recordó a sí misma todas las cosas maravillosas que había hecho por su hermano. Estaba llevando su negocio ferroviario por él para que pudiera estar en Baimbury, por el amor de Dios... No tenía ningún motivo para sentirse culpable.

—Señor Barton —saludó la señora Oliver, emocionada y ajena a la tensión reinante—. Qué alegría verle en Londres.

Nate avanzó por la estancia. Pasó junto a Diana y se fue directo a lord Bryant, quien, despreocupado, ocultaba su rostro tras las páginas. Nate apartó el periódico con la mano.

—Así que es cierto...

—Ah, señor Barton. Como ha dicho la señora Oliver, qué alegría verlo de vuelta en Londres. —Se inclinó hacia un lado y miró tras el recién llegado—. ¿Su esposa ha vuelto con usted?

Diana sabía que había cierto resentimiento entre lord Bryant y su hermano. Justo como había adivinado, era por culpa de Grace. Nate se agachó, agarró a lord Bryant por las solapas y tiró de él para levantarlo de la silla. Ambos eran altos y corpulentos, pero Nate era más ancho, sus manos más duras y su carácter mucho más irascible.

—Fuera —gruñó, con el rostro demasiado cerca del de lord Bryant. Tenía que parar eso antes de que se pusiera feo.

—Nate, solo estaba leyendo el periódico. No le hace daño a nadie.

—Lord Bryant siempre hace daño, Diana. Siempre.

Bueno, eso era un tanto exagerado.

—No, Nate, no es así. A veces es pretencioso y un mujeriego...

—Y un conspirador y un jugador —continuó, mientras lo empujaba hacia la puerta. Lord Bryant asentía ante cada acusación provocativa.

—No es de extrañar que me guste tanto su familia —dijo lord Bryant—. Me entienden a la perfección.

—Entonces debe entender por qué se va a marchar ahora mismo de esta oficina y no va a volver nunca. —Ya al lado de la puerta, por fin soltó las solapas de lord Bryant.

—Y bien, ¿qué tipo de jugador y conspirador sería si me fuera ante el más mínimo contratiempo?

—Uno decente —contestó Nate.

Diana corrió hacia ellos. No le habían dejado terminar su defensa de lord Bryant. Era todas esas cosas terribles, pero su presencia en el despacho estaba justificada.

—Nate, yo le he pedido que esté aquí.

—«Pedido» es una forma muy suave de decirlo —respondió el barón arrastrando las palabras.

Diana agarró a su hermano por el brazo con fuerza para alejarlos.

—Te está provocando, lord Bryant solo quiere sacarte de quicio. No habla en serio, ¿verdad? —Diana miró al barón con gesto suplicante.

—Cuando una mujer va a casa de un hombre rogando que le arruine la reputación y le pide que esté sentado en su despacho todo el día, ¿quién provoca a quién?

Nate se volvió hacia ella.

—¿Que has hecho qué?

Maldito lord Bryant. Y maldito Nate. La votación para conceder o desestimar la licencia de la línea era en menos de una semana. ¿No podía confiar en ella una semana más? Pero ¡maldito barón...! ¿Cómo podía contarle a su hermano lo que había hecho?

—Así dicho, parece peor de lo que fue.

No iba a conseguir calmarlo. Tomó aire y puso los brazos en jarras.

—¿Está diciendo la verdad?

A la señora Oliver se le cayó la pluma sobre la mesa. La recogió de inmediato y se entretuvo garabateando con la cabeza agachada, fingiendo no oír nada. Lord Bryant todavía estaba en la puerta, esa vez con una sonrisa tonta en la cara. Por muchos puntos hubiera ganado Diana antes; él acababa de superarla. No habría vuelta atrás después de eso.

—Necesitaba ayuda, Nate.

—¡Entonces deberías habérmela pedido a mí, Diana! —Negó con la cabeza y se golpeó el pecho con el puño—. Deberías habérmela pedido a mí. ¿Por qué he tenido que recibir una carta del señor Broadcreek, entre todos los hombres, contándome que lord Bryant estaba pasando demasiado tiempo contigo?

El señor Broadcreek..., por supuesto. Apretó los dientes. ¿Acaso ese hombre nunca se iba a rendir?

—Estabas en Baimbury con Grace y allí deberías seguir. Tengo todo bajo control.

—Si este hombre está en nuestra oficina, no tienes nada bajo control.

—Pero sí lo tengo. Está mucho más controlado que hace unas semanas, y es gracias a lord Bryant.

—Lord Bryant nunca recibirá un «gracias» de mí.

El barón se encogió de hombros.

—Tampoco lo he pedido.

—Cállese —replicaron a la vez Diana y Nate.

—¿Qué era tan grave como para recurrir a lord Bryant? —preguntó Nate. Diana notó la tensión en el brazo que no le había soltado.

—El señor Broadcreek me pidió que me casara con él.

Nate respiró con agitación.

—Entonces le tendrías que haber dicho que no al canalla ese.

—Lo hice. —Diana suspiró—. Le dije que no cientos de veces, pero cree que una mujer no sabe lo que quiere. Y no solo eso, sino que se convirtió en un gran impedimento para poder hacer mi trabajo. Sabía que, si atrasaba la vía ferroviaria de la señora Richardson lo suficiente como para dejar en entredicho el negocio, el Parlamento no me concedería la licencia para construir otra línea. Sin otra inversión asegurada, Ferrocarriles Richardson no valdría nada. Sería una victoria para el señor Broadcreek.

—¿Casarse contigo sería una victoria para el señor Broadcreek?

Ay, señor. No debería haber dicho eso.

—Menudo comentario tan feo hacia su hermana —terció lord Bryant. Diana no tenía ni idea de si la estaba defendiendo o solo quería sembrar más cizaña—. Sería una victoria para cualquier hombre obtener su mano en matrimonio. Ella es como un lirio atigrado en un mar de margaritas.

—Y, aun así, si le pidiera a usted que se casara con ella, después de haber pasado tanto tiempo casi a solas con ella en esta oficina, algo me dice que no aprovecharía la oportunidad.

—¿Yo? —preguntó—. Bueno, por supuesto que «yo» no.

La señora Oliver ahogó un grito a pesar de estar garabateando con la pluma. Diana reprimió el dolor que causó la respuesta inmediata y tajante del barón. Siempre supo que no consideraría casarse con ella, pero ¿acaso le costaba tanto actuar un poco? Aparte de Nate, había pasado más tiempo con él que con cualquier otro hombre. ¿No podía haber fingido que, por lo menos, la idea no le parecía descabellada?

Nate sonrió como si hubiera ganado.

—¿«Este» es el hombre al que has estado invitando a nuestra oficina todos los días? No tiene honor.

Ella se enderezó. Lord Bryant no era un hombre galante por naturaleza, pero, en realidad, tampoco era culpa suya.

—Eso me ofende —dijo ella.

—A mí no —respondió lord Bryant en voz baja a su lado. Diana se propuso retomar ese asunto más adelante, pero, por el momento, tenía que hablar con Nate. Lo último que necesitaba era que su hermano descubriera que había comprado Ferrocarriles Richardson sin decírselo. Iba a averiguarlo de todos modos, pero prefería contárselo ella.

—Bueno, pues debería, lord Bryant. Usted nunca ha actuado de manera deshonrosa hacia mí.

El barón arqueó la ceja al escuchar eso. Fijó la mirada sobre los labios de Diana y sonrió maliciosamente.

—Estoy bastante seguro de que sí lo he hecho.

Nate siguió la mirada del barón. Antes de que Diana tuviera la oportunidad de frenarlo, echó hacia atrás el codo y estrelló el puño contra la cara de aquel dios romano.

—¡Nate! —La joven miró a su hermano, lo empujó a un lado y corrió hacia lord Bryant. Si no se hubiera distraído con ella, podría haber esquivado el golpe. Pero no le dio tiempo a preparase y la fuerza del puñetazo lo derribó. Se arrodilló para ver cómo estaba mientras le latía el corazón con fuerza. Un puño como el Nate podía matar a alguien, y acabar con la vida de un barón en una visita a Londres no era algo recomendable.

—Lord Bryant. —Le tocó el rostro para detectar posibles daños. Tenía los ojos abiertos y parpadeaba, y se le hinchó la nariz muy rápido.

—Me siento incluso mejor que la última vez —admitió Nate tras ella.

El barón esbozó una media sonrisa. Así que estaba vivo y, al parecer, lo bastante bien como para que le divirtiera ese comentario.

Todavía de rodillas, la joven miró a su hermano.

—Lo podías haber matado.

Nate hizo un gesto de desprecio con la mano.

—El mundo no tiene tanta suerte.

Lord Bryant logró sentarse, parpadeó con fuerza un par de veces más y negó con la cabeza.

—Me ha roto la nariz. —Su voz era suave y calmada, como si estuviera sorprendido en vez de enfurecido.

—Bien. Quizá se le quede torcida —respondió Nate con la mandíbula tensa.

El barón se tocó la nariz con cuidado.

—Solo cabe esperar.

Nate se rio.

—Tal vez una cara no tan perfecta reduciría los daños que causa cada temporada.

—Su hermana no estaría de acuerdo con eso.

No sangraba por la nariz, pero se estaba hinchando cada vez más mientras hablaban.

—¿Cómo se siente? —Diana se sacó un pañuelo de la manga y se lo entregó. Sintió el impulso de tocarle otra vez la cara, pero su hermano los estaba observando y no quería que lord Bryant sufriera más daños físicos.

El barón cerró los ojos y se llevó las manos a la cara.

—Me siento como si un pugilista me hubiera pegado en la cabeza.

—Bien, así es como esperaba que se sintiera. Ahora váyase y no vuelva nunca más —espetó el señor Barton.

—Nate... —Diana frunció el ceño.

—Esta todavía es mi oficina. Puedo echar de aquí a quien quiera.

—No es «solo» tu oficina.

—Estoy seguro de que la señora Richardson estará de acuerdo conmigo.

Se lo tenía que decir. Lo iba a averiguar en cualquier momento.

—La señora Richardson ya no es dueña de una parte de esta oficina.

—¿La ha vendido? ¿A quién? Tú misma has dicho que no se la vendió al señor Broadcreek.

—No, no fue al señor Broadcreek.

Lord Bryant se rio desde el suelo.

—Dime que la señora Richardson no se la vendió a este sin vergüenza.

—¿Por qué iba a querer yo con una compañía ferroviaria? ¿Sabe la cantidad de trabajo que exige eso?

—Tengo cierta idea —replicó, arqueando las cejas.

—Entonces no me conoce muy bien si piensa que querría ser dueño de una.

El señor Barton se volvió para mirar a su hermana.

—¿Quién ha comprado Ferrocarriles Richardson? ¿Y por qué nadie me lo ha contado?

Diana jugueteó con los botones del vestido. Nate había hecho todo por su familia cuando ella y su madre se habían quedado en

Baimbury. Sabían que él había sufrido con la muerte de padre, pero nunca le ofrecieron ayuda de ningún tipo. Se fue solo a Londres para crear una compañía ferroviaria, arriesgar su estatus social y aplazar cualquier plan de futuro que tuviera para sí mismo con tal de sacar adelante a su familia al borde de la ruina. Merecía estar en casa, en Baimbury, con su propia familia, no podía ser el que se sacrificase siempre para salvar a todo el mundo.

Que era justo lo que habría hecho si se lo hubiera contado.

—No fue lord Bryant quien compró Ferrocarriles Richardson —respondió con tono conciliador.

—Entonces, ¿quién?

Diana se puso de pie.

—Yo.

Su hermano dejó caer los hombros.

—¿Tú la has comprado?

Lo que había hecho tenía sentido.

—Cualquier otra persona se habría aprovechado de Charlotte.

—Pensaba que esa era la razón por la que decidimos que la ayudarías.

—Y la estaba ayudando, pero incluso lo poco que tenía que hacer, como firmar documentos, era demasiado para ella. Entonces el señor Broadcreek no paraba de insistir en que tenía que vender. Estaba tan abrumada que casi se la vende a él por una cantidad absurdamente baja.

—¿Por qué no me lo contaste?

—¿Por qué no nos contaste a madre y a mí lo infeliz que eras cuando estabas creando esta empresa?

—No lo era. Por lo menos, no sabía que no era feliz. Y en realidad no estaba solo, tenía al señor Richardson.

—Y yo tengo a la señora Oliver y ahora a lord Bryant.

El barón la miró sorprendido, pero ella solo estaba pendiente de su hermano. Había aceptado su insignia y eso le convertía en parte del equipo. La llevaba en la solapa incluso en aquel momento. Gracias a Dios, Nate no se había dado cuenta.

—Ahora estoy yo aquí, así que puedes mandar a este tipo a casa.
El aludido dejó caer la mano al suelo.

—Creo que nunca en mi vida me han «mandado a casa».

—Bueno, siempre hay una primera vez para todo. —El señor
Barton fue dando zancadas hasta la puerta y la abrió. El sonido
habitualmente alegre de la campanilla sonó de un modo diferente—. Fuera.

—Nate, ya le has hecho daño. No puedes echarlo también de
nuestra oficina. A pesar de lo que piensas, ha sido una enorme
ayuda para mí.

—¿Y qué ha obtenido él a cambio?

Diana resopló. Se volvió hacia lord Bryant, todavía en el suelo.
Se estaba mirando las uñas. ¿Que qué había obtenido a cambio?
Unos minutos antes había recibido un golpe en la cara. Y en las
semanas anteriores...

—Nada —respondió con tono tajante—. Lord Bryant nunca
me ha pedido nada.

—Entonces, ¿qué demonios está haciendo aquí? —Nate estaba casi temblando, pero no podía sentirse tan destrozado
como ella en ese momento. ¿Por qué el barón la había ayudado?
¿Y por qué no se había estado haciendo esa pregunta todo ese
tiempo?

—Me gusta estar aquí —intervino él—. No hay un lugar más
apacible para mí en todo Londres.

Diana parpadeó sorprendida.

—Eso es porque se niega a ayudarme con el papeleo —bromeó, mientras intentaba entender el trasfondo de las palabras
del barón.

—Si lo hiciera, este lugar dejaría de ser apacible. Lo intenté
una vez, ¿recuerda?

Claro que se acordaba. Se acordaba de todo.

—Hay muchos otros sitios donde se puede entretener. —Nate
se llevó ambas manos a la cintura—. Por alguna razón, mi hermana cree que la ha ayudado de alguna manera. No voy a llegar al

extremo de darle las gracias, pero me abstendré de echarlo fuera por la fuerza. Por favor, váyase y no vuelva más.

Lord Bryant gruñó al ponerse en pie.

—Como ya he dicho, esta oficina me da paz. Dejaré de venir solo cuando Diana me lo pida.

El señor Barton resopló y ella se interpuso con un salto entre él y lord Bryant. Los hermanos se chocaron. Él la agarró por los hombros para sujetarla y después se dirigió al barón con el ceño fruncido.

—Es la señorita Barton para usted.

Diana tomó la mano que Nate le había puesto en el hombro y la estrechó.

—Me llama señorita Barton. De verdad, lo hace. Solo está intentando sacarte de quicio. Por alguna razón, no parece importarle que le vuelvas a pegar, pero no lo permitiré. No aquí, en mi oficina.

Aquello tenía que terminar. Lord Bryant tenía la nariz hinchada y el pañuelo desatado. Durante dos meses la había ayudado sin pedirle nada a cambio. En su oficina, parecía una persona muy distinta a la que veía en cualquier otra parte. No estaba demacrado y abatido como aquella primera noche en su estudio, ni era arrogante como en el baile o en la librería. Estaba empezando a pensar que su despacho era de verdad un refugio para él. Y no iba a quitárselo; pero sería mejor para todos que fuera a buscar allí la paz otro día.

Diana alejó a Nate poco a poco de ella, pero se quedó entre ambos caballeros. Su hermano permanecía en guardia. Miró al barón sin quitarse de en medio.

—Siempre será bienvenido en esta oficina. —Después se volvió hacia Nate—. Y lord Bryant tiene permiso para llamarme Diana. No implica ningún vínculo, por lo que no causa ningún daño. Y no vas a golpearlo por eso. Es mi amigo.

Nate resopló detrás de ella. Lord Bryant parpadeó y después se llevó la mano a la nuca. Por primera vez desde que había entrado en el despacho, parecía abatido y con una mirada interrogante. Con suerte, llamarlo amigo no era una descortesía impertinente.

Al final, el barón asintió.

—Entonces me iré —repuso con un tono de voz sereno y con la cabeza agachada, como un niño al que hubieran castigado—. La veré mañana.

—¿Mañana? ¿Por qué iba a venir mañana? No lo necesitamos —replicó Nate.

Lord Bryant recuperó su mirada irónica, se tocó la nariz con el pañuelo de Diana y después se permitió la insolencia de guiñarle el ojo a Nate.

—Señor Barton, debería ser más listo. Mis lugares favoritos son aquellos en los que no se me necesita.

Nate apretó la mandíbula, pero no respondió. Avanzó hacia el barón y Diana se movió para pararlo.

—No le voy a volver a pegar. Por lo menos hoy no. —Se acercó a lord Bryant, agarró la insignia que llevaba en la solapa y se la arrancó, agujereando la tela—. Esto no le pertenece.

—Supongo que ya la he tenido durante el tiempo suficiente. —Agarró su sombrero y, con un último movimiento de cabeza hacia los hermanos, se fue.

La señora Oliver se apresuró hasta ellos en cuanto se cerró la puerta.

—Diana, ¿es eso cierto? ¿No se va a casar con usted? —La agarró por los hombros y le deslizó las manos por los brazos, como si estuviera comprobando que no tenía ningún daño físico—. Todo este tiempo he pensado que era muy honrado.

Nate se rio.

—¿Lord Bryant? Señora Oliver, por desgracia, es uno de los vividores más conocidos de todo Londres. Una vez se las apañó para quedarse con Grace a solas en una biblioteca antes de que nos casáramos. Mi hermana cree que no puedo mantenerlo fuera de esta oficina, pero, al menos, no os dejaré solas con alguien como él.

—¿Diana? —La mujer no podía conformarse con esa respuesta.

El despacho parecía vacío, incluso con Nate allí. La joven sintió que le pesaban las piernas y necesitaba sentarse.

—Mi hermano tiene razón. Lord Bryant tiene fama de sinvergüenza.

—Pero... —Se llevó la mano a la boca—. Pero las velas...

Nate frunció el ceño.

—¿Qué velas?

Diana hizo caso omiso a la pregunta.

—Lord Bryant ha sido de gran ayuda estas últimas semanas a pesar de su reputación. Siento no haber sido más clara, señora Oliver, pero he recurrido a él para ahuyentar a todos los hombres que venían a hacerme perder el tiempo. Le aseguro que siempre se ha comportado como un perfecto caballero conmigo.

La empleada parecía un poco asustada. Debía de estar recordando que los encerró en el almacén. No podía evitar sentirse culpable por la pobre mujer, pero estaba recibiendo su merecido. Incluso aunque ella y lord Bryant hubieran estado prometidos, su triquiñuela era imperdonable.

—Pensaba que solo estaba esperando al momento adecuado para pedirle matrimonio.

—Lord Bryant nunca se va a casar —repuso Nate.

La mujer miró a Diana buscando una confirmación, como si no acabara de creérselo.

—Eso también es cierto. Yo misma le he oído decirlo.

La empleada se inclinó hacia delante como si quisiera hacer más preguntas, pero se quedó callada tras mirar al señor Barton. Negó la cabeza con un movimiento lento y volvió a su mesa.

—Parece ser que me voy a quedar en Londres por un tiempo —anunció él, después caminó hasta su mesa y se sentó.

—Nate.

—¿Qué?

—Ese es mi escritorio. Es mío desde hace seis meses.

—¿Y dónde se supone que me tengo que sentar?

—Siempre y cuando lord Bryant no esté aquí, supongo que puedes sentarte en su sitio.

Entrecerró los ojos.

—¿Su sitio? —Se pasó los dedos por el cabello ya despeinado—. Lord Bryant tiene su propio sitio en esta oficina, pero ¿yo no? Esta es mi oficina, Diana.

—Es nuestra oficina, y te encontraremos un sitio mientras estés aquí.

—Podría quedarme unos días en casa mientras esté aquí, señor Barton —propuso la ayudante—. Su hermana no necesita que esté aquí a todas horas.

Nate suspiró.

—No, señora Oliver, no le quitaré la mesa. Diana, ¿dónde está tu antiguo escritorio?

—En el almacén. —Era uno pequeño, de secretaria. La joven se sentó en la silla. Todavía le temblaban las piernas. Su hermano rebuscó por el almacén y al fin apareció con su antigua mesa. La dejó en medio de la habitación antes de mover la silla de lord Bryant al rincón más alejado. Después volvió a entrar al almacén y salió con una silla.

Diana contuvo la risa ante la estampa de su hermano, con las largas piernas encogidas bajo una mesa demasiado pequeña para él.

—Siempre tuviste las piernas demasiado largas. ¿A Grace no le importa?

La miró con los ojos entrecerrados.

—Llevas casado más de un año. Sin duda, a estas alturas tiene que estar acostumbrada a ellas.

—A Grace nunca le supusieron ningún problema mis piernas.

—¿No las llama larguiruchas?

—Yo era quien las llamaba larguiruchas. —Intentó doblar las rodillas, pero chocó con el tablero de la mesa. Su escritorio diminuto no estaba hecho para un hombre como él.

—Es verdad. Para impresionarla. —Negó con la cabeza—. Es un milagro que te las arreglases para casarte con ella.

Su hermano gruñó y dejó caer la cabeza sobre la mesa.

—Cuéntame cómo vamos con la última línea Barton. Mientras esté aquí, también podría ayudar.

Diana se agachó y sacó una carpeta del cajón, se levantó y la dejó sobre su antiguo escritorio.

—Gracias —dijo ella. Su hermano tomó los papeles y comenzó a hojearlos con la atención que mostraba siempre. Recordó con nostalgia sus primeros meses allí con él y el señor Richardson—. Estará bien volver a trabajar juntos otra vez. Como antes.

Nate deslizó la mirada hasta el escritorio de la señora Oliver, que había sido el de Richardson durante años, y asintió. Diana sabía en lo que estaba pensando: nunca sería lo mismo sin su antiguo compañero.

—Tal vez cuando vendas Ferrocarriles Richardson, podríamos pensar en vender también Ferrocarriles Barton.

—Tal vez.

Tamborileó con la pluma en los documentos.

—Es algo en lo que hay que pensar.

—Lo sé.

Nate quería vivir en Baimbury con Grace. La casa de campo por fin era rentable, gracias a sus innovaciones y a los beneficios del negocio ferroviario.

Nate había recuperado y mejorado la vida que había tenido antes de crear la empresa. Su lugar ya no estaba allí, sino con su familia. Ella siempre supo que gestionar la empresa sería algo temporal, pero no podría recuperar su antigua vida. Su reputación ya no era la misma, y ella tampoco. Incluso aunque pudiera volver a Baimbury, ¿se resignaría a esperar día tras día a que pasara algo en vez de hacer que las cosas pasaran?

Tal vez Nate estuviera listo para vender la compañía ferroviaria, pero no estaba segura de si ella lo estaba.

Capítulo 17

EVERTON TAMBORILEABA con los dedos en el muslo mientras con el pie marcaba un ritmo aleatorio en el suelo del carruaje. Nunca antes había estado tan impaciente por ver a Diana. Su amiga. No había tenido una amiga en años, y en aquel momento se preguntaba por qué demonios había esperado tanto para disfrutar de una amistad.

A pesar de su promesa de volver a la oficina al día siguiente, había decidido darles a los hermanos veinticuatro horas completas a solas para recuperar el tiempo perdido, mientras él pasaba uno de los días más aburridos de su vida. Incluso en las dos semanas anteriores, cuando se había obligado a permanecer lejos de Diana, no se había sentido tan ansioso por salir de casa. Había comprendido que ese era su destino: estar en casa solo. Estaba acostumbrado a esa monotonía.

La idea de irrumpir en el despacho ante el señor Barton y su hermana le generaba inquietud, le picaba el cuerpo como si llevara ropa interior de lana. Siguió a Nelson por la casa haciéndole preguntas sobre la disposición correcta de la cubertería sobre la mesa o si alguna vez había soñado con ser otra cosa que un mayordomo: pastelero, productor de tabaco... Le aseguró con ironía que su mayor ambición en la vida siempre había sido servir a un barón que lo siguiera por la mansión mientras intentaba trabajar.

Nelson respiró aliviado cuando Everton se fue de casa aquella mañana.

El carruaje paró enfrente de la oficina de la calle Rochester. Bajó de un salto, sonriendo mientras se soltaba el pañuelo. Su cuello siempre acaparaba la primera mirada de Diana al entrar. Lo más probable era que a su hermano también le molestara.

Nate Barton era uno de los hombres más afortunados que conocía. Tenía a una esposa que lo miraba como si el sol saliera y se pusiera en él. Su hermana lo amaba y, en algún lugar en Baimbury, una madre se preocupaba por él.

No podía estar ante hombres felices sin querer fastidiarlos un poco.

O mucho.

Mientras caminaba hacia la puerta, repasó mentalmente los asuntos de la conversación que había planeado.

La esposa del señor Barton.

La hermana del señor Barton.

Las dudosas habilidades del señor Barton para besar a Grace en su propia boda.

Al acercarse sintió una repentina alegría, como si estuviera cabalgando junto a Diana en la tarde de los cuentos con los niños. Era estupendo que el señor Barton estuviera de vuelta en la ciudad.

El sonido de la campanilla nunca le había resultado tan alegre como esa tarde.

La señora Oliver estaba sentada en su sitio. Habían añadido un pequeño escritorio a la habitación, pero, como el de Diana, estaba vacío.

Dejó que la puerta se cerrara tras él y todo su entusiasmo desapareció de golpe. ¿El mundo conspiraba contra él? ¿Justo cuando estaba a punto de divertirse un poco?

La señora Oliver se levantó sorprendida.

—Lord Bryant, ¿qué hace aquí? —Un gesto de contrariedad le acentuaba las arrugas de la boca. Parecía que la presencia del señor Barton le hubiera avinagrado el carácter. Tenía que cambiar eso.

—Mi querida señorita Oliver...

—Señora.

—Señora Oliver. Por supuesto, se me había olvidado; no parece tan mayor como para estar casada.

La mujer apretó los dientes, y sus cejas parecían pesar sobre sus párpados.

—Soy lo bastante mayor como para tener nietas casadas, y no me gustan los halagos.

Everton sonrió. «Ya» no le gustaban los halagos.

—¿Diana ha salido?

—Creo que puede verlo usted mismo.

Sí, podía.

—¿Sabe cuándo volverá?

—Si lo supiera, lo más probable es que no se lo dijera.

La señora Oliver resultaba mucho más agradable cuando lo consideraba un joven honorable. Tendría que arreglar eso. Los vividores a veces eran personas muy honradas. Por lo menos cuando alguien necesitaba su ayuda, como cuando Diana la necesitó con tanta urgencia.

—Bueno, señora Oliver, no deje que el señor Barton le convenza de que soy el peor de los canallas. Diana vino «a mí» en busca de ayuda, y estaba encantado de ayudarla. Nunca le he causado ningún daño.

La mujer resopló con fuerza.

—Intentaba constantemente estar a solas con ella.

¿Así es como lo recordaba? Él arqueó una ceja.

—Tuve cierta ayuda.

Se aclaró la garganta y fingió estar ocupada ordenando los papeles perfectamente organizados de su escritorio.

—¿Cómo podía saber que todas esas cosas maravillosas que la señorita Barton había dicho de usted eran mentira? Tendría que haber sospechado.

—Me encantaría haberlas escuchado. —Aunque todo lo que había dicho fuera mentira, pensar en Diana alabándolo ante los hombres que cruzaban el umbral de aquella oficina le hizo sentir una cálida sensación de placer. Después de todo, era normal que los amigos se hicieran cumplidos el uno al otro—. ¿Cuándo van a volver?

La señora Oliver se irguió en la silla.

—Tardarán unas horas. —Miró hacia la ventana y relajó la postura, pero no el ceño fruncido. No habían pasado ni dos segundos cuando sonó la campanilla.

Everton no se tuvo que dar la vuelta para saber que su par de hermanos favorito acababa de entrar por la puerta. La cara de decepción de la señora Oliver le recordó que tendría que pedirle disculpas lo antes posible, pero todavía no; no mientras el señor Barton estuviera en el despacho. Por fin era el momento de divertirse un poco a cuenta de ese hombre. Se volvió y dijo:

—Ah, señor Barton, Diana; estoy encantado de encontrarme otra vez con ustedes.

Los hermanos habían entrado agarrados por el brazo. Everton miró primero a Diana, y Nate la atrajo hacia él. Los ojos marrones de él eran una versión más caída y oscura que los de color cobre de ella.

—Nosotros no.

—¿Habla por su hermana? —Frunció el ceño—. Tal vez ella piense como yo y no como usted.

El señor Barton se puso firme.

—Lo dudo mucho.

Interesante. Parecía que el señor Barton podía elevar la barbilla casi tanto como su encantadora hermana.

—Entonces supongo que tendremos que preguntárselo a la señorita. ¿Diana? —Todavía le encantaba cómo sonaba el nombre en sus labios. Su relación con ella ya no lo agobiaba. Era su amiga, y era lo más normal del mundo estar emocionado por ver a una amiga—. ¿Qué opina al respecto? ¿No está contenta de que nos hayamos reencontrado?

Vio un esbozo de media sonrisa en su hermosa boca. Seguía del brazo de su hermano. Ni se aferró más a él ni hizo ningún esfuerzo por alejarse. Inclinó la cabeza a un lado y arqueó una ceja.

—Creo que es «usted» quien está contento.

El señor Barton se soltó y levantó los brazos, pero Diana se quedó quieta. Mirándolo a él. Como si supiera que estaba harto del aburrimiento, esperando el momento de atormentarlos de nuevo.

—¿Por qué iba a estar encantado de vernos? —preguntó Nate—. Apenas nos conoce.

Everton se llevó la mano al pecho.

—Esa declaración me ofende. Estuve en su boda.

—Yo no lo invité —gruñó.

—Y, además —añadió—, Diana y yo hablamos largo y tendido sobre usted a menudo. Lo suficiente como para pensar en llamarlo amigo.

—¿Habéis hablado de mí? —Se volvió hacia su hermana. En realidad, no lo habían hecho. Solo lo habían mencionado un par de veces. ¿Cómo iba a responder a esa mentira? La mayoría de mujeres que conocía ya habría desviado la conversación y estaría murmurando.

—Oh, no te preocupes por ello, Nate. Tampoco es que hayamos hablado sobre tus piernas larguiruchas. Confío en que sepas que soy capaz de mantener los secretos familiares.

Eso había sido ingenioso. Diana era ingeniosa. Nate abrió las aletas nasales mientras miraba primero a Everton y luego a su hermana.

—Eres incorregible. Como en las cenas en casa —le dijo a su hermana.

Las cenas en casa de Everton eran tristes y aburridas. Después de un año o dos cenando solo en un comedor demasiado grande, prefería que le llevasen una bandeja a su estudio cada noche. ¿Cómo serían en casa de los Barton? Seguro que hablaban animadamente. No tendrían nada que ver con el ritual rígido y formal que había soportado en su familia, cuando todavía tenía una familia.

—Diana, ¿cómo puedo ayudarla hoy? ¿Algún hombre al que tenga que ahuyentar?

El señor Barton negó con la cabeza.

—Estoy yo aquí; no necesita su ayuda.

—¿Va a ahuyentar a hombres por ella? Como hermano, sería menos convincente a la hora de deshacerse de cualquier potencial pretendiente. Después de todo, todavía no ha conseguido echarme a mí.

—Pero no es un pretendiente, ¿verdad? —El señor Barton se acercó a su hermana con una mirada protectora.

—Intuyo que ese sería un motivo «más» para echarme, no uno menos.

El señor Barton respiró hondo. Si Diana no hubiera posado la mano sobre su brazo, Everton podría haberse encontrado con su puño otra vez.

—Nate —dijo Diana—, solo te está provocando. Y yo también, lo siento. Estoy segura de que los tres podemos estar juntos durante un par de horas sin tener que recurrir a la violencia.

—¿Horas? —Se volvió hacia su hermana—. ¿Crees que se va a pasar aquí horas?

—Por lo general, lo hace.

—Pero ahora estoy en Londres. No tiene que hacerlo.

—Ha dicho que le gusta estar aquí. No voy a echar a un hombre que me ha ayudado. Dale un respiro a lord Bryant. La verdad es que, si no fuera tan provocador, hasta podría parecer un santo.

—¡Oiga! —Everton juntó las manos como si estuviera rezando—. No me quedaré si sigue por ese camino. No tengo nada de santo, y no permitiré que cuestione mi reputación con una acusación como esa.

El señor Barton suspiró frustrado.

—Está bien, puede quedarse. Pero, Diana, ya sabes cómo es. Te ruego que seas prudente.

La joven le dio una palmada a su hermano en el brazo.

—No te preocupes, Nate. No soy tonta. Ninguna mujer en su sano juicio se encariñaría con él. Va de una dama a otra sin darles más importancia que la que le da a su pañuelo. No soy una romántica ni una tonta. El barón y yo fuimos muy claros con los términos de nuestra relación desde el principio. ¿No es así, lord Bryant?

Everton asintió. Se llevó una mano a la cadera y alzó la barbilla al más puro estilo de la familia Barton.

—Por supuesto.

«Ninguna mujer en su sano juicio se encariñaría con él».

La idea de una cena en casa de los Barton dejó de parecerle apetecible. Habría conversaciones fascinantes y se contarían chistes, pero ninguno de ellos lo involucraría a él. Estaría observando todo desde fuera, sería como cenar solo en su estudio.

—Pueden ponerse a trabajar. Siéntanse libres de fingir que no estoy aquí. —Había un periódico sobre el pequeño escritorio situado donde solía estar su silla—. ¿Les importa si lo leo?

El señor Barton negó con la cabeza. Everton tomó el periódico y caminó hasta un rincón. Todavía no quería volver a su casa vacía.

Capítulo 18

SI LORD BRYANT NO FUERA tan provocador, podría parecer un santo. ¿De verdad le había dicho eso a su hermano? Lord Bryant pasó una página del periódico. El ligero chirrido de las patas de madera delató que intentaba acomodarse en la silla. Debería haberle ofrecido algo más cómodo, una butaca o incluso un sofá pequeño. Había ido tan a menudo que debería haberse asegurado de que se sintiera a gusto mientras estuviera allí. Aunque un asiento más grande habría sido más difícil de desplazar a su lado. Nate se movió incómodo bajo su pequeño escritorio. ¿Cuánto tiempo tenía pensado quedarse en Londres? Debería conseguirle algo más cómodo. Aunque no podía creer que fuera a quedarse mucho tiempo lejos de Grace, y menos en su situación.

Diana se encogió de hombros y empezó a revisar el correo. Nate era el dueño de la mayor parte de Ferrocarriles Barton. Si quisiera comprarse un escritorio, podría hacerlo él mismo. Nadie habló durante diez minutos. Solía pasar antes de que su hermano volviera, pero ese día era un silencio mucho más incómodo. Dejó una carta importante a un lado.

Lord Bryant rompió el silencio maldiciendo. Gruñó y tiró el periódico al suelo.

La señora Oliver respiró hondo ante el exabrupto. Nate se levantó tan rápido de la mesa que tuvo que agarrarla para no tirarla y evitar que todos los documentos acabaran por el suelo.

—Lord Bryant, hay damas presentes.

El barón caminó hasta el perchero y tomó su sombrero y su abrigo. Sin casi despedirse con un gesto, abrió la puerta de golpe. La campanilla sonó agitada. Lord Bryant se fue.

Nate se pasó los dedos por el cabello.

—¿Qué tipo de hombre has traído a nuestras vidas, Diana?

La joven miraba el periódico en el suelo y no respondió. Se quedó paralizada. Algo malo había pasado, algo muy malo. ¿Qué demonios acababa de leer lord Bryant?

—¿Por qué ha hecho eso? —preguntó la señora Oliver moviendo la cabeza.

—No lo sé. —Apoyó ambas manos sobre la mesa y se levantó del escritorio para recoger el periódico. Nate se adelantó, miró las páginas por las que estaba abierto y se le escapó la risa.

—Estaba leyendo los escándalos de sociedad. ¿Qué cabeza de chorlito se altera tanto con esos chismes?

La señora Oliver se levantó de la mesa.

—¿Está involucrado en otro escándalo?

Diana tenía un nudo en la garganta. ¿Era ella? ¿Su farsa con lord Bryant había llegado tan lejos como para aparecer en los periódicos? Tampoco sería de extrañar en Londres. Lord Bryant era en sí mismo un asunto interesante; y ella, la propietaria de un ferrocarril. Exactamente el tipo de historia que al periódico le encantaría contar.

Lo arrancó de las manos de Nate y leyó entre líneas. No vio nada sobre ferrocarriles ni sus nombres. Se hablaba sobre todo de los próximos matrimonios de la élite. Que ella supiera, lord Bryant no tenía familia. Era uno de los hombres más ricos de Londres y, en general, no parecía que le importase nada. ¿Qué podría haberle molestado tanto como para irse de aquella manera?

Y entonces lo vio: «La hija de lord Falburton se casa con un par del reino».

Se le aceleró el corazón.

—Nate, ¿cómo se llama la hija mayor de lord Falburton?

—Ya sabes que no sé mucho de nobles.

Apretó los dientes y ahogó un quejido.

—Pero sí los conocías cuando estabas construyendo la empresa y buscando inversores.

—A las mujeres no les interesa el ferrocarril. ¿Por qué iba a saber algo de ellas?

La joven arqueó una ceja.

Su hermano se frotó la cara con las manos.

—Me refiero a la «mayoría» de mujeres. Todo el mundo sabe que tú eres diferente.

No tenía tiempo para sentirse ofendida. Además, tenía razón, en casi todo.

—¿Puede que sea *lady* Emily?

Nate ladeó la cabeza.

—Ahora que lo dices, creo que su hija se llama Emily. Aunque no recuerdo nada de ella. Creo que es muy joven.

Lady Emily se iba a casar.

La *lady* Emily de lord Bryant.

O alguien estaba tan seguro de que se iban a casar como para anunciarlo en el periódico.

Si tras el artículo había un intento de obligar a lord Bryant a casarse con *lady* Emily, aquello le llevaría a maldecir sin duda alguna.

Le costó tragar saliva mientras leía detenidamente el artículo. La boda se suponía que iba a tener lugar en tres semanas. Se dejó caer en la silla del barón. Puede que fuera un vividor, pero la había ayudado sin pedir nada a cambio. Incluso había llegado a verlo como un aliado y un amigo. Varias veces había mencionado lo delicada que era la situación con *lady* Emily. El tiempo que había pasado con ella podría haber provocado un ataque sorpresa por parte de la familia de *lady* Emily.

Arrugó la hoja del periódico. La semana anterior había conocido a *lady* Emily, después de que lord Bryant le hubiera pedido que no hablara con ella. ¿Habría causado ella el problema? Se levantó. Tenía que hacer algo al respecto, pero ¿el qué? En realidad, no podía visitar a *lady* Emily o a su familia. Ni siquiera la dejarían entrar a la casa de un marqués.

Tiró el periódico a la silla, caminó hasta el perchero y tomó su abrigo.

—¿Adónde te crees que vas? —preguntó Nate.

—Tengo que ver a alguien.

—¿A lord Bryant? —Oyó que se acercaba a ella—. No te permitiré que vayas a verlo.

—No voy a visitar a lord Bryant.

—Entonces, ¿a quién?

¿A quién? Esa era la cuestión. La única persona de la que había oído hablar al barón cuando se trataba de sus aventuras con mujeres era la señora Cuthbert. Diana la había visto una vez. Le concedería un momento y puede que incluso tuviera alguna idea de cómo salvar a lord Bryant de un matrimonio que probablemente no quisiera. Pobre *lady* Emily... esa joven no podía haber hecho nada para merecerse acabar en medio de un escándalo. Si lord Bryant se escapaba, y estaba segura de que lo haría, su reputación quedaría arruinada. Tenía que encontrar una manera para protegerlos a ambos. Maldito lord Bryant y sus escándalos. ¿No podía comportarse como el resto del mundo en Londres?

Se quitó esa idea de la cabeza. Lord Bryant no se parecía en nada al resto de hombres de la ciudad. Era como un dragón entre peces: distinto y misterioso como el personaje de un cuento tradicional y capaz de conquistar el corazón de cualquiera que estuviera cerca. No se podía amar a un dragón, y tampoco acercarse a uno, pero nadie desearía que se convirtiera en un pez.

—Voy a visitar a la señora Lucinda Cuthbert.

Nate frunció el ceño. Estaba claro que no tenía ni idea de quién era.

—No irás sola. —Tomó su abrigo.

—¿No confías en mí?

—No confío en lord Bryant.

—Ni siquiera va a estar ahí.

—No si voy yo.

Diana asintió. Tampoco estaría bien ir sola por la ciudad. Podía dirigir una compañía ferroviaria, pero no podían verla por ahí sin alguien que la protegiera o sin una carabina. Podía pedirle a la señora Oliver que la acompañara, pero la había decepcionado demasiado con su escándalo con lord Bryant. No quería que fuese testigo de lo que estaba dispuesta a hacer para ayudarlo a evitar un matrimonio que no deseaba.

Se abrochó los botones del abrigo y caminó hacia la puerta. Con suerte, cuando llegaran a casa de la señora Cuthbert, tal vez fuera capaz de convencer a Nate de que se quedara esperando en el carruaje.

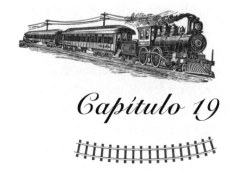

Capítulo 19

DIANA ESTABA DE SUERTE, su hermano había aceptado esperarla en el carruaje. No quería que se la relacionase con lord Bryant, pero tampoco sentía la necesidad de entrometerse en ningún otro de sus asuntos. Al menos no había perdido toda su confianza.

El salón principal de la señora Cuthbert no se parecía en nada a ningún otro en el que hubiera estado antes: cada espacio estaba cubierto de bordados, ya fuera colgando de las paredes o sobre la superficie de los muebles. En cada mesa había por lo menos una pieza, bajo jarrones también cubiertos por encajes.

Aunque apenas la conocía, no habría sospechado de su pasión por los hilos y el color en general. Era como si tuviera instalada una mercería en su salón.

La señora Cuthbert dejó sobre la mesa la labor, con la imagen de un gran danés sin terminar.

—Señorita Barton, qué agradable sorpresa. No la he visto en demasiado tiempo. ¿Su hermano la mantiene ocupada con ese ferrocarril suyo?

Ni se lo imaginaba.

—Estoy ocupada con el ferrocarril porque me gusta, no porque mi hermano me obligue.

La señora Cuthbert asintió con la cabeza, aunque su mirada parecía decir lo contrario.

—Por supuesto, querida, por supuesto. Le da la oportunidad de olvidarse de lo que quiere y hacer lo que su hermano le dice, todo para demostrarse a sí misma que no es como las demás damas de Londres. He de decir que es interesante.

Diana no supo qué responder. Nunca había admitido ante nadie que se sentía obligada a ayudar a Nate. Cada vez que hablaba de su trabajo en la oficina, siempre mencionaba que había sido idea suya unirse a él en su negocio. Y lo fue. Era una manera de pasar tiempo con su hermano mientras lo ayudaba. Cuando él aceptó, se dio cuenta de la presión a la que estaba sometido y cuánto la necesitaba en realidad.

Y respecto a no ser como las demás... Por supuesto que le gustaba.

Negó con la cabeza. La señora Cuthbert parecía conocerla más que todo Londres; pero ella estaba allí con un objetivo.

—¿Ha oído algo sobre la boda de lord Bryant y *lady* Emily?

El semblante de la señora Cuthbert cambió por completo y palideció.

—¿Están casados? Eso es imposible. —Se agarró al brazo de una silla y, afectada, se sentó—. Lord Bryant jamás se casaría con ella, me lo dijo él mismo.

—No, no se han casado, pero se van a casar. Lo he leído en el periódico.

—¿Qué periódico? —Miró nerviosa por la estancia, como si la noticia fuese a aparecer de debajo de uno de sus cojines bordados. Diana debería haber llevado la página, pero no se le ocurrió—. ¿Mencionaba a lord Bryant en concreto?

—No. —La joven dio un paso adelante y extendió un brazo. La señora Cuthbert seguía muy pálida. No se había imaginado que la noticia del matrimonio del barón pudiera causarle tal conmoción—. Su nombre no, pero sé que ha estado cortejándola. Seguro que no hay dos pares que sean posibles candidatos.

La mujer inhaló despacio y después exhaló, llevándose la mano al corazón.

—Entonces no es lord Bryant. —Dejó escapar una risa nerviosa—. No debería haberme preocupado.

Diana parpadeó. La habitación se nubló a su alrededor, como si la hubiera inundado la neblina londinense. ¿No estaban obligando a lord Bryant a casarse con *lady* Emily? La luz volvió a la habitación. ¿Sería cierto? Entonces, ¿por qué había maldecido?

—Pero él parecía muy molesto cuando ha visto la noticia, como si alguien estuviera obligándolo a casarse.

—No, ya le han presionado para que se casase alguna vez. Nada de eso le molestaría. Se marcharía de la ciudad durante un tiempo y se olvidaría el asunto.

—Entonces, ¿por qué...?

Negó con la cabeza y suspiró.

—Porque *lady* Emily se va a casar.

¿Su arrebato fue porque ella se iba a casar? ¿Por qué iba a molestarle eso? Si no la amaba, ¿por qué estaba tan molesto porque fuera a casarse? Y si la amaba, ¿por qué no se casaba con ella? No entendía a lord Bryant en absoluto. Y tampoco entendía su necesidad de entenderlo a él. Respiró hondo.

—¿Por qué iba eso a angustiar a lord Bryant?

La señora Cuthbert negó con la cabeza.

—Esa es una pregunta que debería hacerle a lord Bryant. Aunque si el futuro esposo es lord Silverstone, y sospecho que lo es, ese hombre le triplica la edad a *lady* Emily y en realidad no la conoce. Sus padres son las personas más controladoras e irresponsables que he tenido el disgusto de conocer. A *lady* Emily no la están obligando a casarse: la están vendiendo a un hombre que mejoraría su estatus social.

¿«Controladores e irresponsables»? ¿Era posible ser ambas cosas a la vez?

—Esa realidad está detrás de más o menos la mitad de matrimonios en Londres. —Las uniones concertadas por interés no eran precisamente insólitas. Aunque en ese caso, se sumaba la diferencia de edad.

—Pero no debería ser así —Arqueó una ceja—. He de hacerle una visita a *lady* Emily. Necesito saber cómo han llegado a esto. —Caminó hasta donde estaba Diana y le dio una palmadita en el brazo—. Me alegro de que nadie esté intentando forzar a lord Bryant a casarse. No está listo y puede que nunca lo esté.

Diana tragó saliva. Sabía a ciencia cierta que lord Bryant no era un candidato al marido ideal, pero en el fondo quería pensar otra cosa. Ojalá no fuera un vividor. Ojalá no fuera tan irresponsable... Había visto virtudes en él, y no tenían nada que ver con su cara.

Negó con la cabeza para aclararse la mente. Lord Bryant era lo que era. No había manera de cambiarlo, pese lo que ella quisiera creer.

—Pero ¿por qué? ¿Por qué está tan en contra del matrimonio?

—El matrimonio no va con él.

—¿Acaso no podía soportar serle fiel a una mujer? ¿No amaba a su esposa?

La señora Cuthbert hizo un sonido de desaprobación.

—Piensa demasiado mal de lord Bryant. Por supuesto que amaba a Rachel, la amaba con toda su alma. Si no la hubiera amado, la vida le habría ido mejor, ¿no cree?

Rachel.

Su esposa tenía nombre. Rachel. Un nombre dulcemente sonoro. No como Diana, la diosa de la caza y los animales salvajes.

Estaba angustiada desde que lord Bryant salió de su oficina, pero en ese momento se sintió peor. Había creído..., había esperado..., se había preguntado si, tal vez, lord Bryant no amaba a su esposa. Había confiado en que cambiaría su forma de ser si amaba a una mujer. Pero había amado a Rachel y había terminado convirtiéndose en el hombre que era... ¿En qué lugar quedaba ella misma?

Justo donde siempre había estado: en la lista cada vez más larga de nombres de las mujeres envueltas en un escándalo con lord Bryant antes de que se olvidara de ellas y se marchara feliz.

La señora Cuthbert no había parado de moverse desde que entró en la habitación, pero de pronto se quedó quieta. Entrecerró los ojos mientras miraba a Diana de arriba a abajo.

—¿Cuánto conoce a lord Bryant?

Se aclaró la garganta. De repente, que la señora Cuthbert estuviera tan quieta le ponía aún más nerviosa.

—¿Cuánto conoce alguien a lord Bryant? —preguntó. La señora Cuthbert se rio. Diana tragó saliva—. Pero «usted» lo conoce...

—Puede que mejor que cualquier otra persona.

—¿Por qué le molesta tanto que *lady* Emily se vaya a casar?

—Lord Bryant no confía en la gente con facilidad, señorita Barton. Me temo que no hablaré más del tema hasta que sepa qué tipo de relación tiene con él.

—No tenemos ninguna relación, la verdad.

—Eso es justo lo que me dijo él.

¿Lord Bryant le había hablado de ella a la señora Cuthbert? Respiró hondo y alzó la barbilla.

—Es cierto. —Se apoyó en una mesa cercana.

—La verdad es que no la creo. Tampoco estoy segura de haberlo creído a él.

—Señora Cuthbert, sé cómo es lord Bryant. Sería una tonta si pensara que es capaz de mantener una relación para siempre.

—Es una mujer inteligente. Lo veo. Pero le diré una cosa: cuando lord Bryant me dijo que no había ninguna relación entre ustedes dos, lo dijo de la misma manera que usted. Como si intentara convencerse a sí mismo.

Diana cerró los ojos. La estancia olía al perfume de rosas de la señora Cuthbert y a lana. Aquella mujer era una fantasiosa. Lord Bryant nunca le había dado ninguna señal de que significara algo más para él que cualquier otra persona que hubiera conocido.

—Estoy segura de que no es el caso.

—Él también me aseguró eso. No me gusta meterme en los asuntos de lord Bryant. Significa mucho para mí, pero también quiero verlo feliz. Y, señorita Barton, nunca antes lo he visto tan interesado en alguien como lo está en usted. Un matrimonio con *lady* Emily lo volvería loco. Pero si usted hubiera venido aquí hoy para anunciarme que se casa con él... —Sonrió y le brillaron los ojos mientras daba un paso hacia Diana y le tomaba la mano—. La habría felicitado.

Diana tragó saliva.

—Pero usted misma ha dicho que lord Bryant nunca se casaría.

—No, he dicho que «él» lo dice. Resulta que yo no estoy de acuerdo con él. Pero no le gusta que lo contradiga, así que prefiero no incomodarlo. Este hombre ya ha tenido bastantes problemas en la vida.

Diana observó a la señora Cuthbert en busca de alguna evidencia de que mentía, pero parecía sincera. No había muchas personas en Londres capaces juzgar a un barón, pero aquel hombre se había buscado la mayoría de problemas él solo. Había amado a su mujer y la había perdido. Pero ¿eso le daba derecho a herir a tantas otras mujeres? ¿Le daba derecho a entrar en su propio corazón para huir al primer contratiempo? No; ella no era tonta. No confiaría en su corazón si la razón le decía otra cosa. Los sentimientos arruinaban demasiadas vidas.

—Bueno, él se lo ha buscado con todos los escándalos que ha provocado, arruinando la reputación de muchas mujeres.

La señora Cuthbert echó hacia atrás la cabeza y empezó a reírse. A Diana, los colores de la habitación empezaban a resultarle asfixiantes. Necesitaba salir de allí. ¿Por qué defendía aquella mujer a lord Bryant? No pensaba que estuviera loca, pero...

—Ah, ¿sí? —preguntó, con gesto irónico—. ¿Conoce a alguna de ellas?

No las conocía. Se había pasado la mayor parte de su vida en Baimbury y la mayor parte de su tiempo en Londres en la calle Rochester. ¿Qué estaba intentando decirle?

—Me gusta usted, señorita Barton. Y, es más, creo que a lord Bryant también le gusta. Tiene algo de lo que carece cualquier otra mujer que conozca.

—¿El qué? —preguntó—. ¿Una compañía ferroviaria?

La señora Cuthbert se rio de nuevo.

—No, no me refiero a la empresa. —Se inclinó hacia delante, con los ojos acuosos por la risa—. Sabe lo que quiere. Y no solo eso, sino que además va tras ello, sin importarle lo que nadie piense de usted. No es una mosquita muerta. Es como un... un...

La joven estaba empezando a sentirse mareada y con el estómago revuelto. ¿Cómo la había llamado lord Bryant?

—¿Un lirio atigrado?

—Sí, eso es. Lord Bryant necesita un lirio atigrado. Exótico y poco común. No estoy segura de que sea capaz de encontrar otro. —Se alejó, se colocó mejor el sombrero y recuperó el entusiasmo—. Veré qué puedo hacer con respecto a *lady* Emily. Quizá consiga que entre en razón. Por lo menos, rebatiré las pobres excusas de los padres. No sé qué ha podido pasar, hace una semana todo iba sobre ruedas.

¿Hacía una semana? Cuando conoció a *lady* Emily.

La señora Cuthbert la miró.

—¿Se encuentra bien? Estaba a punto de pedir el té, pero debería salir en busca de *lady* Emily. ¿Puedo pedir que le traigan algo?

Diana se dispuso a salir con ella. Si la acompañaba podría averiguar si algo que ella hubiera hecho había causado el problema. Una semana. Parecía demasiada coincidencia. Pero no iban a admitir en casa de un marqués a la dueña de un ferrocarril con una reputación arruinada.

—No se preocupe. Gracias por recibirme sin previo aviso.

Ambas caminaron hacia la puerta. Los pasos decididos de la señora Cuthbert contradecían su edad. Cuando llegaron al vestíbulo de la entrada, se detuvo para despedir a Diana.

—Gracias, señorita Barton. Agradezco mucho que haya venido a contarme la noticia. Si lord Bryant no puede parar ese matrimonio, es posible que esté... —Suspiró hondo—. Con el ánimo decaído durante un tiempo. Espero que encuentre la manera de pasar a visitarlo.

Sin esperar una respuesta, se volvió hacia su mayordomo.

—Thacker, manda a George a por el carruaje. He de hacer unas visitas esta tarde.

Diana salió aturdida. Su encuentro con la señora Cuthbert no había ido en absoluto como había previsto. Había ido decidida a ayudar a lord Bryant a que evitara un matrimonio forzado y volvía más confundida sobre él que nunca. También bastante segura de ser, de alguna manera, la culpable del desastroso compromiso de *lady* Emily.

Nada tenía sentido.

—La visita no ha sido muy larga —comentó Nate en cuanto entró en el carruaje.

—La señora Cuthbert tienes que ir a visitar a alguien. —Se acomodó en el asiento.

—Entonces, ¿volvemos a la oficina? ¿O a casa de la señora Richardson? —Diana no le contestó. Su mente todavía estaba en el llamativo salón de la señora Cuthbert—. No entiendo por qué no quieres quedarte conmigo mientras esté en Londres.

—La señora Richardson me necesita.

—Me has dicho que está mejor, que incluso sonríe.

—Y así es, pero... —Desde que a Tommy se le escapó aquello, le costaba confiar en esa felicidad—. ¿Y si su felicidad no es real?

—Si lo fuera, ¿por qué no hablaba con ella sobre la causa?

Nate gruñó.

—Es difícil fingir que eres feliz.

Diana entrecerró los ojos, olvidando su preocupación por Charlotte. Sentado en frente tenía a un hombre cuyo matrimonio quizá no se habría celebrado sin la intervención de lord Bryant. Pensó en la risa de la señora Cuthbert como respuesta a la supuesta infelicidad de las mujeres con las que lord Bryant había protagonizado aquellos escándalos.

—¿Grace y tú sois felices, Nate?

Su hermano se echó hacia atrás en el asiento y estiró sus largas piernas.

—No creo que nadie en Inglaterra sea tan feliz como nosotros.

Diana sonrió y se recostó en el asiento, aunque no conseguía relajarse. Ver a Nate así, tan feliz, era una enorme recompensa para su familia.

Y eso podría no haber ocurrido nunca si lord Bryant no hubiera intervenido.

Gracias a que lord Bryant casi arruinó la reputación de Grace, surgió un matrimonio feliz. ¿Cuántos más encontraría si seguía indagando?

Incluso sin visitar a *lady* Emily, había encontrado la respuesta a una de las preguntas que le rondaban por la cabeza desde que había entrado en casa de la señora Cuthbert.

¿Quiénes eran las mujeres a las que lord Bryant había involucrado en un escándalo? Y ¿de verdad el barón había arruinado su vida?

Capítulo 20

EVERTON CAMINABA DE UN lado a otro delante de la casa de lord Falburton. En toda su vida, nunca antes le habían negado la entrada a una casa.

La actitud de los Falburton era intolerable.

Ir hasta allí corriendo tras enterarse del compromiso de *lady* Emily en el periódico no había sido una buena idea. El mayordomo le había asegurado que no había nadie en casa, pero esperó en el carruaje y vio que dejaba entrar a otros dos visitantes, además de detectar movimiento en una cortina del piso de arriba; seguramente *lady* Emily lo estaba observando. Se había pasado la última media hora fuera del carruaje mirando aquella maldita ventana.

¿Habrían pedido opinión a la joven antes de hacer oficial el compromiso? Ojalá lo supiera. No tenía ni idea de si estaba sentada en su habitación preocupada por si entraba de repente en la casa y provocaba una escena o si en realidad esperaba que lo hiciera.

Conocía a *lady* Emily lo suficiente como para saber que se sentiría incómoda siendo el centro de atención, así que se quedó en la calle a las puertas de la casa señorial.

—Avanza y para justo después de cruzar la siguiente calle —ordenó Everton al cochero antes de subirse al carruaje. Hubiera preferido caminar aquellos treinta metros, pero quería que los Falburton pensaran que se había rendido.

Cuando se detuvieron, se bajó y comenzó a deambular de un lado a otro. ¿Qué podía hacer? Lo más probable era que *lady* Emily no fuera a dar un paseo, y mucho menos que lo hiciera sola y pudiera hablar con ella.

Sería inapropiado, pero podría escribirle una carta. Normalmente no se habría tomado tantas molestias en arreglar un asunto. Y una carta nunca llegaría a sus manos.

Se pellizcó el muslo con fuerza; al día siguiente tendría un moratón. La sociedad británica debería pudrirse en el infierno por vender a sus tímidas hijas al mejor postor.

Un carruaje se paró en frente de la puerta de lord Falburton. Lo reconoció.

—Quédate aquí —le ordenó a su criado.

Un momento después, estaba de pie ante las escaleras de los Falburton y la señora Cuthbert llamaba a la puerta. El mayordomo y la invitó a pasar. Lord Bryant subió las escaleras de dos en dos hasta que se puso justo detrás de la mujer.

—Lord y *lady* Falburton han regresado, ¿verdad?

La señora Cuthbert se volvió sobresaltada y lanzó un chillido similar al de una lechuza.

Everton ahogó una risa. Tras haberse pasado una hora apretando los dientes, le divirtió asustar a la instigadora de todo aquel desastre.

—Lord Bryant, no lo había visto. —Abrió los ojos todavía más—. ¿Qué le ha pasado en la cara?

Casi había olvidado el altercado con el señor Barton.

—No es nada. Lo siento. Parece que tiendo a asustar a la gente cuando menos se lo espera, ¿eh? —dijo mirando al apurado mayordomo. Qué despreciable. Nelson nunca actuaría de esa manera, y había tenido que enfrentarse a circunstancias más comprometedoras que la presencia de un barón no deseado en la puerta—. Y bien, ¿dónde está Falburton recibiendo a sus invitados?

La señora Cuthbert dio un paso al frente.

—Estaba justo acompañándome al salón principal antes de que se abalanzase sobre nosotros.

—Entonces vayamos al salón principal. —Everton se vengó del mayordomo con una sonrisa de satisfacción. El pobre hombre no tenía ninguna otra excusa. Si no le hubiera mentido con tanto descaro hacía menos de una hora, casi se habría arrepentido de su actitud.

Pero tal como estaban las cosas, el hombre podía tragar saliva todo lo que quisiera, que no conseguiría la más mínima muestra de simpatía por su parte. El mayordomo suspiró y miró de soslayo hacia una puerta. Por fin, el sirviente se rindió a la evidencia.

Si el barón Bryant quería entrar en una casa, lo conseguía.

La señora Cuthbert le clavó el codo en el costado mientras seguían al mayordomo sudoroso.

—No tenía que haber venido. Soy la mejor candidata para averiguar qué está pasando.

Los dos hombres que estaban en el salón principal, lord Falburton y lord Silverstone, se levantaron en cuanto Everton y la señora Cuthbert entraron por la puerta. *Lady* Falburton se tapó la boca con la mano. Lord Falburton contenía la rabia como podía, mientras lord Silverstone los miraba a ambos confundido. *Lady* Emily no estaba allí. Los Falburton concertaban el matrimonio de su hija y ni siquiera permitían que saliese de su habitación. Todo mientras su lascivo prometido planeaba su futuro con ellos.

—¿*Lady* Emily no está en casa? —preguntó Everton.

—No se encuentra bien —respondió lord Falburton enfatizando cada palabra, como sugiriendo que no permitiría más preguntas al respecto.

—Me gustaría hablar con ella.

El prometido lo miró fijamente, como era de esperar. *Lady* Emily se merecía otro marido, uno que no fuera lo bastante mayor como para poder ser su padre.

—¿Alguien nos presenta, por favor? —pidió lord Silverstone.

—Este es lord Bryant —dijo el anfitrión a su invitado, que apretó la mandíbula al oír su nombre. Estupendo. Su reputación le precedía—. Lord Bryant, este es lord Silverstone, el prometido de *lady* Emily.

—Eso he oído.

—¿Qué quiere de *lady* Emily? —preguntó muy serio Silverstone.

Lord Bryant sonrió. Esa era una pregunta de respuesta fácil para cualquier vividor honrado.

—¿Qué cree que quiero?

El ofendido saltó hacia delante y se detuvo antes de agarrar a Everton por las solapas.

—He oído lo suficiente de usted como para saber que sus intenciones no son honorables. Le voy a pedir que no busque a mi prometida nunca más.

—¿Y cómo de honorables son sus intenciones?

Lord Silverstone frunció el ceño.

—Estamos prometidos. ¿Cuánto más honorables podrían ser?

—Desde mi punto de vista, sería mucho más honorable casarse con una mujer a la que no doble la edad. —Lord Silverstone palideció. Everton había dado en el clavo. Estupendo—. Me gustaría insistir en mi deseo de ver a *lady* Emily.

Lord Falburton frunció los labios.

—Y yo vuelvo a repetir que no se encuentra bien.

—Eso lo juzgaré yo mismo —respondió Everton.

La habitación de *lady* Emily debía de estar en el piso de arriba, lo más probable es que fuese la que tenía vistas a la calle y cuya cortina había visto moverse mientras esperaba fuera. Se dio la vuelta.

—¡Lord Bryant! —exclamaron todos los presentes a coro. Él no hizo caso, salió corriendo del salón y cerró la puerta tras él. En un instante estarían persiguiéndolo. Incluso la señora Cuthbert. Esperar fuera de la casa lo había exasperado, y no se iba a quedar tranquilo hasta ver a *lady* Emily.

No iba a permitir que la sociedad llevase a ese corderillo al matadero.

Corrió hasta el pie de las escaleras y se topó con el mayordomo plantado allí.

—Apártese —le ordenó. La puerta del salón se abrió entre pasos apresurados y gritos. Empujó al mayordomo a un lado, pero el fiel servidor de los Falburton, con un movimiento rápido, le agarró el brazo y se lo inmovilizó a la espalda. Sorprendido, se quitó de encima al mayordomo, pero no lo bastante rápido. En cuanto se liberó de él, los perseguidores lo agarraron.

—¡Berta! —gritó *lady* Falburton—. Encierra a *lady* Emily en su habitación.

Una criada pasó rápidamente por su lado y subió las escaleras. Everton aprovechó la oportunidad para clavarle el codo a lord Silverstone y soltarse de lord Falburton. El mayordomo volvía a impedirle el paso. Era por lo menos treinta centímetros más bajo que él y dos décadas mayor, pero su gesto no denotaba miedo, sino determinación.

—Puede que le haya dejado molestar a mi señor y su señoría, pero no molestará a *lady* Emily.

La insobornable lealtad que vio en los ojos de ese hombre reconfortó a Everton. Era la primera persona en aquella casa que mostraba preocupación real por el bienestar de *lady* Emily. Decidió desistir en su fanfarronada.

Él era el sinvergüenza.

A veces lo olvidaba.

La señora Cuthbert se disculpó y tiró de su brazo.

—Lord Bryant no ha sido él mismo estos últimos meses. Tendrán que perdonarlo.

Lord Falburton se frotó la muñeca y miró a Everton.

—No volverá a pisar esta casa nunca más.

—Por supuesto —respondió la señora Cuthbert—. Por supuesto.

Everton consintió en caminar hacia la puerta. Se había quedado sin fuerzas. La señora Cuthbert lo maldecía en voz baja, y se lo merecía. Se había distraído demasiado ayudando a Diana a costa de no estar pendiente de *lady* Emily. Entrar sin permiso en su habitación para intentar aliviar su culpa por haber fallado no ayudaría a nadie, y mucho menos a ella.

El mayordomo les abrió la puerta sin reverencia de despedida. En un arrebato, Everton se dio la vuelta y puso un pie para impedir que cerrara del todo la puerta. El mayordomo se mantuvo firme y no la abrió. El barón no pretendía volver a entrar, solo quería hacer una pregunta.

—¿Cómo está *lady* Emily?

El mayordomo entrecerró los ojos y relajó la presión sobre la puerta. Everton podría haber entrado otra vez en la casa. Pero ya se había extralimitado por esa vez.

—¿Está bien? —insistió.

El mayordomo miró detrás de él antes de inclinarse hacia delante.

—*Lady* Emily está como siempre.

—¿Resignada?

Asintió con la cabeza una vez.

Everton maldijo, pero retiró el pie y la puerta se cerró con un suave tintineo.

—¿Qué demonios pensaba conseguir entrando sin avisar en la habitación de una señorita? —masculló la señora Cuthbert.

Everton bajó la cabeza como un niño sorprendido en una travesura.

—«No» estaba pensando.

—Eso era bastante obvio. —La mujer lo apartó de la puerta. Estaba cansado de que lo llevaran de un lado a otro y apartó el brazo de ella mientras bajaban las escaleras.

—¿Qué se suponía que debía hacer?

Ella sabía que no se podría quedar sentado mientras se aprovechaban de una joven tímida como *lady* Emily.

—Para empezar, no debería haberme utilizado a mí para conseguir entrar. Quería hablar con *lady* Emily, y ahora no existe ninguna posibilidad de que me permitan estar cerca de ella de nuevo.

Everton gruñó y se frotó la frente. El día había ido de mal a peor. Dio una patada a una piedra en la calle, sin asegurarse de no golpear a nadie. Por fortuna, la calle estaba casi vacía. Al menos en eso, había tenido suerte.

—Le escribiré —dijo la señora Cuthbert.

—Es imposible que sus padres no lean su correspondencia.

—Usaré a uno de mis criados para que le mande una carta al mayordomo o a una sirvienta de la casa. Tenemos tres semanas antes de la boda. Todavía no es momento de rendirnos. —Le dio una palmadita en el brazo, otra vez como si fuera un niño. La verdad es que se había comportado como tal—. Bien, ¿dónde está su carruaje? ¿O ha venido andando?

Señaló con la barbilla. La señora Cuthbert asintió y le dio un empujoncito para que se marchara.

—Descubriré lo que pueda y se lo haré saber. —Caminó hacia su carruaje—. Y, lord Bryant —lo llamó—, no permita que esto le desanime. Hemos tenido buena suerte hasta ahora, pero no se puede salvar a todas las jóvenes.

No tenía que decirle eso. Ya lo sabía, y estaba grabado en una lápida de un cementerio a sesenta millas de su casa.

—No puedo permitir que obliguen a *lady* Emily a casarse. Se parece demasiado a... —Se quedó callado. Nunca le resultaba fácil pronunciar el nombre de su esposa.

—Rachel.

Everton tomó una bocanada de aire.

—Sí —admitió—. Se parece demasiado a Rachel.

—¿Ha ido a visitarla?

—¿A Rachel? —Repitió su nombre. Esta vez con más facilidad.

La señora Cuthbert asintió.

—Sí, varias veces. Sus padres la enterraron cerca de su casa de campo. No creían que mereciera descansar junto a los ancestros Bryant.

La señora Cuthbert arrugó la cara como si se hubiera quemado con el té.

—¿Por qué no?

—No me dio un heredero. Huyó de mí y volvió con ellos porque no estaba feliz, y ¿sabe qué hicieron?

—¿La volvieron a mandar de vuelta con usted?

—Eso es. ¿Qué padres le hacen eso a su hija? Era joven y estaba asustada. Lo primero que había hecho con valentía fue dejarme, y ellos intentaron mandarla de vuelta.

—¿«Intentaron» mandarla de vuelta?

Everton asintió. Nunca antes le había contado a nadie toda la verdad de lo que ocurrió, pero después del desastre con *lady* Emily, le debía una explicación por su conducta a la señora Cuthbert.

—Nunca llegó. Se escabulló del mozo de cuadra y volvió a huir. Aquella vez nadie supo adónde. Lo último que supe es que había fallecido seis meses después.

—¿Adónde había ido?

—Se fue a vivir con su antigua niñera. Ella había ayudado a criar a Rachel y era la única persona con la que se sentía segura.

—¿Ha ido alguna vez allí?

—¿A ver a la niñera? —La bilis subía por su garganta mientras pensaba en ello—. ¿A ver la cabaña destrozada en la que pasó sus últimos días? No, claro que no he estado ahí.

—Quizá debería ir. Deje que me ocupe de *lady* Emily mientras va a hablar con la niñera de su mujer.

—Vive en Alfriston.

—¿Alfriston? ¿No está cerca de Brighton? Podría tomar un tren. Si lo hace esta noche, podría incluso estar de vuelta mañana. Quizá para entonces tenga más noticias sobre *lady* Emily para usted.

¿Visitar a la niñera de Rachel? Cerró los ojos. La señora Nora Henderson. Cada letra de su nombre firmado volvía a él como si hubiera recibido la carta el día anterior. Había pensado en ir a Alfriston muchas veces, pero ¿qué encontraría allí? Más que nada, parecía una invasión del reino privado de Rachel.

—No quiero molestarla.

La señora Cuthbert frunció el ceño.

—¿A la niñera?

—A Rachel.

—Rachel está muerta. Usted todavía está aquí. Me ha gustado mucho ayudarle a provocar escándalos, la sociedad es absurda y me han encantado los juegos que hemos compartido. Juntos hemos puesto en evidencia a muchos. Pero, lo más importante, hemos ayudado a escapar a varias parejas jóvenes de las imposiciones de la sociedad. Quiero que usted también se deshaga de esa carga, lord Bryant. Es hora de ayudarse a sí mismo a curarse.

La señora Cuthbert tenía razón. No podía seguir torturándose. La visita a la duquesa de Harrington no había ayudado, sin duda porque no había seguido sus consejos. Quizá debería seguir los de la señora Cuthbert. Tal vez ver dónde había pasado Rachel sus últimos días les permitiría a los dos descansar por fin.

Capítulo 21

DIANA CAMINABA DE UN lado a otro por la oficina. No había visto a lord Bryant en dos días y, teniendo en cuenta la manera en la que se había ido corriendo, no estaba segura de que fuera a volver otra vez. La votación parlamentaria iba a celebrarse al día siguiente y, una vez terminase, ya no tendrían un acuerdo. Dos meses, eso era lo que le había prometido, y ese plazo estaba a punto de llegar a su fin.

Había conseguido descubrir los nombres de varias mujeres a las que había cortejado. Charlotte solo conocía a una de ellas en persona y no muy bien, pero la describió como felizmente casada, a pesar de que su marido fuera un comerciante de posición inferior.

De las otras mujeres que su amiga había mencionado —y eran muchas— una se había casado con un hombre cuyo nombre reconocía: lord Yolten. Uno de sus inversores. Le había pedido a la señora Oliver que le mandara un mensaje para hacerle saber que quería hablar con él. Por suerte, los últimos dos días habían sido tan tranquilos que Nate la había dejado al cuidado de la señora Oliver durante un par de horas mientras se fue a hacer recados. En cualquier momento iba a escuchar sonar la campanilla de la puerta para anunciar la llegada de lord Yolten.

Recordó lo que sabía de su matrimonio: su esposa, *lady* Yolten, venía de una familia adinerada, pero no tenía la ventaja de una buena cuna. Eso era todo. Lo único que sabía.

Charlotte no asistía a las actividades sociales a las que *lady* Yolten acudía como invitada, ni al principio de su presentación en sociedad ni después, cuando había ascendido en la escala social lo suficiente como para que la invitaran a eventos donde lord Bryant y lord Yolten estarían presentes. Se había casado con el señor Richardson cuando ninguno de los dos eran ricos. Sin embargo, la intuición de su esposo en la industria ferroviaria hizo que todo eso cambiara.

Sonó la campanilla y un hombre majestuoso más o menos de la edad de Nate entró por la puerta, con el sombrero más alto que cualquier otro que hubiera visto jamás y el cuello erguido. Diana se levantó de un salto. ¿En qué había estado pensando? ¿Pedir que un noble fuera a su oficina a verla? Ese hombre debía de tener mil cosas mejores que hacer y ella se había inventado una razón falsa para hablar con él. Lord Bryant era una mala influencia...

—Lord Yolten, por favor, siéntese. —Señaló la silla delante de su escritorio—. Lamento interrumpir su apretada agenda.

Lord Yolten se rio.

—Sí, bueno, hoy tenía la esperanza de resolver el misterio de por qué una de mis novelas favoritas había desaparecido. —Encogió los hombros—. Pero luego la he encontrado.

Tal vez no estuviera tan ocupado como ella creía.

—¿Dónde la ha encontrado?

—En mi mesilla de noche. Había colocado otra novela encima. Cuando he encontrado el libro, mi agenda se ha quedado felizmente despejada y estoy encantado de reunirme con usted.

Aquel hombre tenía un humor peculiar.

—Me alegro de oírlo.

—¿Qué puedo hacer por usted, señorita Barton? He de admitir que siento mucha curiosidad por cómo va la línea ferroviaria desde que... —Dejó de hablar.

—¿Desde que una mujer se hizo cargo?

—Bueno, sí. —Se inclinó hacia delante con la mirada llena de curiosidad—. ¿No le resulta agotador? Me agotan las reuniones con mi abogado para hablar de mis inversiones, y eso que son semanales.

Por supuesto que era agotador.

—A mí me parece fascinante el negocio del ferrocarril. Supongo que hace que no me sienta abrumada.

Lord Yolten abrió mucho los ojos y arqueó una ceja. Diana bajó la mirada hacia el escritorio. Tal vez no debería haberle pedido que fuera, lo último que necesitaba era el interés de otro hombre, de un hombre casado.

—Debería haber traído a mi esposa conmigo.

Diana lo miró a los ojos. Estaba interesado en ella, pero no de manera romántica. Que tantos le hubieran prestado atención por su negocio se le había subido a la cabeza. Se ruborizó. ¿Cuándo se había convertido en alguien tan superficial?

—Su esposa será bienvenida siempre que quiera. Estaré encantada de enseñarle en qué estoy trabajando.

—¿Habla en serio?

—Por supuesto.

—Perfecto. —Se levantó de inmediato del asiento—. Está esperando en el carruaje. Cuando le he contado con quién me iba a reunir, no ha querido quedarse en casa.

—Oh. —¿*Lady* Yolten quería conocerla?

Lord Yolten casi salió disparado por la puerta. Ese era un hombre al que le encantaba complacer a su esposa.

Diana sonrió. No presenciaba a menudo cómo un hombre dejaba ver en público lo feliz que era en su matrimonio. Nate lo mostraba casi de manera empalagosa. Grace y él vivían en un mundo hecho a medida para ellos, y ninguno de los dos podía ser más feliz.

—¿Acaba de decir que va a traer a su esposa? —preguntó la señora Oliver—. ¿Una dama?

—Usted y yo también somos damas y estamos aquí.

—Ya sabe a qué me refiero. ¿Tenemos té que para ofrecerle? —preguntó.

¿Té? ¿Por qué no se le había ocurrido a ella? Tenían té, pero solo tres tazas. Nunca antes habían recibido a nadie en la oficina. Alguna vez había ofrecido té a contactos de negocios que se habían quedado más de una hora, pero ocurría con tan poca frecuencia que no estaban preparadas para una visita social en la oficina.

—No, no te preocupes por el té. No han venido aquí por eso.

—¿«Por qué» han venido?

Diana agarró con torpeza la pluma. No podía decirle a la señora Oliver que había invitado a lord Yolten porque *lady* Yolten se había visto envuelta en un escándalo con lord Bryant. La miraba con recelo desde que se enteró de que había estado utilizando a lord Bryant y su reputación para ayudarla en su negocio. La situación solo iba a empeorar si descubría que estaba investigando sus relaciones pasadas.

—Tenía unas preguntas que hacerle a lord Yolten, no pensaba que fuera a traer a su esposa.

Diana movió de inmediato la silla de lord Bryant y la colocó junto a la que estaba delante de su escritorio, y después se quedó de pie alisándose la falda hasta que se oyó la puerta.

Lady Yolten era preciosa. Estaba claro que lord Bryant sabía apreciar la belleza. Tenía el cabello oscuro, como Diana, pero ahí terminaban las similitudes. *Lady* Yolten era pequeña como una flor delicada, tanto que no parecía compatible con el duro clima de Londres. Miró a Diana y después bajó la vista discretamente.

Diana dio un paso al frente.

—*Lady* Yolten, es un placer tenerla aquí.

Volvió a mirar a Diana, que vio en sus ojos una especie de destello.

—Estoy encantada de conocerla, señorita Barton. —*Lady* Yolten soltó la mano de su esposo y caminó hacia delante—. He oído rumores de que lleva este negocio usted sola y llevo queriendo conocerla desde entonces. Espero que no le importe que haya venido con Yolty.

¿Yolty? Diana se fijó en la reacción del caballero, que miraba embelesado y sonriente a su esposa. Después de conocer a la señorita Paynter y a *lady* Emily, había asumido que lord Bryant prefería mujeres tímidas. Debería haberlo imaginado. Por supuesto que le gustaban distintos tipos de mujeres; no lo había ocultado en ningún momento. Debería haberlo creído.

—Como le he dicho a su esposo, es bienvenida siempre que quiera.

—No creo que quiera ofrecerme eso tan a la ligera. —*Lady* Yolten había caminado hasta la mesa donde estaban los mapas y estaba ojeándolos—. Me fascina el ferrocarril. Y me fascina mucho más usted.

—¿Yo?

—Sí, una joven soltera trabajando día y noche en la industria. Es usted un asunto de actualidad.

Diana arrugó la nariz.

—Supongo que estaba al tanto de ello, pero me temo que eso no es positivo.

Los ojos de *lady* Yolten brillaron.

—Le aseguro que inspira sobremanera a las mujeres en mi círculo. Bueno, por lo menos a las divertidas.

—Doy fe de ello —añadió lord Yolten—. Debería haber oído cómo chilló Penélope cuando me llegó su invitación.

—¡Bah! —Su esposa sonrió y le dio un pequeño empujón en el hombro—. Yo nunca chillo; es tan poco elegante... —Se volvió hacia Diana y se llevó una mano a la comisura de la boca susurrando—: Lo hice. Sin duda chillé.

A Diana le costó mantenerse seria.

La mujer se alejó de la mesa de los mapas y se acercó a su escritorio. Se apoyó sobre los brazos como lord Bryant solía hacer a menudo. Sus ojos mostraban un interés desmedido.

—Tengo miles de preguntas.

Ay, Dios.

—¿Cómo consigue que todos esos comerciantes groseros la tomen en serio? —¿Acaso su familia no venía del mundo del comercio? Diana estaba acostumbrada a escuchar comentarios negativos sobre ellos, pero se sorprendió al escucharlos de *lady* Yolten—. A mí nunca me tomaron en serio, daba igual cuántas ideas tuviera.

Ah, eso lo explicaba todo.

—Bueno, supongo que como soy yo la que se encarga de los pagos...

Lady Yolten se rio con desparpajo. No era de extrañar que lord Yolten estuviera tan encantado con su esposa, desprendía energía y entusiasmo. ¿Cómo habría sido lord Bryant cuando la cortejó? ¿Habría sonreído más? Estaba segura de que no se había ido cada noche a casa enfurruñado, como lo estaba cuando lo visitó en su estudio. Imposible con una mujer como esa en su vida.

—Eso era lo único que quería, que mi padre me permitiera hacer los pagos. ¿Se lo imagina? —Deslizó los dedos por el brazo de su marido y entrelazó sus manos—. Padre no creía que pudiera ni leer un periódico, nunca me hubiese permitido intervenir en su negocio.

Diana ladeó la cabeza.

—Llegué a esto por causas justificadas, se lo aseguro.

—Pero su familia lo aprueba, ¿no?

¿Lo aprobaban? Su madre todavía no conocía muy bien cuál era su cometido allí. Sabía que había estado ayudando a Nate y después a Charlotte, pero no sabía todo. Su hermano se acababa de enterar del alcance de sus funciones y, aunque se había indignado porque no le había pedido ayuda, no había insistido en que le vendiera la compañía o en que dejara todo en sus manos. No estaba segura de si eso contaba como aprobación, pero tal vez fuera una muestra de confianza, lo que era importante.

—No han intentado frenarme, pero mi familia no es muy convencional. Cuando Nate creó su compañía, iba en contra de lo que la sociedad decía que «debía» hacer. Pero, a la larga, ha sido crucial para salvar nuestra finca en Baimbury y ha hecho que muchos inversores ganen mucho dinero.

—Sí, pero un hombre emprendiendo un negocio y una mujer haciéndose cargo de él son dos cosas muy distintas —repuso lord Yolten.

Diana se encogió de hombros.

—Estoy de acuerdo con usted. Nate tuvo que empezar la empresa desde cero. Yo solo tengo que mantenerla funcionando. Mi parte es mucho más fácil, eso seguro.

Lord Yolten arqueó una ceja y se rio.

—Sí, «eso» es lo que quería decir: que es más fácil ser dueño de una empresa que crearla. Lo tiene fácil. Es increíble que no haya más mujeres que lleven empresas ferroviarias —bromeó.

—He dicho «más» fácil. La verdad es que no diría que es fácil. Me he encontrado con varios problemas desde que empecé. —Como el hecho de que, si se casaba, el negocio, en gran medida, pertenecería a su marido.

Lady Yolten jugueteó con un rizo que se le había escapado de la capota y avanzó hacia el escritorio de la señora Oliver.

—¿Le gusta trabajar para la señorita Barton? ¿Es una buena supervisora?

Tragó saliva. La señora Oliver y ella no habían hablado mucho desde que descubrió la verdad de su relación con lord Bryant, o lo que quería que todo el mundo pensara. Ni siquiera ella sabía ya cuál era la verdadera naturaleza de su relación.

—La señorita Barton es la mejor jefa —aseguró, antes de indicar a *lady* Yolten que se acercara.

Ay, Dios. ¿Qué iba a decirle en privado? Por alguna razón inexplicable, quería la aprobación de *lady* Yolten, y no tenía nada que ver con que su marido fuera un inversor. Era el tipo de mujer que quería como amiga, alguien llena de vida e indiferente a las convenciones sociales.

Por suerte, la señora Oliver estaba un poco sorda y hablaba alto cuando quería susurrar.

—Lo único que no tiene que hacer es encerrarla en el almacén. Lo aprendí por las malas.

Lady Yolten echó la cabeza hacia atrás y miró a Diana sorprendida.

—Fue un simple malentendido. Estoy segura de que no volverá a ocurrir —dijo con una sonrisa.

—Oh, por supuesto que no —respondió su ayudante.

—Ahora que mi esposa se ha presentado a su empleada y se ha puesto cómoda en su oficina, ¿para qué quería verme? —preguntó lord Yolten.

Lady Yolten volvió al escritorio de Diana y tanto ella como su marido se sentaron. Diana respiró hondo. ¿Cómo se suponía que tenía que conseguir información sobre lord Bryant? ¿*Lady* Yolten lo habría amado? ¿Él le habría roto el corazón? ¿Y ella a él? Ninguna de esas preguntas era apropiada, pero estaba dispuesta a quedarse en la oficina trabajando más horas para compensar el tiempo empleado en obtener las respuestas.

—Es una situación un poco delicada —comenzó Diana.

Lady Yolten se inclinó en su asiento.

—¿Tiene un competidor al que quiere que pulvericemos? Creo que podríamos hacerlo, ¿verdad, Yolty?

Apenas conocía a esa mujer, pero tenía la impresión de que estaría encantada de salir corriendo a destrozar una nueva empresa ferroviaria en su nombre. Negó con la cabeza con un movimiento lento.

—No, nada tan delicado como eso. —Tamborileó con los dedos sobre el escritorio. Los Yolten estaban sentados en el borde del asiento, impacientes por que continuara hablando—. Solo me gustaría obtener cierta información de uno de mis inversores. —Dejó de hablar y la pareja se inclinó más hacia delante. Bajó la voz para que la señora Oliver no la oyera—. Lord Bryant.

A ambos les cambió el semblante. Los dos se removieron en la silla, sin rastro de la alegría y el entusiasmo que habían llevado a la oficina.

Había sido una mala idea.

Estaba claro que la pareja estaba enamorada, pero fue mencionar a lord Bryant y se miraron con cierta reticencia.

Lord Yolten se movió en su asiento. Bajó la voz.

—¿Qué es lo que en realidad quiere averiguar sobre él?

Pensó en cómo actuar. Estaba encantada de conocer a *lady* Yolten; pero, si solo estuviera uno de los dos allí, sin duda conseguiría una respuesta mucho más honesta. Juntos, era más probable que protegieran los sentimientos del otro antes que darle a Diana la información que necesitaba.

—Mi interés principal es saber un poco sobre su manera de ser. Oigo rumores opuestos sobre él.

—¿Opuestos? —preguntó *lady* Yolten—. Por lo que yo sé, la sociedad siempre ha sido unánime en pintarlo como un vividor y un sinvergüenza.

Diana esbozó una leve sonrisa.

—Supongo que tiene razón, *lady* Yolten. La impresión que causa lord Bryant es unánime. Pero yo, por mi parte, no siempre confío en la sociedad en general, y esperaba que pudiera darme su opinión al respecto.

—¿Qué le ha hecho pensar en preguntarnos a nosotros? —preguntó lord Yolten con tono frío.

Diana los miró a los dos. ¿Debería admitir que sabía que *lady* Yolten se había visto envuelta en un escándalo con él? ¿No era lo que estaba deduciendo lord Yolten? Hasta ese momento estaba bastante segura de que la pareja había visto en ella a alguien competente y no a alguien al margen de la realidad. No quería que cambiaran de opinión.

Ni causar ningún conflicto matrimonial.

—Es posible que haya oído rumores sobre usted y lord Bryant compitiendo por la mano de *lady* Yolten en un momento dado. Usted salió vencedor, por supuesto.

Lady Yolten se rio con disimulo y se tapó la boca con la mano. Lord Yolten solo arqueó una ceja.

—¿Es posible que haya oído eso?

En ese momento era Diana la que se movía incómoda.

—Es posible que haya buscado esa información.

Lady Yolten volvió a inclinarse hacia delante y la miró con ojos vivarachos.

—¿Lord Bryant ha mostrado interés en usted?

—No —respondió Diana antes de recordar lo que pretendía—. Bueno, sí. —De repente le picaba la cabeza. Dudaba si su expresión la estaría delatando—. No sé cómo contestar a eso.

—¿Es posible que esté enamorada de alguien? —preguntó lord Yolten.

La esposa se echó aún más hacia delante.

—¿Lo aprueba su familia?

—¿Ese alguien tiene un estatus inferior al suyo? —añadió lord Yolten.

—O tal vez... —Miró a su esposo—, ¿superior al suyo?

Diana no supo por dónde empezar a contestar la batería de preguntas. El matrimonio ya no parecía incómodo. Estaban deseosos por escuchar cualquier información sobre lord Bryant o, más aún, sobre sus propios intereses amorosos.

—Estoy demasiado ocupada con el ferrocarril como para buscar una relación con cualquier hombre.

—¡Bah! —*Lady* Yolten movió la mano en el aire—. Ahora está hablando como un hombre. Es una mujer, puede ocuparse de más de un asunto a la vez. No veo ninguna razón por la que no podría construir vías ferroviarias y pasar tiempo con un pretendiente.

—¿Se refiere a ese hombre del que cree que estoy enamorada? ¿O a lord Bryant?

Lady Yolten sonrió.

—A los dos.

Esa mujer había perdido el juicio. Lord Yolten miró a la señora Oliver y bajó de nuevo la voz.

—Le sugiero que acepte lo que sea que lord Bryant le esté ofreciendo. Sé que nunca ha fallado en algo que se haya propuesto. Puede confiar en él.

Se acomodó en la silla con una sonrisa satisfecha en el rostro. *Lady* Yolten parecía igual de satisfecha con el giro de la conversación. ¿Cómo era posible que el hombre que había sido el rival de lord Bryant lo recomendara con tanto entusiasmo? Diana cerró los ojos para pensar un momento. Las piezas por fin encajaron.

Solo había una posible explicación.

Lord Bryant no había sido un rival en absoluto.

Diana abrió los ojos y, en un intento de no parecer tan abrumada, ordenó los papeles de la mesa. Cuando se aseguró de haberse serenado, miró a lord Yolten.

—Lord Bryant no me ha ofrecido nada. No estoy segura de lo que quiere decir —replicó con una sonrisa irónica. Lord y *lady* Yolten se miraron el uno al otro y sonrieron también. No podía haber elegido a una pareja mejor para sus indagaciones.

Contestó un par de preguntas más de la dama antes de que se marcharan.

—No se olvide de invitarnos a la boda —comentó al salir por la puerta. Diana sintió un pinchazo en el pecho mientras sonreía y asentía. Aquella mujer había sido encantadora con ella y ella la había pagado con triquiñuelas.

—A decir verdad, lo más probable es que no haya ninguna.

Lady Yolten chasqueó la lengua y negó con la cabeza.

—No me lo creo. Solo haga lo que Yolty ha dicho y confíe en Bryant. Es un buen hombre. —La dama asintió como si todo el asunto estuviera ya arreglado y esperase una invitación de boda en cualquier momento.

Con qué hombre parecía lo de menos.

En cuanto se cerró la puerta, la señora Oliver fue corriendo a su lado.

—Qué emocionante tener a una dama en la oficina, ¿verdad? ¿De qué querían hablar?

—Quería saber todo sobre el negocio del ferrocarril.

—Me ha parecido oír el nombre de lord Bryant. ¿Qué tenían que decir sobre ese sinvergüenza?

Diana se avergonzó. Se sentía culpable de que su ayudante pensara así.

—No es ningún sinvergüenza, señora Oliver.

—Pero Nate... incluso usted...

Volvió a su silla y se dejó caer. ¿Cómo podía haber estado tan equivocada con él? Se suponía que lord Bryant era un sinvergüenza y quería que todo el mundo pensara que era un vividor.

No era de extrañar que se hubiera creído la fachada que con tanto cuidado había construido.

Dejó caer la cabeza hacia delante e hizo ruido al golpear la mesa. No sintió ningún dolor.

Lo sabía. En el fondo, siempre había creído que lord Bryant era un hombre honorable. Nunca habría ido a su casa sin acompañante y tan tarde por la noche si no lo pensara. Nunca le habría pedido que le arruinara la reputación si creyera que realmente fuera capaz de hacerlo.

Lord Bryant era decente, noble y amable.

Y ella se había aprovechado de él.

Se llevó las manos a la cabeza. Recordó cada sonrisa irresistible del barón, le dolía solo rememorarlas. Todo ese tiempo él había estado ayudándola. Cada hora que había pasado en su compañía, había puesto en peligro a *lady* Emily y, aun así, lo había hecho por ella con una sonrisa en el rostro.

Un rostro que en aquel momento lucía una nariz que con seguridad estaba rota por su culpa, y todo porque lo había obligado a aceptar su descabellado acuerdo. En ese momento estaría en casa apesadumbrado por haberle fallado a *lady* Emily, también por su culpa.

¿Cómo había podido ser una tonta tan irresponsable?

Se irguió

—He de irme.

—Pero todavía quedan unas horas para cerrar.

Diana fue a toda prisa hasta el perchero.

—¿Le importa quedarse sola? Puedo mandar un mensajero para que venga el señor Oliver.

—No tendré ningún problema, pero ¿qué debo decir cuando vuelva el señor Barton?

—Dile la verdad —respondió, abrochándose el último botón del abrigo—. Que no sabes adónde he ido. —Llegó a la puerta y la abrió de golpe.

—Pensará que se ha escapado con ese vividor. —La señora Oliver se puso de pie.

—«No» me voy a escapar con él. —Cerró la puerta tras ella. Se disculparía con su ayudante más tarde y le rogaría a Nate que la perdonara. Pero, en aquel momento, necesitaba ver a lord Bryant, fuera apropiado o no. Había interferido en sus planes y no lo había tratado bien. Tenía que liberarlo de su absurdo acuerdo y ayudarlo, como pudiera, con la situación de *lady* Emily.

Capítulo 22

EVERTON ARRUGÓ LA CARTA y apoyó la cabeza en la mesa. Esas no eran las noticias que esperaba recibir al volver de Alfriston. Así que *lady* Emily estaba contenta con su futuro marido... La carta iba dirigida a la señora Cuthbert, pero en el fondo siempre estuvo dirigida a él. Pero ¿la habría escrito *lady* Emily por iniciativa propia o sus padres la habían obligado a hacerlo?

Alisó la carta y la volvió a leer, tratando de conciliar sus ideas preconcebidas con lo que la joven había escrito. Algunas de sus razones tenían cierto sentido.

Lord Silverstone era dueño de una cantera, y no una cualquiera, sino una de las que se extraían fósiles. Leyó la frase subrayada una vez más. Se notaba su entusiasmo y lo más probable era que no estuviera escrito por su madre o se lo hubieran dictado.

Una maldita cantera, un pianoforte al que nadie hacía caso y el hecho de que nunca iría a bailes u organizaría visitas, ya que la finca de lord Silverstone estaba lejos de Londres. Al parecer, esas eran razones con suficiente peso como para que accediera al matrimonio con él.

Aunque su última razón...

¿Por qué estaba todo el mundo imponiéndole a Diana Barton? Por supuesto que *lady* Emily creía que Diana lo miraba como si estuviera enamorada de él. Era parte del plan. Esa parte de la relación con Diana era una farsa, como en todas sus otras relaciones. Ella lo estaba usando y él estaba encantado de ayudar. No lo amaba. Ella era brillante y optimista, y él un tipo siniestro. En algún momento de aquel sinsentido se habían convertido en amigos, pero nada más. E incluso eso era algo sorprendente.

Se puso de pie, caminó hasta donde estaba su abrigo y sacó del bolsillo las violetas secas que la niñera de Rachel le había dado. Justo debajo había un paquete de semillas que su esposa había recolectado y envuelto con cuidado.

Había estado pensando en volver a casa y esas semillas eran la prueba de ello. Fue ella quien las reunió. Iban a plantar violetas en su finca.

—No estaba lista para casarse —dijo su niñera cuando puso el paquete en sus manos—, pero lo estaba intentando. Su jardín ha florecido cada primavera durante los últimos cuatro años. Debería venir a visitarlo alguna vez.

Everton asintió, pero no estaba seguro de si lo haría alguna vez.

—Quería volver con usted. Quería hacer lo correcto.

Volvió a su escritorio y esparció las violetas entre los papeles. Por un momento le pareció percibir un aroma primaveral. Los pétalos oscurecidos parecían interrogarlo.

¿Qué más podía haber hecho? ¿Qué se suponía que debía hacer en aquel momento? Arrugó unas cuantas flores en la mano, haciendo que el olor a primavera volviera, pero esa vez con un matiz amargo. ¿Quería volver con él porque era lo correcto?

Había querido que volviera con él fuera cual fuese el motivo. Tanto si era lo correcto como si no. Tanto si sus padres lo querían como si no. Quería que lo amara por como era y no porque un trozo de papel que les entregaron en una iglesia les dijera lo que se suponía que debían hacer.

Rachel y sus ganas de querer hacer siempre lo correcto.

Una llamada en la puerta de su estudio interrumpió sus pensamientos.

Lord Bryant cerró los ojos y suspiró. Había sido explícito en sus instrucciones a Nelson. Con la carta de *lady* Emily y las violetas de Rachel tenía suficiente esa tarde. Nadie debía molestarlo. Nadie.

La puerta se abrió y Diana Barton apareció en el umbral, con la barbilla alta y una mano apoyada en la cadera, como si estuviera desafiando a cualquiera que cuestionara su presencia en el estudio de un hombre sin acompañante. Maldijo en voz baja. Esa era la segunda vez que Nelson le desobedecía por culpa de aquella joven. Rayos, ¿qué había en esa mujer que resultase tan convincente como para que ni siquiera su mayordomo pudiese decirle que no? ¿Qué había ido a pedir esa vez? Aunque daba igual: no iba a aceptar nada, no ese día.

Pero, aparte de la cantera y el pianoforte y el silencio, creo que la señorita Barton está enamorada de usted. Y, tal vez, incluso usted lo está de ella.

Se agarró con firmeza al borde del escritorio. Las palabras de *lady* Emily no significaban nada. Eran absurdas. Diana era su amiga, una amiga cuyos ojos y cabello oscuro a veces le perseguían en sueños, más razón todavía para no acercarse a ella sin tener a la señora Oliver o a su hermano que la protegieran.

—¿En qué puedo ayudarla, Diana? —Su tono de voz revelaba cansancio. Su viaje a Alfriston lo había dejado vacío y agotado.

—No he venido en busca de su ayuda.

Se rio. Lo único que había hecho esa mujer era pedirle ayuda, y lo único que había hecho él era ceder siempre ante ella. Si estaba allí, en su estudio, era porque necesitaba algo. Era demasiado inteligente y siempre lo enredaba en sus juegos... Pudo imaginarse incluso en la sección de encaje de una mercería por ella, debatiendo sobre si el crudo y el crema son el mismo color.

—Dice que no necesita mi ayuda, pero nunca ha recurrido a mí para otra cosa que pedirla.

Dejó caer la mano de la cadera y bajó la barbilla. ¿Remordimiento? ¿Viniendo de Diana? Debía de estar allí en busca de un gran favor.

—Lo sé.

—Entonces, por favor, váyase. —Everton no podía enfrentarse a Diana Barton en ese momento. Necesitaba tiempo para... «no» pensar—. Siempre parece venir sin avisar en el peor de los momentos.

—Pero...

Se frotó la frente.

—No, Diana. No me cuente alguna excusa para que le permita quedarse. Hoy no se saldrá con la suya. Estoy cansado y necesito estar solo.

—Pero...

—¿Por qué nunca me hace caso? —Cada vez le costaba más respirar. La mirada de la joven denotaba preocupación y, cada vez que se cruzaba con la suya, recordaba la maldita carta de *lady* Emily. «La señorita Barton está enamorada de usted» —. Nunca se marcha cuando se lo pido. —Incluso cuando ya se había ido, seguía en su cabeza con esa barbilla obstinada y el brillo de unos ojos color cobre. Estaba tan viva, mientras él... simplemente no lo estaba. Envidiaba su optimismo, envidiaba su futuro, todavía tan lleno de posibilidades, y envidiaba su juventud. Ojalá todavía siguiera siendo joven. Su juventud se había agotado antes de cumplir veintiséis.

—Se lo advierto, Diana, hoy no me va a tratar a la ligera.

Lejos de amedrentarse, cruzó la habitación y movió unos documentos, haciendo hueco para apoyar ambas manos en su escritorio.

—Hoy estoy aquí para ayudarlo a «usted».

Cerró los ojos por un momento. La mejor manera en la que podía ayudar era alejando aquella luz que traía consigo. ¿Acaso no sabía que podía apagarla en cualquier momento de debilidad? No podía soportar la idea de hacer daño a Diana. Pero aun así...

¿Cómo sería? ¿Y cómo sería que, por una vez, alguien lo ayudara a él? Se inclinó hacia ella, solo un poco, y abrió los ojos. Tenía la cabeza ladeada, como si lo viera por dentro y pudiera leer sus pensamientos, sus desesperados, solitarios e inútiles pensamientos. Ella no tenía el poder de cambiar el pasado.

Se apoyó en el respaldo de la silla. Debería levantarse, pues, al fin y al cabo, estaba en presencia de una dama. Pero estaba demasiado cansado como para atenerse a las convenciones sociales y, a decir verdad, no pensaba que a ella le importasen lo más mínimo.

—¿Está aquí para ayudarme?

—Sí. —Dobló los codos y acercó el rostro al suyo. Estaba tan cerca de él que podía oler el papel y la tinta fresca—. Como pueda. Soy consciente...

—Deje de decir cosas como esa.

—¿Cómo cuál?

Ahí estaba otra vez esa inocencia que la llevó con tanta valentía a su estudio, plenamente inconsciente de la tentación que suponía para él. Everton fijó la mirada en sus labios. Besarlos otra vez aclararía su mente. Tendría un par de segundos de paz antes de que huyera corriendo de la habitación, disgustada con él.

Y entonces la perdería.

Su primera amiga.

Ella resopló llena de frustración.

—Oh, no represente el papel de vividor conmigo.

Pero... ¡Nadie le hablaba así! Y esa actitud no le ayudaba precisamente a guardar la compostura... Arqueó una ceja y observó la curvatura de sus labios. La besaría ahí, despacio, y después, cuando abriese la boca para quejarse, besaría el resto.

—Me lo han pedido.

El rastro de una sonrisa apareció en sus labios. Creía que su comentario la irritaría. Si tan solo supiera lo que estaba pensando...

—Está bien. —Suspiró—. Puede que lo haya hecho.

Se encontró inclinándose hacia delante otra vez. Era imposible quitarse de encima a Diana. Siempre conseguía lo que se proponía:

entrar en su estudio, en su vida, en la industria del ferrocarril. Si más mujeres fueran como ella, estaría fuera del negocio de los escándalos. No habría violetas secas; ninguna mujer necesitaría su mala reputación para abrirse camino por sí misma.

—No lo entiendo, Diana. ¿Quiere que esta noche me comporte como un vividor o no? —Levantó una mano y le acarició la mejilla. En vez de apartarse, ella apoyó la cabeza sobre la mano.

Él se quedó paralizado.

—Lord Bryant —Su voz parecía sosegada. Levantó la cabeza de su mano y lo miró a los ojos—. Quiero que sea usted mismo.

¿Él mismo? ¿Qué demonios quería decir con eso?

—Pues... seré un vividor.

Negó con la cabeza.

—No. —Se apartó del escritorio y empezó a caminar por delante. Toda la ternura había desaparecido y volvía a ser la mujer de negocios calculadora que a menudo veía en su oficina. Esperó a que se le calmara el corazón, pero su sola presencia lo impedía.

—No es ningún vividor y lamento no haberme dado cuenta de ello. —Dejó de caminar y se volvió hacia él. Tenía la cabeza agachada y el ceño fruncido—. Parece ser que me he aprovechado de alguien inocente.

¿Alguien inocente? Everton parpadeó. ¿Había oído bien? Era muchas cosas, pero inocente..., desde luego que no.

—Disculpe, ¿todavía estamos hablando de mí?

Frunció más el ceño.

—Sí, por supuesto.

—Creo que todo el mundo en Londres sabe que, sin duda, soy un vividor. La besé después de haber pasado solo unos minutos con usted.

Ella movió la mano en el aire, como si sus argumentos no tuvieran importancia.

—Eso apenas lo convierte en un canalla.

—Estoy bastante seguro de que sí.

—No, me estaba ayudando.

—No tenía que besarla para ayudarla. Podía haber convencido al señor Broadcreek de que la dejara en paz de forma mucho más caballerosa.

—Nunca he dicho que sea un caballero, solo que no es un vividor.

—Conozco a unas cuantas mujeres por todo Londres que la convencerían de lo contrario.

—¿Mujeres como *lady* Yolten? —preguntó con la cabeza ladeada—. Había oído rumores sobre ustedes dos.

Lady Yolten. Menuda alborotadora.

—Sí, eso es, como *lady* Yolten.

Diana caminó alrededor del escritorio hasta que se puso justo a su lado. Él se levantó. Puede que no fuera un caballero, pero su madre lo había educado como si lo fuese.

—Lord y *lady* Yolten han venido hoy a la oficina. —No pudo reprimir una media sonrisa—. Solo tenían cosas buenas que decir sobre usted.

Maldito lord Yolten... Ese hombre era demasiado abierto y honesto. ¿Cuántas veces le había suplicado que no dijera nada sobre su intervención en aquel matrimonio? Entrecerró los ojos.

—No me sorprende que *lady* Yolten haya hecho algún comentario positivo sobre mí; la verdad es que logré que tuviera una temporada emocionante. —Tenía que mentir para terminar con aquello—. Pero ¿lord Yolten? Sin duda alguna no le caigo bien.

Lord Yolten no tenía que haber dicho nada sobre su escándalo con su esposa. Confió en que Diana también estuviera mintiendo.

En vez de parecer insegura, sonrió más abiertamente y arqueó mucho una sola ceja.

—Eso piensa, ¿no? —Se acercó a él—. Yo también lo pensaba antes de reunirme con ellos. ¿Por qué iba un hombre a hablar bien de un caballero que había protagonizado un escándalo con su esposa?

—Tal vez sea un poco tonto. Nunca he entendido qué ve *lady* Yolten en ese hombre.

Diana le lanzó una mirada felina. Él dio medio paso hacia atrás y se puso detrás de la silla. Ella parecía un gato a punto de saltar sobre un ratón.

—Sin duda son una pareja encantadora. Y lo que es más... —Lo señaló con el dedo—. Usted lo sabe.

Chocó con la espalda en la ventana que tenía detrás. La frialdad del cristal lo mantuvo firme.

—No sé de qué me está hablando.

—Usted ayudó a todas esas mujeres. Cada escándalo que ha tenido en los últimos tres años ha acabado en un matrimonio. Un matrimonio feliz. Incluido el de Nate.

Puso una mano sobre la ventana, le aliviaba el frío.

—¿Qué está insinuando?

Se acercó tanto a él que podía sentir su calidez, que contrastaba con el frío en la espalda.

—Es un buen hombre, lord Bryant. Aunque se empeñe en que todo el mundo piense lo contrario.

Everton cerró los ojos. Diana era todo dulzura y calidez. Y también cabezota. Creía que era un buen hombre. Qué amable por su parte. Pero estaba muy equivocada. Y nunca debía estar cerca de él.

—Con el debido respeto, Diana, no me conoce de verdad.

—Le conozco lo suficiente.

—Nadie me conoce lo suficiente. He trabajado duro para que así sea, y si sigue insistiendo en lo contrario... tendré que solucionarlo y nunca más visitaré su oficina.

Ella entrecerró los ojos.

—Está mintiendo.

—Le aseguro que no.

Diana suspiró, pero no se echó hacia atrás.

—Está bien. Es una persona horrible, pero mantengo mi oferta de ayudar.

—Puede empezar por apartarse de mí.

Sonrió, pero se acercó más a él.

—Me refería a ayudar con *lady* Emily.

Ah, *lady* Emily. Un asunto menos comprometido. Everton se apartó a un lado poniendo la necesaria distancia entre ambos. Diana se volvió y miró su escritorio.

—¿Es una carta suya?

—No. —Everton la esquivó y tomó la carta, moviendo la silla que los separaba. Dobló el papel y se lo guardó en el bolsillo del pecho. Las traicioneras manos le temblaban ligeramente.

Lo incomodaba la manera en la que Diana seguía sus movimientos con la mirada.

—Esa es la letra de una mujer. No ha empezado otro idilio ya, ¿verdad?

Si le decía que sí, ¿querría ayudarlo con ese también? Ya tenía suficientes mujeres entrometidas en su vida, no necesitaba otra.

—No, no he empezado otro. Y no hay nada que hacer por *lady* Emily. Está conforme con casarse con ese hombre si a cambio no tiene que acudir a más bailes.

Diana ahogó un grito.

—No puede decirlo en serio.

—Estoy de acuerdo con usted, pero a la señora Cuthbert y a mí nos han prohibido la entrada a la casa de los Falburton. Y, si no me equivoco, usted no se rodea de esa gente, así que no tenemos la manera de comprobar que es cierto.

Diana frunció los labios. Casi podía ver las cavilaciones de la joven a la búsqueda de una solución. No le gustaba que le dijeran que algo estaba fuera de su alcance.

—¿Y lord y *lady* Yolten?

—¿Por qué iban a ayudarme?

—Se lo deben.

—No me deben nada. —Everton tiró de la tela de su pañuelo desatado. Se lo quitó y lo arrojó al escritorio. ¿Por qué no lo entendía?—. Por Dios, que coqueteé con la futura esposa de ese hombre.

Diana se llevó los dedos a las sienes y las masajeó. Después dejó caer las manos, se apoyó en la silla que había entre ambos y se inclinó hacia delante.

—Esa pareja no paraba de decir cosas buenas de usted. ¿Se le da tan bien mentir que ha conseguido convencerse a sí mismo de su maldad?

Así era, había dado en el clavo. Y se sentía cómodo así. No necesitaba que Diana entrara sin avisar y que le dijera que era un tipo de hombre que merecía la pena.

—Debería irse a casa con su hermano. ¿Sabe él que está aquí?

Sin apartar la mirada, negó con la cabeza.

—No.

—¿Alguien sabe que está aquí?

—No.

—Maldita mujer tonta. —El exabrupto no resultó convincente con un tono de voz calmado. Tenía suerte de que fuera un caballero. No uno de verdad, pero un caballero, al fin y al cabo.

—No he podido evitar venir cuando he descubierto...

—¿Qué ha descubierto? —preguntó moviendo la cabeza.

—Que ha estado ayudando a mujeres. —Colocó la silla en el hueco del escritorio y caminó hacia delante—. Todos esos escándalos no eran inapropiados. Estaba usando su reputación para aumentar o disminuir las expectativas de una mujer hasta el punto de que pudiera casarse con el hombre que «ella» eligiera.

Iba a terminar contra la ventana otra vez si no se mantenía firme.

—No se haga ilusiones; no soy ningún santo. Era bastante divertido ayudar a esas mujeres. Y, a veces, sin duda, me he comportado de manera inapropiada.

—No me lo creo.

—No se convierta en otra mujer que intenta salvarme, Diana. Ya tengo muchas de esas.

—No necesita que lo salven.

—Entonces, ¿qué hace aquí exactamente?

—Creía que estaba aquí para ayudarlo con *lady* Emily.

—*Lady* Emily ya no necesita nuestra ayuda. —Nuestra. ¿Por qué había dicho «nuestra»? Diana y él no eran una pareja.

—No, no la necesita. Le creo.

—Entonces, ¿por qué sigue aquí?

Soltó una leve risa por los labios entreabiertos.

—Esa es una buena pregunta. —Negó con la cabeza como si ella misma estuviera sorprendida—. Tenía razón; por supuesto que tenía razón. No creía que necesitase nada de usted, pero resulta que sí.

—¿Qué? —No consiguió decir nada más.

—Se dedica a ayudar a que mujeres consigan lo que quieren. Así que he venido a conseguir lo que quiero.

Su pecho se expandió.

—¿Y qué es lo que quiere?

Ni rastro de su sonrisa traviesa.

—A usted.

Se echó hacia atrás. Luego se dio la vuelta y caminó alrededor de la mesa. No dejaría que lo atrapase. Diana no sabía quién era, no sabía qué «tipo» de persona era ni qué tipo de marido había sido.

—¿Sabe por qué le pedí a usted, de entre todos los hombres de Londres, que me ayudase? —Su voz sonaba segura.

No miró detrás de él, pero podía oír cómo lo seguía. Con pasos lentos y firmes, lo estaba siguiendo.

—Porque sabía que no me importaría provocar un escándalo.

—Eso es cierto, pero, a decir verdad, quería verlo otra vez. Llevaba en Londres casi un año y solo me había encontrado con usted una vez. Me gustaba pensar de mí misma que ya no era la joven de la boda de Nate, fascinada de pies a cabeza ante usted. Pero cuando tuve una excusa, cuando necesité ayuda, usted fue el primer hombre al que acudí. No fue casualidad. —Everton llegó a la puerta, pero no consiguió abrirla y salir de la habitación. Sus palabras estaban rompiendo algo muy dentro de él, y era un adicto al dolor—. Es el único hombre que me ha fascinado. Desde el momento en que le vi, he estado en un tren a toda velocidad por una vía que siempre conduce a usted. Quería que ese tren descarrilara; sabía que era un canalla y una persona horrible, y no podía ser tan estúpida como todas esas otras mujeres que caen rendidas a sus pies. Pero hoy, lord Bryant, «Everton»... —Oh, eso era un golpe bajo—. Hoy he descubierto que en realidad no es una persona horrible. Y me he parado a pensar por qué intento convencerme de que no debería estar enamorada de usted.

Pasó una mano titubeante por su hombro, que apenas rozó la tela del chaleco, pero él se dio la vuelta como si sus dedos lo hubieran quemado.

—No me toque.

Ella lo miró confiada.

—¿Me tiene miedo?

¿Miedo? Podría hacer que la echaran con un simple chasquido de los dedos. Nelson no era su único sirviente. Había «algunos» que lo obedecían. Pero no era justo lo que le estaba haciendo. Él pensaba que eran amigos, había disfrutado de su compañía, e incluso de la compañía de su hermano, a pesar de sus desencuentros con él.

—Diana, no le tengo miedo.

—Entonces, ¿tiene miedo de que lo toque?

Soltó una risa despectiva.

—¿Me pregunta eso y asegura conocerme? Todo Londres sabe que el roce de una mujer no significa nada para mí. Esas señoritas de las que hemos estado hablando... He hecho mucho más que tocarles la mejilla y no permitiré que piense lo contrario.

—Pero no mucho más, y lo sabe. No estaban pensando en usted cuando se escabullían por el jardín o los pillaban besándose. ¿Cuánto tiempo hace que no le abraza una mujer que le desea?

No pensaba contestar a eso. Necesitaba que Diana se fuera en ese mismo instante. La agarró por los hombros, hizo que se diera la vuelta y la empujó hacia la puerta. Tenía la mente demasiado confundida como para mantener esa conversación; y tal vez nunca estaría preparado para hablar de eso.

—No me iré hasta que responda a mi pregunta. —Se retorció hasta que consiguió volverse un poco para mirarlo—. Si tuviera que adivinarlo, me atrevería a decir que fue desde que su esposa falleció.

Everton no había conseguido apartarla del todo, pero se quedó paralizado al oír aquello. La habitación se oscureció a su alrededor y el aire parecía más denso. Diana se movió poco a poco hasta que logró darse la vuelta y él dejó caer los brazos. Cerró los ojos; los párpados le pesaban tanto que le costó abrirlos de nuevo. Ahí estaba el quid de la cuestión, la única verdad que conseguiría hacer que Diana se fuera.

—Y cree que me conoce muy bien. —Tal vez hubiera adivinado que sus escándalos eran falsos, pero todavía no sabía nada sobre su matrimonio—. Le puedo asegurar que, sobre ese asunto, está equivocada.

La joven retrocedió un paso.

—Santo cielo. —Tenía los ojos abiertos por completo y se cubrió la boca con la mano.

—¿Qué? —dijo con tono seco—. No sé qué piensa esa tortuosa mente, pero está equivocada.

A Diana le tembló la mano al bajarla.

—Ella no lo amaba.

Y ahí estaba. El pozo que había engullido su vida poco a poco y dolorosamente se estaba abriendo delante de Diana. Nunca volvería a mirarlo de la misma manera.

Capítulo 23

DIANA VEÍA CÓMO EL PECHO de lord Bryant subía y bajaba por la respiración agitada tras oír su deducción. Pero no negó que estuviera en lo cierto. Se alejó de ella y caminó hacia la puerta; no pudo seguirlo. Todavía estaba tratando de asimilar lo que acababa de entender. Su esposa, su preciosa Rachel, cuyo anillo todavía llevaba en el dedo, no lo había amado.

Él sí la quería, la señora Cuthbert se lo había contado.

Todo el tiempo había pensado que no se casaría otra vez por el recuerdo del amor compartido con su difunta esposa. Pero si ella ni siquiera lo amaba, ¿qué tipo de amor era ese?

No un amor vivo. No uno que respira y necesita ser alimentado. Era un instrumento de tortura, no de felicidad.

Lord Bryant abrió de golpe la puerta del estudio y le indicó que se fuera, pero ella no hizo caso.

—Durante todo su matrimonio y en todos los escándalos que ha protagonizado después, ¿nunca le ha abrazado ni acariciado una mujer que le amase?

—Váyase, Diana.

—Voy a arreglar esto.

—No tiene que arreglar nada. —Lord Bryant estaba sujetando con la mano la manilla de la puerta con tanta fuerza que sus nudillos estaban blancos. Si se movía, era posible que la manilla se rompiera y cayera al suelo—. Muchas mujeres me desean. Las mujeres suelen lanzarse sobre mí; estoy seguro de que lo ha visto usted misma.

—A esas mujeres no les importa, no como a mí. Se sienten atraídas por su dinero, su título y su buena apariencia. —Cruzó despacio la habitación hasta situarse al su lado.

Él se llevó la mano libre a la cadera y frunció el ceño de tal manera que estaba segura de que exageraba.

—¿Es inmune a mi atractivo?

Le contestó con una sonrisa, pero no iba a permitir que se burlara y volvieran a la pelea.

—Me importa un poco. Pero estoy aquí a pesar de su nariz inflamada. Ni siquiera sabemos cómo va a quedar después de curarse.

—Dijo que una nariz torcida mejoraría mi apariencia.

—Mentí, nada podría mejorar su apariencia. En realidad, es muy atractivo, con o sin una nariz torcida.

Sin apartar la mirada de la suya, tiró de su guante derecho, dedo a dedo, hasta que acabó con él en la mano.

Everton tragó saliva, marcando más los músculos del cuello. Sabía que era atractivo, pero no era capaz de imaginar el efecto que la visión de su cuello tenía en ella.

Volvió a tragar saliva.

—¿Qué está haciendo?

Comenzó a quitarse también el guante izquierdo.

—Casi se desviste por completo en mi oficina... ¿y está preocupado porque me quite los guantes?

—¿Por qué iba a quitarse los guantes si se va a marchar ya?

—Ah, esa es una buena pregunta. ¿Por qué iba a hacerlo? —Enganchó los guantes en el cinturón que llevaba puesto.

—No me haga llamar a Nelson.

—Nelson es bienvenido a ver esto.

—Me refiero a que venga para echarla de aquí.

Diana no pudo reprimir una sonrisa. Nelson no iba a echarla. Su gesto de satisfacción cuando la vio no era muy diferente de la de

Charlotte cuando llegaba pronto a casa para cuidar de los niños. Como si recibieran una bendición.

—¿Sabe, Everton? —Su propio nombre pronunciado por ella le producía escalofríos. Casi nadie lo llamaba así. Siempre era lord Bryant, o Bryant, para aquellos que se consideraban iguales a él o estaban siendo insolentes; pero nunca Everton. Lord Bryant era el canalla insufrible y Bryant era el aristócrata arrogante; pero Everton era el hombre que estaba frente a ella, sorprendido por sus manos desnudas—. Cuando nos dimos la mano en el almacén, tuve la extraña sensación de que mi mano estaba hecha para la suya.

Se estiró para agarrarle la mano y la estrechó entre las suyas. Le acarició con el pulgar la cara interna de la muñeca. Una vez la había amenazado con besarla justo ahí y desde entonces no la veía de la misma manera. Quería provocar el mismo efecto en él.

Su mano era la de un caballero, de largos dedos suaves. Acarició una pequeña cicatriz blanca con forma de flecha entre el pulgar y el índice.

—¿Qué le pasó aquí?

Everton soltó la manilla de la puerta.

—No me acuerdo.

Diana se llevó la mano a la boca y besó la cicatriz.

Entrecerró los ojos al sentir su tacto, pero no se apartó como había hecho la vez anterior. Envalentonada, besó la parte interior de la muñeca y comprobó que se le aceleraba el pulso. Por un momento, se permitió inhalar su aroma fuerte y especiado. Levantó la cabeza y entrelazó los dedos con los suyos. Un cosquilleo de emoción le recorrió el brazo. Ya había tomado la mano de lord Bryant antes. Por Dios, incluso ya lo había besado; pero eso era diferente.

Eso era real.

Quería saber si él también sentía lo mismo, más que cualquier otra cosa en el mundo.

Cuando abrió los ojos de golpe, le brillaban enfebrecidos.

Seguía con la respiración agitada.

—Diana.

Ella apretó los dedos.

—¿Sí?

—Creo que no puedo hacerlo.

—¿Darme la mano?

—Sí.

—No pasa nada, yo lo haré.

Intuyó en su mirada todos los sentimientos encontrados. Le apretó la mano y se le aceleró aún más la respiración.

—¿Everton?

—Estoy bien.

—¿Necesita sentarse?

—Creo que necesito que deje de tocarme. —No podía ni quería apartarse.

—Podría hacerlo —dijo mientras le agarraba con más fuerza la mano—. O podría tocarle un poco más para que se acostumbre.

—¿Cómo se le ocurren ideas tan absurdas?

—Le han encantado todas y cada una de mis ideas.

—Puede que esta me guste demasiado, y eso significa que es una mala idea.

—Deje que le ayude a decidirse. —Diana llevó la mano a su mejilla de barba incipiente y la acarició—. Entonces así es como se siente la mejilla de un hombre.

Él intentó aliviar la tensión.

—¿Nunca antes había tocado la mejilla de un hombre?

—Supongo que la de mi padre, pero era bastante joven, y no recuerdo que fuera así de áspera.

—No esperaba visitas. —Ella fijó la vista en el cuello abierto de su camisa. Eso estaba claro—. Siempre viene cuando no la espero. Hay muchas cosas inesperadas en usted.

Everton apartó la mano de la suya, que ella sintió vacía. ¿Iba a pedirle que se fuera? ¿Después de todo lo que había ocurrido?

Pero él se inclinó hacia delante y sostuvo su rostro con ambas manos. Le acarició la piel con el pulgar, justo por debajo de los ojos, como si estuviera limpiándole una lágrima.

—Entonces así es como se siente la mejilla de una mujer.

Diana se rio. No estaba pidiéndole que se fuera, todavía no.

—Sé que ya había tocado la mejilla de una mujer.

—Nunca la de una que me sonriera como lo está haciendo ahora. —Movió el pulgar hasta a la comisura de su boca. Ella cerró los ojos y se inclinó hacia delante, esperando.

Y esperando.

Al abrir un ojo, se encontró con que Everton la observaba con una media sonrisa perversa. ¿Había estado fingiendo todo el tiempo? ¿Esa era su manera de ganar su juego sin sentido?

Ella retrocedió y dejó caer las manos de su rostro.

—¿Está burlándose de mí?

—No se me ocurriría. —Everton dio un paso al frente. Su mano le rozó el codo y después se deslizó por el brazo hasta que le tomó la suya—. Pero debe entender que no puedo besarla.

—¿Por qué no? Por Dios, si ya nos hemos besado antes.

—Sí, pero aquello fue un favor. —Movió la cabeza a un lado—. Y, he de admitir, que fue un poco por diversión.

Ya estaban cerca, pero ella se acercó más.

—Esto también sería divertido.

Él negó con la cabeza.

—Ya sabe a lo que me refiero.

—Dejaré que lo considere como un favor.

—Diana. —Le pasó los dedos por la mejilla otra vez, provocándole un estremecimiento por todo el cuerpo—. La verdad es que no sé si puedo darle algo. No creo que tenga nada que ofrecer. No me aprovecharé de usted.

Diana respiró hondo. Ese no era el Everton al que conocía; a él no le importaba el decoro.

—¿Por qué no? Con todas las veces que ha tenido que estar a la altura de su reputación... Por favor, Everton, no se vuelva ahora un caballero recatado y estirado.

—Diana, estamos solos... en mi estudio.

—Eso se puede remediar con facilidad. —Diana salió al pasillo oscuro, arrastrándolo con ella—. Ahora ya no estamos en su estudio.

Everton cerró los ojos y no los volvió a abrir.

—¿Todavía tiene miedo de mí?

Abrió los ojos poco a poco.

—Estoy aterrado.

Diana suspiró.

—¿Todavía?

—No me conoce, por lo menos no de verdad. He jurado no casarme otra vez y no hice esa promesa a la ligera. No puedo hacerle creer que lo he superado cuando apenas estoy empezando a comprenderlo ahora.

A Diana se le hizo un nudo en la garganta. ¿Qué temía? ¿Que fuera la mujer que le hiciera cambiar de parecer? ¿De verdad pensaba que tenía tanto poder?

—Pensaba que había hecho esa promesa porque usted y su mujer habían tenido un amor tan profundo que no podía imaginarse casado con nadie más. Pero ahora sé...

—Eso es información nueva para usted, Diana, no para mí. Estuve casado con Rachel durante meses antes de saber que algo iba mal. Cuando por fin descubrí cuál era el problema, no podía hacer nada para arreglarlo. No podía hacer que me amara, por mucho que lo intentase. Destrocé a esa mujer, y no confío en que no vuelva a ocurrir.

—Ella lo destrozó a usted. —La voz de Diana era suave pero firme—. «Ella» lo destrozó a «usted».

—No permitiré que hable mal de ella. Su familia ya lo ha hecho lo suficiente, como para toda una vida mucho más larga que la suya. Hizo todo lo que la gente esperaba que hiciera: sus padres, la sociedad, yo... Lo intentó y nunca se quejó; nunca dejó que nadie viera lo infeliz que era. Quería amarme, pero no pudo. Y lo iba a intentar. —Se le quebró la voz—. Iba a volver. Y, a pesar de sus sentimientos hacia mí, yo la amaba. Era mi esposa. Así que, como puede ver, no estaba tan equivocada en sus suposiciones de antes.

—Eso no es amor, Everton. El amor se supone que debe ser recíproco. No puede ser que solo usted lo diera todo.

Everton frunció el ceño.

—No necesito que una mujer de veintidós años me explique lo que es el amor. —Lo había perdido, había vuelto a ponerse a la defensiva—. Me da igual que sea la dueña de una compañía ferroviaria.

Sabía que amaba a su esposa, pero ella estaba empezando a odiarla.

—¿Por qué iba a renunciar a todo por una mujer que no le correspondía? Everton, el amor es mucho más que eso. ¿Por qué...?

Dio un puñetazo a la pared Y alzó la voz.

—Porque se suponía que debía hacerlo. —El yeso se desparramó por el suelo y él apartó la mano del agujero que había hecho. Percibió en su semblante una expresión dolida y vacía que nunca antes había visto. Se miraba la mano como si no fuera suya.

Diana se acercó a él, pero su mirada rota la hizo detenerse. Eso no era algo que pudiera arreglar; por lo menos no en aquel momento. Dejó escapar un largo suspiro. En realidad, no sabía qué esperaba que pasase esa noche, pero desde luego no era eso. Si no estaba listo, no forzaría nada No podía esperar que cambiase con solo una conversación. Puede que nunca sucediera, pero no se iba a rendir. Siempre podía volver al día siguiente después de la votación.

—Usted gana. Me voy.

Se volvió y miró los retratos familiares en la pared. Estaban colgados a lo largo de todo el pasillo. Opulentos marcos dorados mostraban hombres y mujeres velados por la pátina del tiempo. Pero al final de la pared, donde el pasillo se abría al recibidor, ya no estaba la enorme pintura de Everton que había visto en su primera visita. En su lugar había un pequeño carboncillo que le resultaba familiar. Con su nariz imperfecta. ¿Había colgado su dibujo? ¿Ahí, entre sus antepasados?

—¿Dónde está su retrato?

—Mandé a Nelson que lo quitara. —Everton se acercó por detrás.

—¿Por qué?

—Lo van a enviar a un sitio.

—¿A otra finca?

—No. —Suspiró antes de posar la mano sobre su hombro—. A la calle Rochester 115.

Le temblaron los labios y, con un movimiento rápido, se los cubrió con la mano. ¿Le iba a mandar su retrato? ¿Cuándo había decidido hacerlo?

—¿Por qué lo ha hecho?

Respiró de un modo desacompasado, como dejando salir el tormento de su interior.

—Porque he querido. —Los dos estaban solos en un pasillo a oscuras. Nelson o cualquiera de sus criados podrían aparecer en cualquier momento—. Creo... —Habló en voz baja y cerca de su oreja—. Creo que he estado afrontando todo este asunto de la manera incorrecta. Quiero que se quede, y eso de repente significa algo para mí. Algo de lo que me tenía que haber dado cuenta hace tiempo. Que usted se marche nunca sería una victoria para mí.

Diana miró la nariz maltrecha que tenía delante. Había esperado... había esperado tanto...

—¿Qué está intentando decir?

—Antes de responder a eso, contésteme a esto: si su hermano supiera que está aquí, ¿qué pensaría?

—No pensaría nada. —Diana puso la mano sobre la del barón que aún tenía en su hombro. No podía verlo, pero podía notar su calidez—. Acabaría con el otro ojo morado a juego y la nariz aún más hinchada.

Él le apretó el hombro, y ella le agarró los dedos y se volvió para mirarlo.

—¿Y la sociedad?

Ella alzó la barbilla.

—Londres me querría muerta.

—¿Su madre?

Inclinó la cabeza a un lado. ¿Qué pensaría su madre? Seguro que preferiría que no fuera a la casa de un hombre sin carabina; pero, siempre y cuando saliera ilesa, tal vez disfrutara al oír la historia después.

—Madre es un poco más difícil, creo que pensaría que estoy actuando de manera precipitada y me diría que soy una tonta por venir aquí.

Everton asintió y entrelazó sus dedos con los de ella.

—Entonces, ¿por qué ha venido?

Diana había puesto todas sus cartas sobre la mesa, en su estudio, pero si él necesitaba tranquilidad, ella no se la iba a negar.

—Porque no podía mantenerme alejada. Quería estar con usted; quería verlo con todas mis fuerzas.

Everton frunció el ceño y levantó la mano libre para cubrirse la boca mientras suspiraba tembloroso. Las pocas velas que jalonaban el pasillo hacían que sus llamativos ojos verdes brillasen.

—A pesar de todos esos hombres.

Diana se inclinó hacia él.

—Si le digo la verdad, nunca pensé más de un segundo en ninguno de ellos. Solo pensaba en usted.

—Diana. —Su nombre era como una plegaria saliendo de sus labios.

Soltó su hombro y agarró el dedo meñique de su mano izquierda.

—Este es un anillo que llevé por deber y lo he seguido llevando como un idiota porque pensaba que debía hacerlo. —Con un movimiento lento pero ágil se quitó el pequeño anillo dorado—. Ya no voy a amar porque deba hacerlo. Nadie quiere que lo amen de esa manera. Deme un momento.

Lord Bryant volvió a su escritorio y dejó el anillo sobre un montón de pétalos secos. Inspiró profundamente, se inclinó hacia delante sin moverse y después se dio la vuelta.

Ella lo esperó en el pasillo. Le latía el corazón con fuerza. Él aligeró el paso hasta que llegó a ella y la agarró de la cadera. Hizo que girara sobre sí misma y diera una vuelta completa.

—La amo, Diana Barton, diosa de la luz y la esperanza. Sé que no debería, pero me he cansado de controlar los sentimientos por lo que «debería» hacer.

Diana elevó la barbilla, se puso de puntillas y puso los brazos alrededor de su cuello. Rozó la mejilla con la suya y llevó los labios hasta su oreja.

—¿Eso significa que va a besarme?

Everton gruñó.

—Me he pasado demasiados años siendo un sinvergüenza como para rechazar esa oferta.

Se echó hacia atrás para que él pudiera verla. Quería provocarlo, decirle que su primer beso solo había sido aceptable y que esperaba más de él. Pero, el primer beso no había necesitado ninguna mejora y no se atrevía a decirlo por miedo a que él cambiase de opinión. Aunque su mirada no era ni mucho menos vacilante. Algo había cambiado. Era como si por fin se hubiera decidido a volver a vivir. Y, aunque parecía imposible, lo veía aún más apuesto.

—¿Esa sonrisa es para mí? —preguntó Everton.

—¿Estoy sonriendo? —No podía evitarlo.

—Su rostro está iluminado. Resplandeciente. Le prometo que nunca apagaré esa luz.

—Es precisamente usted el que la enciende.

Relajó los hombros y después esperó, como si tuviera miedo de que ella fuese a huir. Ella se mordió el labio despacio.

—Diana, nunca hace lo que espero que haga.

—¿Qué pensaba? ¿Qué me iba a ir...?

Agachó la cabeza y cubrió su boca con la suya antes de que pudiera terminar la pregunta. Diana, la joven y fantasiosa Diana, salió por completo a la superficie, solo que menos inocente, aunque también llena de luz.

Everton podía tener a cualquier mujer en Londres y, aun así, la había elegido a ella. Su primer beso había sido un espectáculo: manos por todas partes y sus labios moviéndose con firmeza contra los suyos. Eso era diferente. Su roce era suave e indeciso. Apenas le rozaba los labios, pero provocaba olas de deseo que le recorrían todo el cuerpo. Que Dios la ayudara, pero necesitaba besarlo con más fuerza. Lo agarró por la solapa del chaleco y lo acercó. Él continuó explorando la suavidad de sus labios. Diana inhaló su aroma, esperando encontrar un rastro de brandi tras un día duro, pero no lo encontró. No había ningún licor que le nublase el juicio; sabía lo que estaba haciendo.

Volvió a acercarlo a ella, esa vez con ambas manos, y su respuesta fue instantánea: llevó los dedos a su cabello y lo despeinó con cada movimiento.

Se había acordado de su petición.

Él se acercó más. Estaba ahí. Estaba ahí con ella. Deslizó las manos por su cintura y ella recorrió la tela de su chaleco hasta la espalda.

No cabía duda de que quería volver a hacerlo.

Una y otra vez.

Everton parecía estar de acuerdo.

Se apartó después de unos deliciosos momentos y la miró. ¿Sus ojos estarían tan enfebrecidos como los del barón?

No le importaba. Estaban en el pasillo, donde cualquiera podría aparecer de un momento a otro. A fin de cuentas, estaban siendo lo más correctos que podían.

Everton se inclinó y le besó los párpados.

—Esos ojos ámbar suyos me han causado un sinfín de tormentos. —Después mordió la parte inferior de cada lóbulo—. Y esas orejas... nunca escuchan.

—Eso ha dicho.

—Y su garganta... —Entrecerró lo ojos y Diana respiró hondo.

Una tos forzada hizo eco en el recibidor. El barón se quedó paralizado.

—¿Debería acompañar a la señorita fuera?

Everton se apartó con la vista nublada por la confusión. Parpadeó un par de veces antes de volver la cabeza para mirarla.

—En un minuto, Nelson. —Agachó la cabeza y la empujó con suavidad, haciendo que caminase hacia atrás hasta que se chocó contra la pared llena de cuadros. El retrato de sus padres se inclinó hacia un lado como para hacerle hueco a ella. Llevó los labios a la parte inferior de su mandíbula. Se daba cuenta de que Nelson todavía podía verlos, ¿verdad?

—Esperaré aquí, entonces.

Everton gruñó. Se inclinó hacia la oreja de Diana.

—¿Debería sustituirlo? —Su aliento le hizo cosquillas en el cuello.

—No, me gusta.

—Por supuesto que le gusta. Hace todo lo que le pide. —La besó en la mejilla con un movimiento rápido—. En su defensa diré que todavía he de ver a alguien negarse a una petición suya. —Se apartó y se volvió para mirar a su mayordomo.

—Puede acompañar a la señorita Barton a la puerta.

Nelson asintió.

—Gracias, señor.

Diana dio un paso al frente, pero al pasar tomó la mano del barón. Él observó sus manos entrelazadas como si en realidad no pudiera creer lo que estaba viendo. Ella le dio un tirón para que la siguiera en silencio hacia la puerta.

—Tendré que decirle algo a Nate —admitió Diana.

Everton asintió. Todavía parecía estar un poco confuso.

Nelson le abrió la puerta y ella soltó la mano de Everton a regañadientes.

—La veré mañana en el Parlamento. Conseguiremos de una vez que aprueben su licencia.

Por fin sabría si su plan para salvar a la señora Richardson sería un éxito o un completo fracaso.

—Hasta mañana, entonces —respondió. Nelson todavía estaba firme en la puerta, esperando a que ella saliera—. Gracias, Nelson —añadió.

—Gracias, señorita. —Su expresión seria cambió con una leve sonrisa—. Confío en que esta no será la última vez que la veamos.

—Espero que no. —Le mostró una brillante sonrisa a Everton y le guiñó el ojo—. Lord Bryant es uno de mis inversores. La verdad es que serían malas noticias si no volviera a saber de él.

Diana agradeció el frescor al salir al aire libre y la risa de Everton a sus espaldas. Era el sonido de la alegría, la misma que florecía en su propio pecho mientras subía las escaleras de su carruaje. Cada paso parecía música. Podría pasarse toda la vida haciendo reír a aquel hombre.

Después de lo que acababa de ocurrir, estaba bastante segura de que tendría la oportunidad hacerlo; solo tenía que convencer a Nate.

Capítulo 24

NELSON NUNCA HABÍA SIDO el tipo de criado muy ceremonioso, por lo menos cuando estaban solos. Así que cuando no habló después de que Diana se fuera, no fue por respeto al barón o por discreción.

Si no iba a preguntar, Everton tampoco iba a dar ninguna explicación.

—Me voy a la cama.

—¿Y no a su estudio?

—No.

—Entonces, ¿quiere que le lleve el brandi a su habitación?

—No, me voy a dormir. Esta noche voy a soñar, y me gustaría comenzar con esos sueños lo antes posible.

Nelson se fijó en el cuello desnudo y la camisa remangada.

—¿Vamos a ver algún cambio por aquí?

—Yo, eh... —Everton sabía lo que estaba preguntando—. Creo que sí.

—No se conoce a una mujer como la señorita Barton todos los días. Creo que es hora de que se aproveche de la felicidad mientras está ahí mismo, delante de usted.

—No es mi felicidad lo que me preocupa.

Nelson miró la puerta por la que acababa de salir Diana.

¿De verdad acababa de besarla? ¿En el pasillo de su casa? Sí que era un canalla. Y, aun así, no podía evitar no sentirse mal por ello.

—Es muy joven. Todavía no ha comenzado a vivir su vida, no de verdad —añadió.

—Con el debido respeto, señor, usted tampoco. —Nelson puso una mano sobre su hombro, un gesto mucho más propio de un padre con su hijo que de un sirviente con su señor—. Y no puede robarle a alguien su futuro si está dispuesto a dárselo ella misma. Puede que me equivoque, pero parecía bastante feliz antes de irse.

Everton no pudo evitar sonreír.

—Sí, ¿verdad? —Cerró los ojos y volvió a ver a Diana esperando que la besara con una sonrisa en el rostro.

Una sonrisa. Para él.

—Creo que estoy a punto de convertirme en un hombre de familia aburrido.

Nelson sonrió y le apretó el hombro.

—Siempre deseé ese destino para usted.

—Yo también. —Fue difícil admitirlo después de tantos años huyendo, pero era la verdad. El sueño se fue rompiendo poco a poco a medida que pasaban los meses en su infeliz matrimonio. Siempre había pensado que, si amaba a Rachel lo suficiente, tendrían la relación que siempre había deseado. Pero solo fue a peor y su corazón se endureció. La había amado por deber y Rachel lo sabía.

Nelson se aclaró la garganta.

—Lo escondió bastante bien.

Se había resignado a vivir una juventud sin esperanza. Pero Diana la había reavivado con su sonrisa salvadora. Podía sentir cómo crecía en su pecho, incluso en ese mismo momento, y se abría paso por las zonas más oscuras de su interior.

—Nunca pensé que me pasaría a mí.

Nelson dejó caer la mano del hombro del barón.

—Sabía que hice bien en dejarla entrar en casa aquel día.

—¿Estás intentando atribuirte el mérito por esto?

—¿No cree que debería atribuírmelo?

Everton lo agarró por los hombros y los apretó. Todavía sentía que le faltaba algo a su dedo meñique, pero Diana no necesitaba ese anillo para protegerla. Había acudido a él porque quiso, a pesar de saber que todo el mundo se lo hubiera desaconsejado. No sabía qué había hecho para merecer tal muestra de fe, pero se iría con el diablo antes de romper su confianza.

—Si esto son buenas noticias, creo que todos deberíamos atribuirnos el mérito.

De buena gana Everton hubiera ido brincando a su cuarto. No recordaba cuándo había sido la última vez que veía el futuro con ojos esperanzados.

Una vida familiar feliz era algo a lo que había renunciado hacía mucho. Pasaron horas antes de que se calmara lo suficiente como para quedarse dormido. Pero incluso despierto, tenía la cabeza llena de sueños.

Capítulo 25

A DIANA LE DOLÍA EL CUELLO, pero eso no impidió que volviera a inclinar la cabeza una vez más para ver mejor a los miembros del Parlamento debatiendo sobre el proyecto de su vía ferroviaria.

Everton no había ido. Todavía había tiempo para que llegara antes de que tuviera lugar la votación, pero creía que querría haber estado allí durante el debate. Hasta ese momento todo parecía ir sobre ruedas, aunque era difícil saber lo que todos esos hombres con peluca estaban pensando. Sus documentos estaban presentados y sin errores.

—¿Por qué no está ese sinvergüenza aquí? —cuchicheó Nate sin mirarla.

—¿Qué sinvergüenza? —Por descontado que se refería a Everton. A pesar de que su hermano disimulaba, había pasado tanto tiempo como ella apoyado en la barandilla con la esperanza de verlo. Y no era un sinvergüenza.

—Lord Bryant, por supuesto. —respondió entre dientes—. Ni siquiera se ha dignado a venir.

—Habrá pasado algo. —Pero ¿el qué? Sabía lo importante que era para ella. Se alisó la falda e intentó calmarse. Era un hombre adulto y podía cuidarse solo. Seguro que estaba bien.

—¿Qué es más importante que esta votación?

—No lo sé. Espero que no esté herido.

El señor Barton resopló.

—Tú y yo le deseamos muy distinta suerte a ese hombre.

—Nate, ojalá...

—Lo que desees no cambia el hecho de que no está aquí y, si no está herido, ¿qué otra excusa podría tener? ¿Que se ha quedado dormido?

—Son casi las cinco de la tarde. No se ha quedado dormido.

—Entonces o no le importas, lo que no me extrañaría en absoluto, o algo malo le ha ocurrido al canalla ese. —Se volvió para mirarla—. ¿Cuál de las dos opciones prefieres?

Diana se agarró al banco que tenía delante. Necesitaba que algo la mantuviera firme.

—No es un canalla.

—¿Por qué lo defiendes? ¿Por qué todas las mujeres lo defienden? ¿Acaso una cara perfecta lo redime de todos los pecados?

—No es un pecador, Nate. No se me ocurre ningún pecado que atribuirle.

—Diana. —Se mesó el cabello—. Ese hombre está con una mujer diferente cada semana. Ha arruinado por lo menos a tres este año.

La voz de Nate empezaba a elevarse, así que bajó la suya a propósito.

—Ha arruinado las «reputaciones» de tres mujeres, quieres decir. En realidad, no ha arruinado a nadie.

Nate negó con la cabeza, pero respondió en voz más baja.

—En Londres, es lo mismo.

—Pero no es lo mismo, ¿verdad? Cuando juzgas a alguien, intentas entender sus sentimientos. Arruinar la reputación de una mujer y arruinar de verdad a una mujer son cosas muy muy diferentes. Yo le pedí que arruinara mi reputación. —Se señaló el pecho—. Se lo pedí. Tal vez esas mujeres hicieran lo mismo.

—¿Por qué demonios iban a hacer eso?

—Para conseguir lo que querían, Nate. ¿Sabes lo difícil que es eso para una mujer? ¿Grace tenía alguna otra posibilidad para ella cuando iba detrás de ti? No, tú eras su única opción.

—Pero me amaba.

—Qué afortunados los dos —contestó entre dientes—. Sin embargo, hay mujeres que no tienen tanta suerte. Las obligan a casarse con hombres por la posición en la vida que les pueden ofrecer y no porque ellas lo hayan elegido.

Nate entrecerró los ojos y, una vez más, se pasó los dedos por el cabello.

—Ahora estás exagerando. La situación de Grace era única.

—Pero que se escoja un marido para una mujer no es algo único, ¿verdad?

—¿Qué estás queriendo decir? ¿Me estás diciendo que lord Bryant tiene a varias mujeres al año pidiéndole que arruine sus reputaciones para que sean libres de casarse con los hombres que ellas elijan?

—No.

—Bien, porque eso sería absurdo.

—Lo que quiero decir es que él y la señora Cuthbert ofrecen ese servicio a mujeres que creen que lo necesitan.

Nate apoyó los codos en el banco que tenía delante y dejó caer el rostro sobre las manos.

—¿Eso es lo que te ha dicho? —preguntó con un tono de voz apagado.

Sonó un golpe de martillo y anunciaron un descanso de diez minutos. La gente a su alrededor se puso de pie. Tomó la mano de Nate, se dirigieron al pasillo y ambos subieron las escaleras hacia la salida.

Una vez fuera de la agobiante sala, apartó a su hermano a un lado. La gente caminaba a su alrededor. Encontró un rincón en la parte más alejada del pasillo y lo llevó hasta allí.

—Ese acuerdo que tiene con la señora Cuthbert... Al principio solo lo sospechaba, pero después de investigar un poco, uno de nuestros inversores me lo confirmó. Nate, mírame. —Volvió la cabeza con un movimiento lento, como si fuera lo último que quisiera hacer. Como era de esperar, parecía abatido. Se estaba juntando con un hombre que todo Londres consideraba el peor de los vividores, y, no hacía mucho, ella pensaba lo mismo de él—. Lord Bryant es un buen hombre. Creo que se merece ser feliz y yo quiero compartir esa felicidad con él.

Nate entrecerró los ojos, como si dudara de sus motivos. Miró a su alrededor para asegurarse de que no había nadie que pudiera oírlo.

—Diana, no seas ridícula. Lord Bryant no te merece; eres más inteligente que eso. —Echó la cabeza hacia atrás, la apoyó contra la pared y se llevó ambas manos al cabello—. Nunca debí pedirte que ayudaras en la oficina, tenía que haber contratado a un ayudante.

Diana se irguió ante él y le agarró la mano. Tomó aire.

—El día que me pediste que te ayudara fue uno de los días más felices de mi vida. Vi cómo lo sacrificabas todo por esta compañía ferroviaria después de que padre muriera. Todos sabíamos que tendrías éxito, pero lo que no sabíamos era la carga que supondría. Y madre y yo... lo único que podíamos hacer era mirar.

Nate apartó poco a poco la cabeza de la pared. Diana tenía los ojos llenos de lágrimas, pero no le importaba, no tenía que ser una mujer de negocios delante de su hermano.

—No sé qué te habría pasado si Grace no hubiera aparecido. Ella te enseñó que había una vida más allá de pagar las deudas de tu familia y sacar la finca de la ruina. —El gesto del señor Barton se suavizó, como siempre ocurría cuando se mencionaba a su esposa—. No te arrepientas de haberme pedido ayuda. No puedo decir que me haya encantado cada momento, pero conseguir hacer algo que ayudaba a la familia, y ahora a la familia Richardson, ha sido una de las cosas más gratificantes en mi vida. —O lo sería, suponiendo que aprobaran la autorización.

Nate apretó los labios.

—Eres muy capaz. Me alegro de que el mundo vaya a comprobar tu valía cuando hoy se apruebe la autorización y por fin puedas construir una línea que «tú» has desarrollado y por la que has luchado. Pero, Diana, lord Bryant... —Negó con la cabeza—. Aunque lo que digas sea cierto, su reputación está dañada por completo, y todo Londres sabe que juró no volver a casarse nunca. Yo mismo se lo he oído decir, y no creo que estuviera fingiendo.

Everton no fingía, pero ella lo había visto cambiar. En su casa la noche anterior, su corazón sin duda se había ablandado; más que ablandado.

—No estaba fingiendo, pero creo que ha cambiado de opinión.

—¿Tú «crees» que ha cambiado de opinión? Ya has arriesgado tu reputación al juntarte con él. ¿También estás dispuesta a arruinar tu corazón porque «crees» que ha cambiado de opinión?

Ni siquiera le había interesado ningún otro hombre. Siempre había sido Everton, desde que tenía dieciocho años. No importaba lo difícil que pudiera ser, siempre iba a estar dispuesta a apostar por él.

—Sí.

Nate se apartó por completo de la pared y se alejó. Tras unos pasos, se volvió hacia ella. Con ambas manos extendidas, hizo el amago de empezar a hablar dos veces, pero se quedó sin palabras.

Diana tomó las manos de su hermano entre las suyas.

—Me dijiste que debí pedirte ayuda a ti al principio de todo esto. —Tragó saliva—. Bien, te la estoy pidiendo ahora. Nate, ayúdame con lord Bryant. Si te pide mi mano, ponle todas las condiciones que quieras, pero dile que sí. Cuando salgamos juntos en sociedad, quédate conmigo como mi hermano. Ayuda a otros a ver el hombre que es en lugar del hombre que ha dicho ser.

Durante unos instantes que le parecieron eternos no hubo respuesta. Después, despacio, Nate agarró sus manos con un poco más de fuerza.

—Ni siquiera ha pedido poder cortejarte. Esto está yendo demasiado rápido.

—¿Cuánto tiempo pasó entre que Grace y tú os conocisteis y os comprometisteis?

Él negó con la cabeza sin querer contestar. Pero Diana lo sabía: dos semanas. Everton y ella habían pasado cuatro veces más tiempo juntos.

Su hermano se volvió a pasar los dedos por el cabello y gruñó.

—Quiero verte con un hombre mejor.

—De verdad te digo que no creo que haya ninguno. —Nate entrecerró los ojos. No la creía—. Excepto tú, por supuesto.

Él miró hacia arriba y, después, a la puerta por la que acababan de pasar. Sabía lo que estaba pensando: «Si de verdad es un hombre tan bueno, ¿por qué no ha venido?».

—Puede que le dé una oportunidad, pero no me va a gustar. Y, por supuesto, todo dependerá de su actitud. —Todos habían vuelto ya a la sala, y lo más probable era que se hubieran perdido una parte del debate—. No tardarán en votar, así que deberíamos entrar.

Abrazó a su hermano por la cintura, apoyando la cara en su espalda.

—Gracias.

Nate le dio una palmadita en las manos apoyadas en su estómago y después las apartó para poder abrir la puerta.

—Todavía no he hecho nada, y sigo esperando no tener que hacerlo.

—Aun así... —El vociferante ruido de la sala de la asamblea hizo que Diana parara.

Algo iba mal. El ambiente había cambiado por completo desde el descanso. Volvieron al lugar que habían ocupado antes.

—¿Qué está ocurriendo? —preguntó Nate al caballero sentado a su derecha.

El hombre gruñó, con gesto malhumorado debajo de su voluminoso bigote gris.

—Parece ser que una mujer ha estado llevando la compañía ferroviaria.

Los hermanos intercambiaron una mirada. Nate echó hacia atrás los hombros.

—Sí, ¿y qué hay de malo en eso? Sus inversores debían de saberlo y han declarado que todo está en orden.

—Alguien ha señalado el riesgo que implica tener a una mujer al frente de una empresa, tal vez algo a lo que el Parlamento no debería contribuir.

—¿Quién lo ha señalado? —preguntó Nate.

—Lord Rayleigh —¿Lord Rayleigh? Diana apretó los dientes. Había invertido mucho en la compañía del señor Broadcreek—. Ha de admitir que tiene razón —continuó el hombre—. Al parecer es una mujer joven y soltera. ¿Qué pasaría si se casase con un sinvergüenza inútil? Él tendría el control de la empresa.

Diana se clavó las uñas en las palmas de las manos.

—Quizá los inversores confían en ella porque saben que «no» se casaría con un sinvergüenza.

El caballero más mayor se limitó a encogerse de hombros y volvió a atender al presidente de la cámara.

—Debemos añadir un apéndice... —decía uno de los lores.

—¿Ese es lord Rayleigh? —Diana se asomó y le preguntó a Nate.

—Sí.

Lord Rayleigh caminaba de un lado a otro delante del resto de lores.

—Se puede confiar en una mujer para que haga ciertas cosas en un negocio. Es bastante obvio que ha sido meticulosa con sus documentos, pero ¿estamos dispuestos a autorizar la construcción de una vía, un proceso que podría tardar años, a alguien en una posición tan incierta como en la que se encuentra la señorita Barton? —Miró a alguien en un balcón a su izquierda Allí, con una sonrisa en la cara, estaba un hombre cuyo bigote reconocería en cualquier lugar.

El señor Broadcreek.

Por supuesto que iba a estar allí.

—¿Quién sabe qué será de ella? —continuó lord Rayleigh—. Si por el contrario hubiera alguna manera de asegurarse que se casa con un ciudadano responsable, uno que supiera por lo menos tanto sobre la industria como ella, votaría sin ningún problema para aprobar esta ley.

La gente empezó a susurrar por toda la sala. ¿Un apéndice que decía que tenía que casarse y encima con el requerimiento de que su marido fuese un respetado hombre de negocios en la industria ferroviaria? Solo añadir el apéndice podría llevar semanas, incluso meses. Habría un gran retraso en la construcción y sus accionistas podrían buscar invertir en otro lado en vez de esperar. El señor Broadcreek se acomodó en su asiento con los brazos cruzados sobre el pecho. Él pensaba que tendría que casarse con él... pero eso era impensable. Antes llevaría a bancarrota Ferrocarriles Richardson.

Pero no podía. No si Charlotte confiaba en ella para vender la empresa por un beneficio mucho mayor.

De repente, todos los lores se volvieron hacia la puerta. Diana agarró a Nate por el codo y lo apretó.

Everton entró con pasos largos hasta el centro de la sala. Había ido. Todas las miradas se posaron sobre él desde el palco y el piso de abajo. De repente la sala a su alrededor se volvió más luminosa. Los rojos que adornaban toda la cámara ya no parecían opresivos, sino alegres. Los rayos de sol se reflejaban en cada superficie y, en especial, en lord Bryant. No podía verle los ojos desde su sitio, pero seguro que estaban vivos y llenos de luz.

—Lord Rayleigh —intervino Everton—, la enmienda que propone no tiene sentido. ¿Acaso debemos reunirnos cada vez que alguien comience a cortejar a la señorita Barton? ¿Acaso tenemos que sopesar si podemos confiar o no en su pretendiente para terminar la línea propuesta? ¿Hay alguien aquí que quiera hacerse cargo de esa responsabilidad? ¿Cuándo se ha convertido en una competencia de la Cámara de los Lores supervisar la vida personal de una mujer?

Se oyeron murmullos de asentimiento en toda la sala.

Lord Rayleigh se acercó a lord Bryant con su barriga rechoncha.

—Si hubiera estado aquí durante las deliberaciones tal vez lo entendería. ¿Cómo podemos, de buena fe, cargarle tal responsabilidad a una mujer? ¿en especial a una mujer soltera que no tiene la ayuda de un marido.

Lord Bryant se rio.

—¿Conoce a la señorita Barton?

—No, no he tenido el placer.

—Eso pensaba.

—¿Qué quiere decir?

—Que, si conociera a la señorita Barton, sabría que no «permite» que los hombres la ayuden en sus asuntos. —El hombre a su derecha se rio. Como otros oyentes y algunos de los lores. Tal vez poner a lord Bryant al cargo de su defensa no era la mejor idea.

Lord Rayleigh ladeó la cabeza.

—La verdad es que eso no parece una encarecida recomendación.

—Pero lo es. Si un hombre se casa con ella, él controlaría su negocio.

Lord Rayleigh estaba demasiado lejos como para poder ver su rostro con claridad, pero sus movimientos empezaron a parecer más agitados y menos seguros.

—No solo estoy diciendo eso: digo que es una realidad. Bajo la ley, marido y mujer se convierten en uno, y en ese uno, es el deber del marido firmar los documentos y controlar las finanzas.

—Lord Rayleigh, por cómo lo dice, casi parece que tiene a alguien en mente para ella.

A Diana no le gustaba el rumbo que tomaba el debate. No quería que el Parlamento empezara a decir nombres de posibles maridos para ella, pero no tenía manera de defenderse y hablar por sí misma.

—Mi única condición es que sea alguien que conozca la industria, tal vez alguien que también sea dueño de una compañía exitosa. De esa manera, será capaz de asegurar que esta línea se construye como se había planeado en un principio, de acuerdo con estos documentos.

Lord Bryant se dio la vuelta y observó con detenimiento toda la sala, como si estuviera mirando a cada lord a los ojos.

—Si nuestra intención es asegurar que la señorita Diana Barton construye la línea ferroviaria de la manera que ha documentado y diseñado, entonces, lord Rayleigh, tengo una propuesta diferente que creo que le parecerá más lógica que la suya.

—¿Qué propone? —Lord Rayleigh hablaba tan bajo que Diana casi no podía oír lo que decía.

—Debería casarse con un hombre que no tenga ningún interés en absoluto en ser dueño de una compañía ferroviaria. Así podrá quedarse al margen de todo.

La mayoría de los lores en el piso de abajo sofocaron una risa y susurraron entre ellos. Unas cuantas personas alrededor de Diana soltaron una carcajada. Apoyó la cabeza en la mano. ¿Cómo se había convertido su vida personal en un asunto parlamentario?

—¿Ese es el hombre al que le confías tu corazón y tu reputación? —La voz de Nate sonaba más como un rugido que un susurro—. Debería aprender a mantener la boca cerrada. —Diana levantó la cabeza, pero no supo qué responder.

Lord Rayleigh miró a su alrededor como si estuviera juzgando la reacción del Parlamento a la sugerencia de lord Bryant.

—Es una propuesta interesante.

—Es más que interesante; es la única propuesta lógica y, ya que todos queremos asegurarnos de encontrar un hombre así, me gustaría proponer algo. La señorita Barton está aquí, ¿verdad? —Sabía que la había visto, pues se habían mirado a los ojos varias veces mientras hablaba. Pero ser melodramático parecía ser parte de su verdadera naturaleza y no solo de la fachada. El corazón y las acusaciones de Nate le latían con fuerza en los oídos. ¿Confiaba en Everton? Tenía la mirada fija en la suya y, aunque estaba muy lejos como para ver su expresión, podía sentir su intensidad.

Sí. Confiaba en él, y siempre confiaría en él.

Levantó una mano para que los otros lores supieran dónde estaba.

—Ah, sí, ahí está. Ya que ella es protagonista de este debate, el cual se ha convertido en algo tan personal para ella, me gustaría hacerle unas cuantas preguntas.

Lord Rayleigh resopló por la nariz.

—No creo que...

Lord Bryant lo silenció con una mirada que, sin duda, era demasiado melodramática.

Diana se puso en pie. Si iba a hablar en el Parlamento, se negaba a que la vieran como alguien avergonzado o indeciso. Nate tomó su mano y le dio un apretón.

—Prepárate, Nate —susurró.

Su única respuesta fue apretar con más fuerza su mano. Por primera vez desde que había vuelto, estaba muy agradecida de tenerlo cerca.

Lord Bryant levantó la cabeza para mirarla.

—Señorita Barton, ¿ha estado al tanto de estos procedimientos?

—Sí.

—A pesar de la idea tan ridícula del Parlamento de intentar controlar una parte tan personal de su vida, me gustaría preguntarle si cree que mi idea es válida o no. ¿Estaría dispuesta a casarse con un hombre que no esté interesado en absoluto en estar al mando de una compañía ferroviaria?

La voz de Everton le calmó un poco el pulso acelerado.

—Por supuesto. —Se escuchó un murmullo por toda la sala. ¿Qué estarían diciendo esos hombres sobre ella? Elevó la barbilla de modo desafiante. Si iban a hablar de ella, ella decidiría el rumbo de la conversación—. Siempre y cuando sea apuesto.

El murmullo se convirtió en un jolgorio. Toda la gente a su alrededor ahogaba gritos y se reía.

Cuando la multitud se quedó en silencio, lord Bryant miró a sus colegas diputados del Parlamento.

—Creo que podemos garantizar que será apuesto.

Lord Rayleigh balbuceó por un momento.

—Lord Bryant, ¿cómo podemos garantizar algo así? Esto es la Cámara de los Lores, no podemos entretenernos con nimiedades como el aspecto de un hombre.

Miró a los ojos a lord Rayleigh.

—Estábamos entreteniéndonos con nimiedades cuando he entrado en la sala, así que creo que podemos considerarlo como un debate. Ya está demostrado que, como organismo, podemos ser bastante absurdos. Hoy voy a ver hasta qué punto.

Los murmullos descendieron en volumen al tiempo que subía el enfado de los lores. Una cosa era ofrecer una opción opuesta a la de lord Rayleigh, y otra muy distinta insultar al Parlamento.

—Bien, señorita Barton, usted desea que sea apuesto y yo que no se inmiscuya en sus asuntos. ¿Tiene alguna otra condición antes de que resolvamos esta disputa y comencemos a buscarle un marido?

Diana sonrió. La cámara se desvaneció y lo único que podía ver era a Everton, de pie delante del mundo, preguntándole qué era lo que quería «ella».

—Sí.

—Por favor, cuéntenosla. Hoy el Parlamento se ha metido a casamentero y nos gustaría hacer un buen trabajo.

Diana miró a Nate antes de dejar caer la mano. Estaba negando con la cabeza, pero no por enfado, sino por incredulidad. Eso le valía. La incredulidad podía ser un paso hacia la aceptación. Se apoyó en el respaldo del banco que tenía delante y se inclinó. Lord Bryant no era el único que disfrutaba con el melodrama de vez en cuando.

—He de admitir que no me quejaría si me encontrara un lord. Siempre he querido que me llamen «*lady*».

Más gritos ahogados ante su descaro. Lord Rayleigh volvió a dar un paso al frente, pero lord Bryant lo silenció con un movimiento de la mano.

—¿Algo que decir sobre su nariz? —preguntó—. ¿Es exigente en cuanto a ese apéndice?

—No, estoy segura de que puedo vivir con la mayoría de narices.

—¿Cómo de alto le gustaría que fuera?

—¿Cuánto mide usted, milord?

Lord Bryant se volvió hacia un escriba.

—Por favor, anote que su futuro marido debe medir un metro ochenta y ocho.

El escriba asintió atónito y lo anotó.

—¿Qué más, señorita Barton?

—Ojos verdes que brillen como esmeraldas al verme.

Lord Bryant observó al escriba. Todavía estaba tomando notas. Unos cuantos lores se estaban empezando a levantar. No iban a permitir tal espectáculo durante mucho más tiempo. Si hubiesen estado en la Cámara de los Comunes, el presidente habría parado aquel sinsentido hacía tiempo, pero, por suerte, estaban en la Cámara de los Lores, y se esperaba que los propios barones se controlaran a sí mismos.

—Tampoco quiero que sea demasiado joven. Creo que treinta y un años sería la edad perfecta.

—Pero bueno, señorita Barton... —Movió la cabeza hacia arriba, como si lo hubiera sorprendido sobremanera—. Es justo mi edad.

—¿Lo es? —preguntó con fingida incredulidad.

Lord Bryant levantó los dedos mientras contaba sus cualidades.

—Un metro ochenta y ocho, un lord con una nariz cualquiera y que tenga treinta y un años... —Miró alrededor de la sala como si evaluase al resto de hombres—. Supongo que no hay nada más que hacer. Milores, me gustaría proponer que la señorita Diana Barton se case conmigo. No hay ningún hombre en el mundo, excepto yo, que cumpla todos sus requisitos.

Los lores y los espectadores se levantaron de sus asientos. Algunos se reían, pero la mayoría gritaban sorprendidos.

El lord canciller golpeó el martillo para pedir silencio.

—Lord Bryant —dijo—, ya ha expuesto su caso. Tal vez estuviéramos siendo atrevidos en sentirnos con el derecho de escoger un marido para la señorita Barton. Pero hay maneras menos ridículas de defender su postura.

—Lord canciller, creo que esto solo sería ridículo si escogen un marido para ella que no sea yo.

El lord canciller tosió.

—¿Hablaba en serio?

—Más en serio que en toda mi vida.

Diana se aferró al asiento que tenía delante. Tenía inundados los ojos de lágrimas y el pecho de una alegre luz. Lores y asistentes a la sesión movieron el cuello para ver bien a la mujer que al fin había conseguido que lord Bryant se casara. Nate todavía tenía que darle su permiso, pero con una declaración tan pública, sería difícil rechazar a Everton.

Lo que le parecía maravilloso.

Solo necesitaba que Everton no saliera huyendo antes de que pronunciaran los votos.

Varios lores rodeaban a lord Bryant en ese momento. Ella podía ver la preocupación en los rostros mientras hablaban con él.

—Lord Bryant, ¿casándose? —escuchó decir a un espectador a su lado—. Lleva mucho tiempo en contra del matrimonio.

—No parece ser un hombre leal. Espero que esa señorita Barton sepa dónde se está metiendo.

Un tono demasiado alto le hizo deducir que ese comentario parecía pronunciado para que ella lo oyera. Se volvió hacia el lugar de donde procedía la voz y vio a un caballero mayor que parecía preocupado de verdad. Le sonrió.

—La verdad es que sí sé dónde me estoy metiendo. —Observó toda la conmoción a su alrededor. La incredulidad y la desconfianza ante el anuncio de que el soltero con peor reputación de Londres estaba a punto de casarse con una mujer de negocios los puso a todos de los nervios—. Es Londres quien se sorprenderá al ver quién es lord Bryant en realidad.

El lord canciller hizo sonar la campana para la votación. Después del tiempo de espera, se emitieron los votos.

Su vía ferroviaria había obtenido la autorización del Parlamento.

Lo había conseguido. Se acomodó aliviada en su asiento. Lo había conseguido por fin.

Capítulo 26

EVERTON CERRÓ LOS OJOS por un momento y disfrutó del alegre alboroto de la cámara. Cuando era más joven había soñado justo con eso: con la aprobación de una ley que hiciera que los miembros del Parlamento gritaran de alegría. Cuando ya había perdido toda esperanza, cumplía el viejo sueño, pero el entusiasmo se debía a su osadía de proponerle matrimonio a una mujer en medio de una sesión de la Cámara de los Lores.

La reina Victoria no estaba allí, pero hasta ella se enteraría.

Se dio cuenta de que no le importaba. No le importaba lo más mínimo.

Varios hombres lo agarraban por los hombros y lo sacudían sacándolo de su ensimismamiento. Abrió los ojos y se encontró a lord Yolten sonriéndole.

—Tiene a una joven señorita y a un hermano con el ceño fruncido arriba que parecen estar esperándolo.

Allí estaba Diana, de pie justo delante del asiento que había ocupado durante la votación. Parecía feliz; o eso creía y quería intuir desde la distancia. También se veía a la legua que el señor Barton estaba enfadado. Lo delataba una postura de hombros caídos y un gesto sin duda serio.

Everton lo saludó con la mano como un tonto.

Lord Yolten chasqueó la lengua y lo empujó hacia la puerta.

—No me refería desde aquí. Vaya a hablar con ellos, por favor.

Se apresuró hacia la puerta, esquivando a varios lores hasta que llegó a las escaleras. Casi arrolló a un hombre que iba a subir.

—¡Oiga! —El hombre lo agarró por el brazo, pero cuando se dio cuenta de que era Everton, el mismo que acababa de abrir su corazón al Parlamento entero, se apartó a un lado y le dio una palmada amistosa.

Subió las escaleras de dos en dos. Sin pararse a recuperar el aliento, encontró la puerta que conducía al palco de la señorita Barton sentada y la abrió.

—Diana —la llamó.

Nate se puso delante de su hermana, a pesar de que todavía había mucha distancia entre ellos. Lord Bryant se abrió camino entre quienes intentaban salir.

El señor Barton tenía la mandíbula apretada.

—Antes de que se acerque más, le recuerdo que no le he dado permiso para... bueno, para nada. Sé que Diana piensa lo mejor de usted, pero a mí me cuesta creerlo. ¿Dónde ha estado hoy? —le preguntó.

El barón serpenteó entre varios testigos demasiado interesados para llegar hasta los hermanos.

—Lo siento. De verdad que lo siento. —Se metió la mano en el bolsillo del pecho—. Me han interceptado mientras venía hacia el Parlamento y me han entregado esta carta. —Sujetaba el papel mientras los miraba a ambos, y al final se lo entregó a ella—. Creía que era una broma, pero, Diana, usted misma me ha dicho lo feliz que ha estado la señora Richardson estas últimas semanas. Debía averiguar qué había detrás.

Diana echó un vistazo rápido al contenido de la carta garabateada que le había entregado. Era de alguien llamado Daniels.

—¿Conoce a este Daniels? —preguntó él.

—No, nunca he oído hablar de él.

Su hermano también leía la carta por encima de su hombro.

—Aquí dice que la señora Richardson se va a casar con el señor Broadcreek hoy —dijo el señor Barton.

Diana negó con la cabeza.

—Eso es absurdo. La señora Richardson sabe que el señor Broadcreek solo quiere su vía ferroviaria.

Nate le arrebató la carta de las manos.

—Pero ahora es «tu» línea ferroviaria.

Lord Bryant se aflojó el pañuelo.

—Eso pensaba yo también, pero si él supiera de su acuerdo de vender y repartir los beneficios en cuanto valiera más... ¿Alguna vez la señora Richardson le dijo el nombre del hombre que la visitaba?

Diana se quedó paralizada. Everton contuvo el impulso de abrazarla. La hinchazón de la nariz apenas estaba empezando a bajarle, no podía arriesgarse a otro puñetazo.

—No —respondió—. Nunca me lo dijo. Ni siquiera me dijo que hubiera un hombre. Quienquiera que fuera, nunca quiso contármelo.

—Al principio pensaba que era una simple treta para mantenerme alejado de la votación, pero no podía dejar de pensar que pudiera ser cierto. —Everton tomó la mano a Diana—. No conozco bien a la señora Richardson, pero sé que es la razón por la que ha luchado tanto por el éxito de esta empresa. Sabiendo eso, no podía esperar a la votación. Tenía que saber a ciencia cierta si era cierto. Acudí a su casa para intentar averiguar la verdad y volver al Parlamento a tiempo para votar. Pero no estaban ni ella ni usted. No había nadie en la vivienda.

—¿Ni siquiera los niños?

—No, solo la criada.

—¿La señora Jenkins?

—Sí. Me ha informado de que, en efecto, la señora Richardson y los niños habían salido, justo después que usted, y, lo más importante... —Soltó la mano a Diana y sacó otro papel del otro bolsillo—. Le ha dejado esta carta a usted.

—No lo entiendo. Hoy ya es demasiado tarde para casarse y no se ha visto ninguna amonestación. —Con manos temblorosas, Diana abrió la carta y la leyó en voz alta.

Diana,

Cuando vuelva a verte otra vez estaré felizmente casada. Nunca pensé que podría encontrar a alguien después de que mi querido señor Richardson se fuera de este mundo, pero así ha sido. Sé que estarás sorprendida y preocupada, pero estoy cansada de vivir sola y también de la melancolía. Quiero volver a vivir. Con el tiempo, estoy segura de que verás que he tomado la decisión correcta.

Volveremos por la mañana y estaré encantada de presentarte a mi nuevo marido. Por favor, sé feliz por nosotros.

Todo mi amor,
Charlotte

Diana le dio la vuelta a la carta, pero Everton ya había mirado; no había más pistas en el reverso.

—No me puedo creer que Charlotte se vaya a casar sin contármelo. ¿La señora Jenkins le ha dicho a qué hora se han ido?

—Al mediodía.

—Entonces todavía no deberían estar casados. —Nate tomó la carta de manos de Diana—. Las bodas solo se celebran por la mañana. Seguro que están esperando a mañana.

Everton negó con la cabeza. Ojalá fuera cierto.

—Si ha conseguido una licencia especial, se pueden casar en cualquier momento. Puede que hayan planificado a propósito atrasar la boda hasta que estuviéramos distraídos con la votación.

—Pero el señor Broadcreek ha estado aquí todo el tiempo. —Diana se frotó los ojos—. Algo en todo este asunto no concuerda. ¿Cómo podría haberse casado?

Everton se dio la vuelta cuando alguien le dio un golpecito en el hombro. Un mensajero con otra carta. La abrió a toda prisa. Era de Nelson.

He encontrado a la pareja feliz. La señora Richardson ya no se llama así: ahora es la señora Winston. Le gustaría expresar su felicidad y pedir disculpas a la señorita Barton. A raíz de un encuentro que tuvo con ella en la oficina, el señor Winston teme no resultarle simpático a Diana. Pero la señora Winston me asegura que es un buen amigo de la infancia que se había enterado de su pérdida y quería volver a hacerla feliz. Lo que, al parecer, ha conseguido.

Nelson

Everton le entregó la carta a Diana y echó un rápido vistazo al contenido.

—La señora Winston. —Negó con la cabeza. Se sentó en el banco con un fuerte suspiro—. No me imagino lo aterradora que debí de ser aquel día para causarle tal inquietud. —Diana extendió la mano para tomar la de Everton, quien se la estrechó encantado—. Me pregunto cómo es posible que con mi carácter haya conseguido un marido.

—Todavía no es tu marido —respondió Nate entre dientes.

Everton se dio cuenta del caos que aún había en la sala. Había sido un día emocionante en el Parlamento. Lord Rayleigh no se había ido y alguien se había unido a él. Movían los brazos de manera agitada mientras hablaban.

El señor Broadcreek.

—Nate... —Everton llamó a su futuro cuñado por su nombre. La expresión del aludido hizo que mereciera la pena saltarse el protocolo—. Me pregunto si vendría conmigo abajo un momento.

El señor Barton siguió su mirada hasta Broadcreek. Una sonrisa sombría apareció en sus labios.

—Es la primera cosa con sentido que ha dicho en todo el día. Estaré encantado de ir con usted.

Capítulo 27

TRAS SALUDAR CON UN gesto a lord Rayleigh, Everton y Nate agarraron por los codos al señor Broadcreek, como si lo hubieran acordado antes. Lord Bryant sonrió victorioso a Rayleigh.

—Discúlpenos mientras tenemos unas palabras con su amigo. —Lord Rayleigh balbució, pero tras observar la envergadura de Nate, cerró la boca de golpe. Everton no lo consideraba tan inteligente.

El señor Broadcreek movió los brazos e intentó retroceder, pero no lo consiguió. No podía hacer nada contra los dos. Había engañado al hombre equivocado con aquella carta. Había engañado a los «hombres» equivocados.

Lo empujaron fuera de la sala, a pesar de la resistencia que oponía y de la mirada de súplica a lord Rayleigh. Cuando salieron, Everton sacó la carta que había recibido aquella mañana del bolsillo.

—Creo que esta es su letra, señor Broadcreek.

—Yo no he escrito eso. No estoy seguro de qué está hablando —balbució

—¿Cree que deberíamos sacarlo del edificio antes de darle una paliza o empezamos aquí mismo? —le preguntó a Nate.

Se encogió de hombros.

—Suelo disfrutar al darle una paliza a un sinvergüenza, el lugar me da igual. —Miró a propósito el rostro todavía hinchado de Everton—. Como ya saben.

El señor Broadcreek abrió mucho los ojos.

—Es verdad, ¡yo no la he escrito! El señor Daniels lo ha hecho... porque yo se lo pedí.

—Parece que tendremos que alejarnos de la gente primero —anunció Everton. Nate asintió con la cabeza.

Lo empujaron por la puerta más cercana y lo medio arrastraron para alejarlo del edificio.

—Sugiero que nos alejemos de la abadía de Westminster —propuso Nate de manera despreocupada, como si estuviera hablando del tiempo—. No deberíamos hacer esto delante de un templo.

—¡Déjenme! —gritó el señor Broadcreek, con intención de llamar la atención de alguien que pudiera ayudarlo, pero nadie estaba dispuesto a enfrentarse a Everton y Nate. Juntos resultaban bastante intimidantes. Lord Bryant podría acostumbrarse a volver a tener una familia.

Barton y él parecían tener el mismo destino en mente: un callejón detrás de uno de los edificios que tenían delante.

—¿Creía que la señorita Barton se iba a casar con usted si podía convencer al Parlamento de que no podría hacerse cargo de una empresa sin un hombre?

—La Cámara de los Lores estaba preocupada por ella. No pueden culparme de eso —replicó elevando un poco la voz.

—¿Qué opina, Nate? —Esta vez no se le revolvieron las tripas al oírle utilizar su nombre de pila. Al parecer, cuando dos hombres estaban a punto de darle la paliza de su vida a otro, podían permitirse esas confianzas—. ¿Podemos culparlo?

—Me siento muy cómodo echándole la culpa a él. He visto la documentación y no había ninguna razón por la que tuvieran que preocuparse.

Habían cruzado la calle y estaban solo a unos pasos de la discreción que necesitaban.

—Esperad, por favor. Tiene que haber alguna manera de arreglar esto.

—No hay nada que arreglar. —Everton se encogió de hombros—. Todo ha salido como tenía que salir. Aunque estamos un poco preocupados por la posibilidad de que se meta otra vez en la vida de la señorita Barton. —Ese tipo era un patán que se aprovechaba de las mujeres y solo pedía clemencia cuando había hombres de por medio.

Asintiendo con la cabeza en silencio, Nate soltó el brazo del señor Broadcreek y lo empujó hacia delante. Después empezó a quitarse el abrigo y los guantes.

—¿Se está quitando los guantes? —preguntó Everton.

Barton los dobló y los puso con cuidado encima del abrigo en un lugar limpio del suelo.

—Son nuevos, no quiero que se me ensucien.

El señor Broadcreek tragó saliva. Nate se remangó y volvió a sujetarlo por el brazo.

Lord Bryant también se quitó el abrigo.

—Yo me voy a dejar los guantes puestos. Estoy a punto de tener unos nuevos, y preferiría no mancharme las manos con la sangre de una rata como esta.

Hizo crujir los nudillos de una de las manos. Había pasado mucho tiempo desde su última pelea en un callejón. Lo más cerca que había estado fue cuando Nate le pegó, pero aquello no contaba.

—Esto va a ser divertido.

—¡Me mantendré alejado de ella! —gritó, intentando escaparse de los brazos de Barton—. Soy un hombre ocupado, no tengo ningún motivo para volver a verla.

Everton se quedó quieto y miró a Nate. Estaba pensativo con la boca fruncida.

—¿Cuántos problemas le ha causado este hombre a Diana en los últimos meses?

El señor Broadcreek tragó saliva. Barton dejó caer el brazo y apretó los puños. Miró la entrada del callejón; no podía escapar de los dos, y lo sabía.

—Ayer por la tarde hablé con la señora Richardson. Parece ser que alguna joya de Diana ha desaparecido.

—Yo no la he robado.

—La señora Richardson no, perdón; la señora Winston cree que Diana las ha tenido que vender por alguna razón. ¿Se le ocurre algún motivo por el que mi hermana haya tenido que vender sus joyas?

No esperó a que respondiera y sin rodeos le pegó un puñetazo al señor Broadcreek en el abdomen. Este soltó un grito ahogado.

—Mmm... ¿Por qué a mí me pegó en la «cara»? —se quejó Everton, mientras se tocaba la nariz todavía dolorida.

Nate se volvió hacia él.

—Porque su cara hace que me enfade.

—¿Y el estómago del señor Broadcreek también?

—Todo en él hace que me enfade. —Volvió a elevar el puño.

—Un momento. —Everton puso la mano sobre su hombro—. Todavía no he tenido la oportunidad de ensuciarme los guantes.

El señor Broadcreek seguía encogido, intentando recobrar el aliento. Extendió la mano y negó con la cabeza.

—Creo... —dijo aspirando más aire—. Creo que sé por qué tuvo que vender esas joyas.

Everton se quedó quieto.

—¿Por qué?

—Se había retrasado en un pedido de balasto y, aunque no puedo asumir toda la responsabilidad, puede que la distrajera un poco el día en el que debía hacer el pago. Lo más probable es que tuviera que pagar una cantidad exorbitante para el envío urgente.

—¿Lo más probable? —preguntó Barton.

El señor Broadcreek deslizaba su mirada de serpiente entre ellos dos.

—Tuvo que hacerlo. Yo mismo hablé con el dueño de la empresa de balasto. Sé lo mucho que cuesta. Si me permiten marchar sin hacerme más daño, lo pagaré yo mismo. ¡Por favor! No estoy hecho para la violencia física.

Lord Bryant maldijo en voz baja. Había soñado con pegarle un puñetazo a ese tipo. Se acercó más a él.

—¿Cuánto costaba?

—Ciento cuarenta libras.

Everton movió hacia atrás el puño y lo golpeó justo encima de donde había recibido el puñetazo de Nate. Se dobló de dolor con las manos en el estómago.

Lord Bryant se sacudió los guantes.

—Yo lo pagaré —repuso.

—Como alguna vez oiga que se ha acercado otra vez a mi hermana...

—Se subirá en el próximo barco a Nueva Gales del Sur —terminó Everton por él—. Si tiene suerte.

El señor Broadcreek no habría tenido éxito en la industria ferroviaria si no supiera ver un buen acuerdo cuando se le presentaba.

—Por supuesto —contestó jadeando, todavía doblado de dolor—. Por supuesto, lo entiendo. No me acercaré a más de un kilómetro de esa oficina.

—Bien —respondió Nate.

—¿Ha visto? No ha sido tan difícil, ¿verdad? —preguntó lord Bryant—. Siempre y cuando todo el mundo siga al pie de la letra las prácticas éticas de los negocios, no veo ningún motivo por el que no podamos llevarnos bien.

Barton recogió el abrigo y los guantes.

—Mis guantes están limpios y usted no tendrá que comprarse unos nuevos todavía.

—En definitiva, un día exitoso —concluyó Everton.

Los tres salieron del callejón hacia la luz del sol. Diana estaba cerca del edificio del Parlamento. El señor Broadcreek —con los brazos cruzados sobre el estómago— la miró y se volvió hacia el otro lado intencionadamente.

Nate se rio.

—Parece que tenemos buenas noticias que contarle a mi hermana.

—Debería haberme ocupado de él hace tiempo.

Diana movía los brazos con nerviosismo, pero parecía bastante aliviada de verlos. Y más aún de ver al señor Broadcreek irse. Sin embargo, Everton dudó si le habían dado suficiente escarmiento.

Nate miró a su hermana y luego a lord Bryant. Con un profundo suspiro, volvió a ponerse los guantes.

—¿Por qué no se lo dice?

—¿Yo?

—Sí, es usted quien estuvo aquí para ella mientras intentaba construir su negocio. Yo estaba en casa, disfrutando de la vida con mi esposa, mientras mi hermana sufría a tipos como el señor Broadcreek. Dígale que ya no tiene que preocuparse más por él; yo estaré esperando en el carruaje.

Everton no esperó a que cambiara de opinión. Corrió para cruzar el patio y tomó la mano de Diana. La condujo a una pequeña zona ajardinada.

—¿Han dejado marchar al señor Broadcreek?

—Por supuesto que sí. Somos unos caballeros sensatos.

—Ah, ¿sí?

—Sí, y, además, su hermano lo ha convencido de que nunca más se inmiscuya en nada que tenga que ver con su empresa.

—¿En serio? ¿Cómo lo ha conseguido?

—Quitándose los guantes, creo.

Diana se rio.

—Pero también tengo malas noticias. —La joven frunció el ceño—. Le debo ciento cuarenta libras y voy a pedirle que no me pregunte por qué. —Abrió y cerró la mano, todavía dolorida del puñetazo—. Le prometo que ha sido dinero bien gastado.

Ella ladeó la cabeza al ver el movimiento de la mano.

—Está bien.

—¿No va a discutir conmigo sobre eso?

—¿Por qué iba a hacerlo? Sé que es uno de los hombres más ricos de Londres. Supongo que no quiero saber cómo ha acabado debiéndome dinero.

—Le aseguro que no.

—Después de lo que ha ocurrido hoy en el Parlamento, creo que deberíamos considerarnos prometidos.

—Supongo que sí.

—¿Se arrepiente?

Everton negó con la cabeza.

—Ni por un segundo.

Diana lo abrazó por el cuello.

—Diana.

—Qué.

—Puede que tenga que soltarme. Cualquiera podría vernos.

La señorita Barton arqueó una ceja.

—¿Tanto le preocupa eso?

—Tengo que mejorar mi reputación para demostrarle a Londres que me merezco tenerla.

—Eso puede llevar un tiempo y no estoy segura de querer esperar.

—No vamos a ir corriendo al altar. Necesito darle un tiempo para asegurarme de que no cambia de opinión.

La joven se rio.

—No necesito tiempo; sé que no voy a cambiar de opinión.

El barón le acarició un rizo que sobresalía de la capota.

—Yo sí necesito tiempo. Tengo que estar seguro de que será feliz conmigo.

—Si necesita tiempo, seré paciente. Pero espero convencerlo lo antes posible. —Diana pasó el dedo por su nariz hinchada—. Aunque puede que sea buena idea esperar y ver cómo se queda su nariz después de que baje la hinchazón.

Everton se rio. Si no fuera inapropiado, la besaría por ese comentario. Pero estaban en las calles de Londres y solo tal vez prometidos. Nate todavía no lo había aprobado de manera oficial y él quería hablar con su madre. Por no hablar de que los imponentes puños de su hermano estarían esperándolo si se pasaba de la raya.

—¿Prefiere que se cure torcida o recta?

—La verdad es que me da un poco igual.

Y entonces, antes de que pudiera pensar en pararla, Diana se puso de puntillas y le dio un suave beso en los labios. Tenía en los ojos un brillo travieso cuando se separó.

—Diana, nada es oficia...

Volvió a ponerse de puntillas y lo besó de nuevo.

—Puede que cambie de...

Otro beso le impidió terminar la frase. Esa vez, ella le pasó los brazos por detrás del cuello y le dio la oportunidad de disfrutarlo. Un roce suave pero no indeciso. Un beso seguro, como ella. Sin poder evitarlo, la estrechó entre los brazos para acercarla más. Tal vez estuviera segura de sí misma, pero él todavía necesitaba que le juraran que esa mujer extraordinaria realmente quería compartir su vida con él. Ella se apartó sin dejar de rodearle el cuello justo cuando comenzaba a asimilar que todo estaba ocurriendo de verdad.

—Si su hermano nos ve... —Everton no necesitó terminar la frase.

Diana le sonrió con la cabeza inclinada a un lado.

—Nada puede ser más escandaloso que proponerme matrimonio en medio del Parlamento. Nate estará bien, sabe lo que es el amor.

Que Dios lo perdonase, nunca había podido negarle a esa mujer nada de lo que quisiera. La acercó a él y juntó la boca con la suya. No hubo titubeo, ni miedo, ni astucia. Diana suspiró contra él y la abrazó más fuerte. La verdad es que era escandaloso besar a una mujer en la calle, a unos pasos del Parlamento. Pero, aun así, nada en toda esa situación parecía estar mal. Diana —su propia diosa de la esperanza— iba a convertirse en su esposa. Sus días de mirar una copa de brandi y flirtear con mujeres habían terminado.

Se apartó de ella.

—Sabe... disfrutaba de verdad ayudando a esas jóvenes...

Diana juntó los labios y entrecerró un ojo.

—Encontraremos otra manera de ayudarlas.

—Creo que mi estrategia funcionaba bastante bien. ¿Qué vamos a hacer ahora si una dama necesita dañar un poco su reputación?

—Entonces podrá venir a mi oficina en busca de ayuda.

—¿Y si necesita aumentar sus expectativas?

—Entonces se convertirá en nuestra amiga.

Everton se rio y la volvió a atraer hacia él. Apoyó la barbilla sobre su cabeza y ella se acomodó en su pecho como si siempre hubiera estado allí. Su vida había cambiado en el momento en el que esa mujer entró sin avisar a su estudio empapada y desesperada. Estaba amargado, roto y decidido a vivir el resto de su vida como la triste sombra de un hombre. La abrazó con más fuerza. Gracias a ella, veía un futuro abierto ante él, y era tan audaz, prometedor y emocionante como la mujer a la que estaba abrazando.

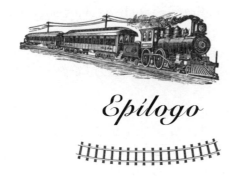

Epílogo

DIANA ABRIÓ LA PUERTA DEL cuarto infantil con cuidado de no hacer ruido. Miró dentro y se encontró a Everton y a la pequeña Hope exactamente como los había imaginado. La cabeza de la niña y su melena de cabello oscuro, justo debajo de la barbilla de Everton, y sus bracitos estirados, apoyados en el cuello del barón. Tenía los ojos cerrados y la cabeza vencida; y la mecedora no se movía. Una vez más, se había quedado dormido con su hija acurrucada. No pudo evitar sonreír. El matrimonio había limpiado un poco su reputación, pero muchas personas en Londres todavía lo veían como a un completo sinvergüenza.

Estaba claro que era porque nunca lo habían visto dormir.

Dejó el paquete que acababa de llegar en la estantería y se acercó sin hacer ruido. Apartó de la frente de su esposo un mechón de pelo, le rozó una ceja con el dedo y después lo deslizó por su perfecta nariz romana. Él abrió los ojos de golpe y sonrió al verla.

—Siento despertarte —dijo. Él negó con la cabeza—. Deja que meta a Hope en la cama. La estás mimando, ¿sabes? Tiene que aprender a dormir en su cuna.

—Lo sé —respondió, sin rastro arrepentimiento en la mirada. No iba a cambiar su rutina diaria de mecer a Hope cada tarde. Y no podía culparlo. Además, si dejase de hacerlo, ella no tendría el placer de verlos dormir a los dos.

—Acabamos de recibir un paquete de Baimbury. He supuesto que era para mí, pero es para los dos.

Everton asintió, pero se le cerraban los ojos otra vez.

—¿Has podido visitar a la señora Cuthbert?

—Sí.

—¿Alguna novedad?

—Me ha dicho que el coprolito se ha puesto de moda. Al parecer lord Silverstone le dio a *lady* Emily..., bueno, supongo que ahora es *lady* Silverstone, un anillo con uno enorme y pulido en una corona de diamantes. Lo encontraron juntos en su casa de campo. Parece bastante orgullosa de ello.

Everton se rio y se desperezó. Diana se agachó para levantar a Hope. Los dos últimos meses, con ella en su vida, habían abierto sus corazones de un modo que no habrían podido imaginar. Le dio un beso a su esposo en la frente y después acunó a su hija.

Hope estiró los brazos y el cuello entre gemidos suaves y agudos. Abrió por un momento los ojos; eran verdes, un poco más oscuros que los de Everton.

Cruzó la habitación y dejó a la pequeña en su cuna. Cuando volvió, él estaba de pie junto a la estantería. Tomó el paquete y lo examinó.

—¿Qué pueden habernos mandado Nate y Grace?

—Abrámoslo y veamos. —Diana tomó el paquete de sus manos y desató la cuerda. Dentro de la caja había otra más pequeña. Tenía una esquina rota y la tapa aplastada. Era lo bastante pequeña como para caber en la palma de su mano. Acarició con suavidad los bordes rotos.

—¿Sabes lo que es? —preguntó Diana. Se inclinó hacia delante para poder ver mejor.

Everton asintió. Le quitó la tapa a la caja, pero lo único que ella podía ver era un trozo de papel doblado. Él lo desdobló, lo miró y esbozó una pequeña sonrisa antes de entregarle la nota a su esposa.

Era corta y no estaba escrita con la letra ni de Grace ni de Nate.

Para su primogénito. Que disfruten de cada momento con el bebé y de la compañía del otro.

—¿Has escrito tú esto? —No cabía duda de que era la caligrafía de Everton. Pero ¿cómo había acabado en un paquete de parte de Nate y Grace?

—Sí —admitió sin mirarla; todavía estaba mirando el interior de la caja—. Nunca pensé que volvería a ver esto. —Metió la mano y sacó un par de patucos bordados—. Los hizo mi abuela.

—¿Cómo han acabado en manos de mi hermano y de Grace?

—Se los di como regalo de bodas.

—¿Le diste a Nate unos patucos como regalo de bodas?

Everton caminó hasta la mecedora y se sentó.

—Nunca pensé... —Con una mano se frotó la barbilla, después los ojos—. Nunca pensé que tendría la oportunidad de usarlos.

Diana se apresuró hacia él, que dejó la caja y los patucos sobre su regazo, la abrazó y apoyó la cabeza en su cintura. Ella le acarició el cabello mientras respiraba fuerte contra su vestido.

La abrazó con más fuerza y negó con la cabeza.

—Gracias.

Ella se arrodilló y le puso las manos en las mejillas.

—Estabas destinado a ser padre.

—Ahora sí siento que estaba destinado a ser el padre de Hope. Y nunca lo habría sido sin ti.

Diana sonrió y le besó ambos párpados.

—Menos mal que cuando necesitaba un hombre que arruinase mi reputación pensé en ti.

Él frunció el ceño.

—¿Acaso había otros candidatos?

Diana intentó encontrar el nombre de cualquier otro vividor para continuar la broma, pero no se le ocurría ninguno.

—No, siempre fuiste tú el único hombre en el que pensé.

—La verdad es que era una opción bastante clara. Me aseguré de ser un profesional acreditado.

Ella negó con la cabeza.

—Sí, ¿verdad?

Everton respiró hondo y pasó los dedos por los minuciosos bordados de los patucos de color crema.

—Nadie ha sido tan feliz como yo al sentar la cabeza.

Diana acercó la cara de Everton a la suya. El movimiento balanceó la mecedora y lo besó en la boca. No estaba segura de que hubieran sentado la cabeza. Eran dueños de Ferrocarriles Richardson y, entre el negocio y las sesiones parlamentarias, la vida era para ellos una caja de sorpresas.

Pero las sorpresas también les daban las mejores recompensas. Ella tomó los patucos y la caja y los dejó en el suelo, después se sentó sobre su regazo. El apoyabrazos de la silla mecedora se le clavaba en la espalda, pero no le importaba. Everton la abrazó con más fuerza y la besó. Diana se volvió lo suficiente como para poder abrazarlo por el cuello y enredar los dedos en su cabello. Él puso un brazo debajo de sus rodillas y se levantó; la llevó hasta la puerta del cuarto, pero tenía que dejarla en el suelo para poder abrirla.

Ella no se soltó de su cuello y el la abrazó por la cintura. Posó la frente contra la suya durante un instante antes de volver a besarla. Al parecer dormir no estaba en sus pensamientos. Everton la acarició con los labios el hueco de la garganta. Diana había descubierto poco después de casarse que ese era uno de los recovecos favoritos de su esposo. Levantó la cabeza y él inhaló con intensidad, como si respirar su olor lo mantuviera vivo. Abrió de golpe la puerta y la sacó del cuarto infantil. Avanzaron por el pasillo sin dejar de besarse.

Diana sonrió contra él. Aquel hombre no era tan terrible como todo Londres había pensado, pero sus besos decían lo contrario. Al menos en ese terreno, Everton estaba a la altura de su reputación.

Agradecimientos

ESTE LIBRO NO HA SIDO FÁCIL, pero ha tenido mucha ayuda por el camino. Gracias a todos mis amigos y familia que leyeron partes de la novela, y gracias a los que la leyeron entera en diferentes fases del proceso: Paula Anderson, Alice Patron, Laura Rupper, Audrey Magnum, Kasey Stockton, Mindy Strunk, Anneka Walker, Julie Donaldson, Deborah Hathaway, Mandy Beisinger, Joanna Barker, Megan Walker, Sally Britton, Heidi Maxfield, Karin Smith, McCall Shoff, Lisa Kendrick, April Young, Kim Dubois, Clarissa Kae, Greg Hatch y Loretta Porter.

También tengo que darle las gracias al grupo de Facebook Writing Sprints: muchas veces confié en vosotros para que me hicierais trabajar cuando lo necesitaba. Clarissa Kae y Melanie Jacobson también han sido resortes de motivación en maratones de escritura, que respondían a la llamada de los que nos reuníamos por Zoom cuando todo se estaba cerrando por culpa de la pandemia (¿os acordáis de la Covid-19? ¿Ya se ha terminado? Eso espero) y todavía necesitaba algo de interacción con autores.

Muchos de vosotros me habéis dado buenas ideas; algunas he usado, otras desearía haberlo hecho, pero me ha encantado oírlas todas. Gracias por mejorar esta historia y por creer en ella incluso cuando yo tenía dudas.

Gracias también tanto a mi familia cercana como a la menos allegada; mi escritura se ha convertido en parte de nuestras vidas, y no siempre es fácil, pero doy gracias por el amor y el apoyo que tengo de todos vosotros. No podría seguir sin eso.

Gracias a mi increíble equipo de Covenant. Nadie necesita más un editor que yo, y Ashley Gebert realiza un trabajo fantástico para que mis historias mejoren. A Kim Miller y mis anteriores equipos de diseño: gracias por las increíbles portadas. Sé de primera mano que la calidad de esos diseños ha vendido muchos ejemplares. Intentaré seguir escribiendo libros que sean tan bonitos por dentro como lo son por fuera. Y a mi publicista, Amy Parker, gracias por compartir mis novelas con el mundo, así como por responder a mis extrañas preguntas generadas por el pánico durante los lanzamientos. También tengo que agradecer a Shakespeare por darme una cita para todos mis libros anteriores. Benedick tenía unas muy buenas que podría haber usado para lord Bryant. Pero, al final, esta historia tenía que empezar con un salmo.

Gracias, Padre celestial, por guiarme hacia el camino de la escritura y por dejarme ver cada libro como el milagro que es.

Y gracias, lord Bryant. Empezaste como un tipo despreciable y un recurso argumental, pero, al final, cuando me di cuenta de que había algo más en ti (ah, y de que eras imponente), explotaste en las páginas como no lo había hecho ningún otro personaje. Ha sido un honor contar tu historia.

Descarga la guía de lectura gratuita
de este libro en:
https://librosdeseda.com/